Enfreindre les Règle

Les Audacieuses – Livre 3

Par Emma V. Leech

Traduit de l'anglais par Lucie Reymbaut

Publié par Emma V. Leech.

Copyright (c) Emma V. Leech 2019

Illustration: Victoria Cooper

ISBN No. : 978-2-492133-57-2

Table des Matières

Membres du Club de Lecture des Demoiselles Surprenantes   1

Chapitre 1   2

Chapitre 2   16

Chapitre 3   31

Chapitre 4   44

Chapitre 5   61

Chapitre 6   75

Chapitre 7   89

Chapitre 8   103

Chapitre 9   118

Chapitre 10   134

Chapitre 11   146

Chapitre 12   162

Chapitre 13   174

Chapitre 14   185

Chapitre 15   197

Chapitre 16   210

Chapitre 17   221

Chapitre 18   234

Chapitre 19   246

Chapitre 20   263

Chapitre 21   275

Suivre son Cœur   295

Prologue   297

Chapitre 1   310

Chapitre 2 320

Plus d'Emma ? 332

Quelques mots sur moi ! 333

Œuvres d'Emma V. Leech disponibles en français 335

Mourir pour un Duc 336

Remerciements 338

Enfreindre les Règles

Membres du Club de Lecture des Demoiselles Surprenantes

Prunella Adolphus, duchesse de Lorny — première Demoiselle Surprenante, elle est secrètement miss Terry, l'auteure de *La Sombre Histoire d'un Duc Maudit*.

Mrs Alice Hunt (née Dowding) — plus aussi timide qu'avant. Récemment mariée au frère de Matilda, le célèbre Nathaniel Hunt, propriétaire du *Hunter's*, l'établissement de jeux élitiste.

Lucia de Feria — une beauté venue d'ailleurs.

Kitty Connolly — silencieuse et attentive… jusqu'à ce qu'elle ouvre la bouche.

Harriet Stanhope — sérieuse, studieuse, intelligente. Protocolaire. Elle porte des lunettes Ruth Stone — héritière et fille d'un riche marchand.

Bonnie Campbell — trop franche, elle se retrouve toujours dans le pétrin.

Ruth Stone — héritière et fille d'un riche marchand.

Minerva Butler — la cousine de Prue. Pas aussi vaine ni aussi frivole qu'on pourrait le croire à première vue. Rêve d'amour.

Jemima Fernside — mignonne et sans le sou.

Matilda Hunt — charmante blonde dont la réputation a été souillée par un scandale dont elle a injustement fait les frais.

Chapitre 1

Suis-je insensée de vouloir la revanche à ce point-là ? De mettre en péril tout ce que possède, pour avoir une chance de me venger ? Peut-être bien, mais tout ce que je possède est un mensonge, et tôt ou tard, la vérité me rattrapera. Au moins, lorsque l'inévitable arrivera, j'aurais la satisfaction de l'avoir fait payer. Ce sera mon héritage.
— Extrait du journal de señorita Lucia de Feria.

1er juillet 1814. Upper Walpole Street. Londres.

Lucia, amusée, regarda les Demoiselles Surprenantes s'enthousiasmer au sujet d'une Alice rougissante. Quelques jours plus tôt, la jeune femme était allée à l'encontre des souhaits de ses parents, et avait épousé Nathaniel Hunt, propriétaire du notoire et exclusif *Hunter's*, établissement de jeux fréquenté par les plus riches aristocrates.

Qu'Alice, d'entre toutes, ose s'opposer à ses parents pour exprimer ses envies était une chose surprenante, car elle était la membre la plus timide du groupe. Lucia ne pouvait pas critiquer son choix : Nate était riche et séduisant, et visiblement fou amoureux de sa nouvelle épouse. Entre lui et l'*honorable* Edgar Bindley, le choix n'avait pas été difficile. Honorable était une notion complètement étrangère à Edgar et à son vil père.

Le comte d'Ulceby, Lionel Bindley, était un homme avare et égoïste qui ne se souciait de rien ni personne. Lucia le savait bien.

Ses amis n'avaient pas la moindre idée de son lien avec Ulceby. En fait, l'homme lui-même ne la reconnaîtrait pas s'il la croisait dans la rue. Elle, en revanche, le connaissait. La position de Lucia, aux limites de la bonne société, était pour le moins précaire. Tous ses fonds avaient été utilisés pour lui permettre de s'établir pour la saison, pour faire d'elle un personnage connu dont on ne pourrait pas se débarrasser facilement lorsque la vérité éclaterait. Elle ne vivait pas dans l'illusion qu'on l'accepterait après cela, quelle que soit sa situation financière. Les gens qui étaient ses amis ne voudraient plus la recevoir, et tous les jours, elle se rappelait de garder ses distances avec eux.

Tous les matins, elle contemplait le reflet d'une femme qui n'avait pas sa place dans le monde, et se souvenait de ses objectifs, de ce qu'elle cherchait à accomplir. Les amis ne faisaient pas partie de cette équation. Elle ne vivait que pour une chose.

La vengeance.

Elle s'était fixé des règles : rencontrer le plus de monde possible au sein de l'aristocratie, mais ne laisser personne s'approcher.

Aujourd'hui, les Demoiselles Surprenantes s'étaient rassemblées dans la maison luxueuse de miss Ruth Stone, dont le père faisait partie de la classe marchande. L'homme, si riche que c'en était presque vulgaire, cherchait à se faire accepter au sein de l'aristocratie, mais ne trouvait que porte close. Les gens de la haute société ne pouvaient peut-être pas ignorer sa fortune, mais ils n'oublieraient jamais que sa lignée n'était pas noble. À présent que sa fille était en âge d'être mariée, il avait espéré qu'elle attire dans ses filets un aristocrate ruiné.

Ruth ignorait que son père avait été l'un des hommes les plus tenaces auprès de Lucia, tant il était désireux de faire d'elle sa maîtresse. Peu importe le nombre de fois où Lucia s'était refusée à lui, l'homme continuait à insister, donc la jeune femme avait changé de tactique, et était devenue l'amie de sa fille.

Ruth n'était pas une idiote, c'était elle qui gérait la maisonnée, son écervelée de mère n'ayant pas d'autre idée en tête que de dépenser l'argent de son mari. Comme Lucia l'avait espéré, être l'invitée de Ruth pendant quelques jours avait suffi à refroidir les ardeurs de son père. En dépit du mépris qu'elle éprouvait pour cet homme manipulateur, elle en avait vu assez pour comprendre qu'il respectait et aimait sa fille, et ne voulait pas s'en attirer les foudres. Un mot de Lucia pouvait lui rendre la vie familiale très désagréable.

C'était comme cela que les hommes étaient, comme cela qu'ils fonctionnaient. Ils voyaient quelque chose qui leur plaisait, et faisaient tout ce qu'ils jugeaient nécessaire pour l'obtenir, sans se préoccuper de ceux qui pouvaient se dresser sur leur chemin. Il n'y avait qu'un seul homme qui s'était soucié de Lucia, et même lui, n'avait pas pu la protéger lorsqu'elle en avait eu besoin.

Les hommes étaient des créatures répugnantes et égoïstes. Au mieux, ils étaient indignes de confiance.

Au pire… ils étaient dangereusement mortels.

Les hommes flirtaient avec elle et Lucia les laissait faire ; elle les attirait dans son cercle et leur donnait l'espoir qu'ils pouvaient peut-être avoir une chance, mais elle ne les laissait jamais dépasser la limite. L'on murmurait des rumeurs sur ses origines où qu'elle aille — que sa mère espagnole avait été une courtisane — et la plupart des gens s'attendaient à ce qu'elle suive ses traces. En réalité, la femme en question avait été portugaise et non espagnole, mais les hommes anglais étaient ignorants et négligents ; mais c'était là le plus petit des détails sur elle ne correspondant pas aux apparences.

Les offres que lui faisaient les hommes devenaient de plus en plus mirobolantes, tellement que cela en devenait ridicule, et elle faisait attention de ne blesser l'ego de personne lorsqu'elle refusait gentiment leurs avances. C'était peut-être la chose la plus difficile à faire, quand elle voulait simplement leur cracher au visage et leur dire d'aller au diable. Mais cela n'avait fait qu'accroître son exclusivité et leur désir de la posséder. Ils l'appelaient *sseñorita Ciudadela*, ou miss Citadelle, et faisaient des paris ; ce serait à celui qui arriverait le premier à percer ses défenses.

Cela la répugnait, mais Lucia jouait à son propre jeu, et bientôt, elle rirait lorsqu'ils découvriraient sur qui ils avaient jeté leur dévolu et leurs richesses avec un tel abandon.

Avec difficulté, Lucia chassa ces pensées obscures, et s'intéressa aux demoiselles qui l'entouraient. Ruth avait invité Bonnie à l'accompagner au bal de l'été du comte de Saint-Clair, et le visage de Bonnie rayonnait de plaisir devant cette invitation. La tristesse s'éveilla dans la poitrine de Lucia, tandis qu'elle les regardait rire et bavarder ensemble. Elle avait vu les amitiés grandir entre les filles, avait été témoin des histoires d'amour de Prue et d'Alice, qui avaient surmonté les épreuves et les difficultés de leur romance avec le soutien des femmes qui les entouraient. Elle désirait tellement avoir cela, avoir le soutien d'une amitié inébranlable, mais la vraie amitié ne pouvait pas naître à partir de mensonges, et la vérité n'était pas une chose que Lucia pouvait donner. Elle n'était qu'une montagne de mensonges et de demi-vérités ; bientôt, tout ceci prendrait fin, et elle n'était pas assez naïve pour penser que la vérité lui apporterait des amis.

— Tout ceci est bien beau, déclara-t-elle en entrant finalement dans la conversation, mais je n'ai toujours pas fumé de cigare, ni bu de cognac.

Elle lissa ostensiblement ses jupons en affichant une moue mécontente pour amuser les filles.

— Quand prévoyez-vous de le faire, Lucia ? lui demanda Alice avec un regard amical et compatissant.

— J'ai pensé au bal du comte d'Ulceby, répondit Lucia.

Elle savait qu'Alice s'inquiéterait pour elle. C'était une gentille fille, et son expérience limitée avec les hommes de cette famille lui avait donné de bonnes raisons de les craindre.

— Oh, répondit Alice, aussi inquiète et étonnée que Lucia l'avait prévu. Vous y allez ?

— Cela vous ennuie-t-il beaucoup, Alice ? demanda-t-elle.

Elle aurait souhaité que la jeune femme ne s'approche jamais d'Edgar Bindley. Matilda lui avait confié qu'Alice avait failli se faire violer par Edgar lors d'une visite aux jardins du Vauxhall. Sans l'intervention du marquis de Montagu, les choses auraient pu très mal tourner. Mr Bindley s'était également intéressé à Lucia ces dernières semaines, et elle ne ressentait pour lui que du dégoût. Elle avait fait attention de ne jamais se retrouver seule avec lui, bien qu'il ne soit qu'une pâle imitation de son père.

— Oh, non, dit précipitamment Alice en secouant la tête. Pas le moins du monde, seulement, lord Ulceby n'est pas un homme bien, et… faites attention à son fils, Edgar Bindley. C'est un détestable goujat.

— Au nez cassé, murmura Matilda avant de prendre une gorgée de thé.

Alice lui jeta un coup d'œil et sourit.

— Je sais, répondit Lucia.

Elle n'avait été que trop contente de découvrir que Mr Hunt avait cassé le nez d'Edgar. Sa propre vengeance serait moins sanglante, mais beaucoup plus dévastatrice.

— C'est pour cela que je les ai choisis. Je n'aimerais pas voler quoi que ce soit, même un simple cigare et un verre d'alcool, à un homme que je respecte.

— Y a-t-il donc un homme qui a votre respect ? demanda Matilda.

La question était directe et plutôt choquante : tout le monde se figea. Lucia réfléchit à sa réponse. Elle n'était pas choquée par la question franche de Matilda, c'était une qualité qu'elle appréciait beaucoup chez cette femme, chez qui elle louait ses appartements.

— Non, répondit-elle.

Les filles éclatèrent de rire en pensant qu'elle essayait à nouveau d'être comique, mais Lucia ne trouvait rien de drôle à cela. Les hommes n'auraient aucun scrupule à se servir d'elle si elle leur en laissait l'opportunité, alors elle se servirait d'eux avant qu'ils n'en aient l'occasion.

Alice, visiblement ébranlée par la réponse de Lucia, demanda à Matilda :

— Irez-vous au bal d'Ulceby ?

— Oui, j'imagine, pour tenir compagnie à Lucia et l'empêcher de s'attirer trop d'ennuis, entre autres, répondit-elle avec un sourire malicieux. J'imagine qu'ils ne me refuseront pas l'entrée, puisque je suis la sœur de Nate, et que le comte lui doit beaucoup trop d'argent.

Les oreilles de Lucia se dressèrent en entendant Alice baisser la voix. La jeune femme n'était pas consciente que Lucia écoutait encore la conversation lorsqu'elle déclara :

— Le comte doit de l'argent à tout le monde. Je ne comprends même pas comment il arrive à organiser un bal aussi somptueux. Père a eu une discussion assez franche avec lui lorsqu'il était question que j'épouse son fils, et il a avoué qu'ils étaient au bord de la ruine.

Matilda hocha la tête.

— Je sais. J'ai plus ou moins entendu dire la même chose, et cela fait plus d'un an que Nate refuse de lui faire crédit, mais un homme comme lui a sa fierté. Il préférerait mourir, plutôt que le monde sache qu'il n'a plus les moyens de vivre comme il le souhaite.

— Mais ce n'est que de la poudre aux yeux, rétorqua Alice.

— Je pense que c'est une maladie, dit Matilda d'une voix douce. J'en ai voulu très longtemps à mon père, mais… mais il était tellement désolé de ce qu'il avait fait. Il avait tellement de remords. Il a dit que des démons avaient pris possession de lui, et… je peux presque le croire.

— C'est une maladie pour certains, déclara Lucia en regardant les jeunes femmes sursauter, car elles ne s'étaient pas rendu compte qu'elle avait suivi la conversation. Mais pas pour lord Ulceby. C'est un homme avide et cruel, et un jour, il en paiera le prix.

Attention à ce que vous dites, malheureuse !

— Eh bien, déclara Ruth en brisant l'atmosphère étrange de son ton joyeux et direct. Ces gâteaux ne vont pas se manger eux-mêmes. Pour l'amour du ciel, servez-vous, mesdames.

Des « oooh » de plaisir parcoururent le groupe alors que divers plateaux de délicates pâtisseries circulaient entre elles.

— Vous savez, dit Prue en jetant un coup d'œil malicieux en direction de Lucia et Kitty. Alice et moi avons trouvé des époux grâce à nos défis. Donc je pense que vous devriez vous préparer, toutes les deux.

Toutes les jeunes femmes rirent en poussant des exclamations d'encouragement, mais Lucia croisa les bras en se renfrognant.

— Je ne donnerai jamais à un homme un tel pouvoir sur moi, dit-elle en ignorant son propre conseil de faire attention à ses paroles. Je ne me marierai jamais. *Jamais.*

Kitty, l'autre jeune femme ayant un défi à relever, cligna des yeux plusieurs fois et bondit sur ses pieds.

— Voulez-vous… voulez-vous bien m'excuser ? dit-elle, avant de se précipiter hors de la pièce.

— Qu'ai-je dit ? demanda Prue, perplexe. Je sais que je ne suis pas la dernière à faire des gaffes, mais —

— Je vais aller la voir, déclara Harriet en posant son assiette et en partant à la suite de Kitty.

— Je suppose que nous avons toutes nos secrets, dit doucement Matilda en se tournant pour regarder Lucia avec un léger sourire.

Lucia déglutit et se força à sourire, en se disant, une fois encore, qu'elle ferait mieux de garder la bouche fermée.

Fred Davis soupira et se frotta la nuque en bougeant la tête d'avant en arrière pour apaiser la douleur. Cela faisait un sacré bout de temps qu'il se tenait au même endroit, à l'extérieur d'un certain club pour hommes, mais il préférait aller au diable plutôt que d'abandonner. Silas Anson était un casse-pieds, mais Fred avait travaillé pour son père, le vieux vicomte, depuis qu'il était enfant. À présent, le vieil homme était mort, et son sens du devoir ne lui permettrait pas de laisser tomber le fils.

Que cela plaise ou non à cet homme insensé.

D'après ce qu'il connaissait au sujet de Silas, il n'existait aucun homme qui ait plus besoin d'un valet compétent, et en même temps, il n'existait pas d'homme qui soit le moins susceptible d'en engager un. Alors que Fred se redressait et regardait une fois de plus la route, cette réflexion fut si bien illustrée qu'il grimaça de désespoir.

L'allure du nouveau vicomte Cavendish était désastreuse.

Grand et large d'épaules, Silas Anson avait une silhouette plus adaptée aux champs de bataille et aux héroïques combats à l'épée. Il n'était pas à sa place parmi les gens bien élevés — malgré sa lignée impeccable —, et ne faisait aucun effort pour s'y intégrer. En dehors du fait qu'il méprisait l'aristocratie encore plus qu'elle ne le méprisait, il ne serait probablement bien accueilli nulle part. Mais son attitude cavalière faisait de lui un personnage intrigant, et les femmes semblaient lui tourner autour comme des chats devant une soucoupe de crème. Bizarrement, Silas ne semblait pas non plus se soucier de leurs attentions, et son nom n'avait jamais été associé à celui d'une femme, respectable ou non. Il était une vraie énigme.

Mais une énigme débraillée.

Son manteau était froissé, sa chemise était loin d'avoir la couleur immaculée qu'elle aurait dû arborer, et l'état de sa cravate donnait envie à Fred de se tordre les mains et de sangloter. Quant à ses bottes, elles représentaient une telle offense que Fred ne pouvait tout simplement pas les regarder.

— Lord Cavendish.

Silas tourna brusquement la tête, une lueur mécontente dans le regard, et fixa le bleu étonnant de ses yeux, portés par des générations de Cavendish, sur Fred. Le valet se dit que Silas n'avait probablement pas l'habitude de ce nouveau titre, l'herbe n'ayant même pas encore eu le temps de pousser sur la tombe de son père. La dernière fois que père et fils s'étaient entretenus, Silas n'était qu'un enfant.

Les yeux bleus se plissèrent, avant de s'écarquiller lorsqu'ils le reconnurent.

— Davis ?

— Oui monsieur, répondit Fred.

Il fut soulagé que Silas se souvienne de lui, cela devait bien faire quinze ans qu'ils ne s'étaient pas vus.

— Mon Dieu.

Silas le dévisagea quelques instants, apparemment déstabilisé. Puis à la surprise de Fred, il lui tendit la main.

— C'est bon de vous voir.

Fred regarda la main qu'il lui offrait, un peu décontenancé. L'aristocratie ne serrait *pas* la main des domestiques, mais Silas n'avait jamais fait grand cas des règles.

— Toujours autant à cheval sur l'étiquette, apparemment, déclara Silas qui garda la main tendue avec une lueur un peu moqueuse dans les yeux.

Il y avait une aura de défi dans son attitude, et Fred savait qu'il valait mieux ne pas le tester. Il saisit la main du vicomte et la lui serra.

— Qu'est-ce qui vous amène dans cette partie de la ville ? demanda Silas, une lueur de soupçon dans le bleu de ses yeux.

Fred prit une inspiration. Il savait que Silas lutterait jusqu'au bout contre cette idée.

— Je suis venu vous voir, monsieur.

— Oh ?

Son regard devint encore plus soupçonneux, et il croisa les bras.

— Cela fait trente ans que je suis le valet du vicomte Cavendish, monsieur. Je connais tous les secrets de famille, même ceux qui sont enterrés si profondément que même votre père ne s'en souvenait pas...

— Avez-vous… avez-vous l'intention de me faire chanter ? s'exclama Silas, avec une expression à la fois outrée et ravie.

Fred soupira en levant les yeux au ciel.

— Non, monsieur, dit-il de la façon la plus digne qui soit. J'ai l'intention de travailler pour vous.

Silas le dévisagea d'un air ébahi.

— En tant que quoi ?

La question déconcerta tellement Fred, qu'il le dévisagea, bouche ouverte, pendant un bon moment avant de réussir à lui répondre.

— En tant que valet, bien sûr.

— Mon valet ?

Silas hurla de rire et tous les passants se retournèrent pour les dévisager. Fred gigota, mal à l'aise d'être au centre de l'attention.

— Mon Dieu, elle est bien bonne ! Je ne suis pas une précieuse petite tulipe ! Je n'ai pas de satané valet.

— Non, monsieur, répondit Fred d'un ton aussi sec que le sable. Cela saute aux yeux.

Silas cessa de rire et le regarda d'un peu plus près.

— Vous faites un bonhomme bien effronté.

— Je dis ce que je vois, monsieur, répondit Fred en croisant les bras pour imiter le vicomte. Vous êtes une honte. Si ses bottes ont vu l'ombre d'une goutte de cirage au cours du mois, je mange mon chapeau.

— Je vais probablement vous le faire avaler de toute façon, rétorqua Silas, clairement énervé par ses commentaires. Je n'ai jamais vu une telle impertinence.

— Je vous connais depuis le jour où vous êtes venu au monde, monsieur. Je ne vous en ai jamais voulu de vous être enfui, et j'ai été sacrément fier de tout ce que vous avez accompli, mais vous êtes un Cavendish à présent, vous ne pouvez plus fuir cela, et je pense qu'il est grand temps que quelqu'un vous remonte les bretelles.

Fred lui tint tête, il connaissait trop bien le tempérament des Cavendish après des décennies à côtoyer le père irascible de Silas. Ils méprisaient le moindre signe de faiblesse, la seule façon de négocier avec eux était de ne pas flancher.

— Le fait est que nous avons besoin l'un de l'autre, ajouta-t-il.

Il fut satisfait devant le regard déconcerté de Silas, qui demanda :

— Que diable voulez-vous dire par là ?

— Je veux dire, monsieur, que vous n'avez pas la moindre idée des exigences qu'implique votre nouveau statut, étant donné que votre père et vous ne vous êtes pas parlé ces quinze dernières années ; et je suis trop vieux à présent, j'ai des habitudes trop ancrées pour partir m'installer au service de quelqu'un d'autre. Je fais partie de votre héritage au même titre que la demeure Cavendish, et que le diable m'emporte si je vous laisse jeter aux orties toutes mes années de loyauté.

— À votre façon de présenter les choses, on a l'impression que je vous jette à la rue, rétorqua Silas d'un ton où l'on commençait à percevoir de la colère. Si je me souviens bien, je vous ai offert une somme très généreuse pour votre retraite, en remerciement de ces années de loyaux services auprès de mon père.

— En effet, monsieur, répondit Fred dont le ton s'adoucit un peu au souvenir de la somme faramineuse qu'il avait perçue.

Il ne se serait jamais attendu à recevoir autant d'argent.

— Mais le fait est, monsieur, que mon travail, est ma vie. Je ne me suis jamais marié, je n'ai pas de famille. Que pourrais-je bien faire ?

Bien malgré Fred, une note de détresse résonna dans sa demande, et Silas la perçut aussi bien que lui. Une ride inquiète apparut entre les sourcils du vicomte.

— Je comprends, répondit-il d'un ton bourru, mal à l'aise.

Un autre trait des Cavendish était qu'ils préféraient mourir plutôt que d'aborder quelque chose qui s'approche de près ou de loin aux sentiments ou aux émotions.

— Il est vrai que je… je vous suis redevable, Davis, déclara Silas d'une voix de plus en plus bizarre.

C'était autour de Fred, à présent, de froncer les sourcils.

— Pour quelle raison ?

La bouche de Silas tressaillit, il eut un petit rire, et déclara :

— Pour des milliers de petites attentions lorsque j'étais enfant. Pour ne pas m'avoir laissé mourir de faim lorsque cet homme me bannissait dans ma chambre, pour avoir pris le temps de faire attention à un petit morveux lorsque vous auriez pu m'ignorer, et très certainement, pour avoir porté le chapeau quand ce satané vase s'est fracassé, bon sang, l'homme aurait pu vous virer pour cela.

Fred ne se souvenait plus de la dernière fois qu'il avait rougi. Écarlate, il bredouilla en secouant la tête.

— Je n'ai jamais sous-entendu que vous me deviez quoi que ce soit. Ce n'est pas la raison de ma présence.

Fred, déconcerté, regarda Silas lui sourire et dévoiler des dents blanches et régulières au milieu d'un visage qui était en grande partie intransigeant et dur.

— Je le sais, et rien que pour cela, je suppose que je ferais mieux de vous laisser faire. Mais je vous préviens tout de suite : pas question que j'accepte de me faire pomponner, et pas de fanfreluches. Je ne suis pas une poupée que l'on habille et que l'on exhibe.

— C'est ce que j'ai cru deviner, dit Fred en riant et en remuant la tête de gauche à droite, consterné.

Silas laissa échapper un petit rire en secouant la tête.

— Oh, au diable tout cela. Venez donc, il semblerait que vous ayez décroché un travail.

Fred soupira du fond du cœur, soulagé.

— Merci, monsieur, dit-il avec sincérité. Je vous promets que je ne vous donnerai pas de raisons de le regretter.

— Hmmm, répondit Silas, mais son regard brillait d'amusement. Nous verrons.

Fred emboita le pas de son nouveau maître. Il fut incapable d'empêcher son regard de se fixer sur ses bottes de Hesse.

— J'accepte votre offre à une condition, déclara-t-il, n'arrivant pas à se retenir, en dépit de sa chance. Pour l'amour de tout ce qui est saint, laissez-moi cirer vos bottes.

— Sacrebleu, je croyais que vous aviez dit que je ne le regretterais pas ?

Silas lui jeta un regard accusateur en secouant la tête.

— Quel mal peut-il y avoir à porter des bottes propres ?

— Beaucoup de mal, répondit Silas, parfaitement sérieux. Les gens pourraient penser que j'en ai quelque chose à faire.

Chapitre 2

Je remercie le ciel de m'avoir apporté Lucia, sa présence m'a aidée à quitter la maison de mon frère, et m'a empêchée de trop m'apitoyer sur mon sort. C'est une jeune femme étrange, si douce, et tellement charmante ; pourtant je ne peux pas m'empêcher d'avoir l'impression que quelque chose cloche. Je n'ai jamais rencontré quelqu'un de si réservé, si secret. J'aimerais qu'elle se confie à moi. Je serais si contente d'être son amie.

— Extrait d'une lettre de miss Matilda Hunt à Sa Grâce Prunella Adolphus, duchesse de Lorny.

1ᵉʳ juillet 1814. Le soir du bal de lady Grasmere, Mayfair, Londres.

Silas réprima un grognement en contemplant la salle de bal bondée. Au moins, il avait envoyé Fred chercher ses affaires, cela lui éviterait de mourir asphyxié sous ses attentions avant de pouvoir partir.

— Pourquoi me suis-je laissé convaincre ? grommela-t-il en lançant un regard irrité à son compagnon.

Jasper Cadogan, le comte de Saint-Clair, lui lança un sourire éblouissant.

— Parce que, paraît-il, j'ai le pouvoir de persuader les oiseaux de venir me manger dans la main, répondit Saint-Clair avec une expression légèrement moqueuse. Vous extirper de cette maudite bibliothèque ne s'est pas révélé être une tâche si difficile que cela à accomplir. De plus, il y a quelqu'un là-bas que je souhaite vous faire rencontrer.

Cette fois, Silas grogna.

— Bon sang, Jasper, allez-vous arrêter avec cette lubie ridicule de me voir marié ?

— Qui a parlé de vous marier ?

Le comte avait l'air si offensé, que Silas ne put s'empêcher de rire.

— Mais je ne connais personne ayant autant besoin que vous d'une compagnie féminine. Je ne comprends pas pourquoi vous persistez à vouloir vivre comme un satané moine.

— Ce n'est pas vraiment le cas, répondit Silas, un peu vexé par la comparaison. Les femmes ne sont que problèmes. Je n'en ai pas encore rencontré une seule qui vaille la peine de supporter tous les tracas de sa compagnie, et en plus…

Silas s'interrompit au beau milieu de sa phrase, oubliant le sujet de conversation.

— Ah, voilà, déclara Saint-Clair avec un petit air suffisant qui était insupportable. C'est la personne que je voulais vous faire rencontrer.

La femme qui se trouvait de l'autre côté de la piste était tout simplement la vision enchanteresse la plus exquise que Silas ait jamais vue. Ses cheveux, aussi noirs que l'aile d'un corbeau, étaient relevés au-dessus d'une nuque gracieuse. Les lourdes tresses étaient arrangées en une coiffure complexe, et parées de perles qui brillaient comme les étoiles d'un ciel nocturne. Sa peau, de la couleur du satin doré, donnait l'envie furieuse à ses doigts de découvrir si elle était aussi douce qu'elle le paraissait, et Silas fut horrifié de constater qu'il était pétrifié, le souffle coupé.

Elle était tout en courbes, une robe bleu nuit recouvrait sa gracieuse silhouette, d'autres perles ornant le décolleté attiraient l'œil vers sa poitrine généreuse. Tout à coup, il avait la bouche très sèche, et but une grande gorgée du verre qu'il tenait sans la quitter des yeux. Elle scrutait la pièce, visiblement à la recherche de quelqu'un.

Les plus grands, les plus noirs des yeux, entourés d'épais cils, pivotèrent dans sa direction, et le regardèrent un instant, avant de se diriger ailleurs, désintéressés.

Un éclair d'irritation le traversa, vexé de se voir si facilement dédaigné.

— Qui est-elle ? demanda-t-il.

Il rechignait à manifester la moindre curiosité, mais se trouvait incapable de passer un seul autre instant sans connaître cette information.

— Personne ne le sait vraiment, répondit Saint-Clair d'un ton amusé parfaitement discernable. On l'appelle señorita Lucia de Feria, mais miss Hunt m'a informé qu'elle était portugaise, et non pas espagnole. La rumeur raconte que sa mère était Anna-Marie de Feria.

Silas arracha ses yeux de la jeune femme pour regarder son ami.

— La maîtresse du duc de Craven ?

La bouche Saint-Clair tressaillit légèrement.

— Le duc de Craven, le comte de Davenport, le comte de Montrose…

Il fit tourbillonner sa main en l'air.

— Je ne me souviens pas des autres. Une pièce coûteuse, dans tous les sens du terme.

— Lequel d'entre eux est son père ?

— Cela, répondit le comte avec un éclat de curiosité dans le regard, c'est la question du jour, mon ami. Personne ne le sait, et la demoiselle ne l'a pas révélé.

— Donc, qui est son protecteur actuel ? demanda Silas contre son gré.

Un sentiment désagréable envahissait sa poitrine à l'idée qu'un homme puisse *posséder* une telle femme.

— Elle n'en a pas. À ma connaissance, elle a refusé tous les hommes qui l'ont approchée, des barons aux ducs, en passant par les riches Cits. Elle a reçu des propositions qui vous feraient tourner la tête, mais personne n'a atteint son prix.

Silas, qui regardait la jeune femme, ressentit une cascade d'émotions déconcertantes. Du soulagement, qu'elle ne soit pas encore sous le joug d'un homme, et la brûlure de la jalousie à la découverte que, peu importe sa fortune, il ne serait jamais capable d'égaler les offres qu'elle avait déjà reçues.

— Quel *est* son prix ? demanda-t-il avant même d'avoir eu le temps d'y penser.

Saint-Clair émit un petit rire grave.

— Personne ne le sait. La demoiselle raconte qu'elle n'est pas à vendre, pourtant, c'est clairement une enfant illégitime, de parenté douteuse, pour le dire gentiment, et même une beauté comme celle-là aurait du mal à trouver un prétendant qui consente à l'épouser, avec un tel tableau. L'on raconte que ses refus systématiques sont un moyen d'attiser les convoitises. Dans tous les cas, tous les hommes de l'aristocratie salivent à son passage et lui proposent leurs fortunes.

Saint-Clair était en train de l'observer, il le savait, et détestait le fait d'être ainsi hypnotisé par la merveilleuse créature de l'autre côté de la salle, mais il ne parvenait pas à en détacher le regard.

— Je *peux* vous dire qu'elle est intelligente, charmante, et d'excellente compagnie, ajouta le comte.

Il sourit devant le regard brillant d'envie que son compagnon lui lança.

— Vous l'avez rencontrée ?

— Oui. Elle est l'une des amies d'Harriet, soupira-t-il.

Silas réprima un sourire en entendant le ton découragé du comte, et redirigea son attention vers miss de Feria. Il regarda les yeux de la jeune femme parcourir une nouvelle fois la salle, et cette fois, réussit à croiser son regard. Elle le soutint quelques instants, avec une expression légèrement surprise, peut-être décontenancée par l'intensité du sien. Silas sentit un frisson lui parcourir l'échine, ainsi qu'un désir soudain si violent qu'il en fut ébranlé jusque dans les os. La femme était dangereuse, son instinct le lui criait. Il ferait mieux de rester très, très loin de cette créature.

— Voudriez-vous que je vous la présente ? demanda Saint-Clair.

Il sentit son sang bouillonner de désir à cette question.

— Non, répondit-il d'un ton rude.

Résolu, il s'arracha à la contemplation de la femme et se retourna.

Lucia fronça les sourcils : l'homme qui l'avait fixée de façon si directe et troublante avait détourné le regard, et lui avait tourné le dos.

Elle l'avait jugé sans importance ; c'était un homme qui n'avait aucune place dans ses projets, à en juger par son apparence terriblement négligée. Il avait l'air d'avoir dormi dans ses vêtements, ses cheveux étaient trop longs, et l'ombre d'une barbe naissante sur sa mâchoire indiquait qu'il aurait dû se raser avant de sortir. Il était imposant et robuste, et avait un petit air indompté que ne possédaient pas les autres hommes de l'assemblée. Honnêtement, il semblait qu'il aurait été plus à sa place en extérieur, à effectuer un quelconque travail manuel, plutôt qu'ici, à jeter des regards noirs dans un événement mondain, tel un chien enragé dans une boucherie. Être rejetée de la sorte par cet individu, quand la moitié des hommes ici présents rêvaient de la couvrir de tout ce qu'ils possédaient, maisons, carrosses et bijoux hors de prix… elle était suffisamment honnête pour admettre qu'elle se sentait un peu froissée, et extrêmement curieuse.

— Quel est cet homme qui discute avec Saint-Clair ? demanda-t-elle à Matilda en s'efforçant de parler de manière nonchalante.

Matilda Hunt — la personne qui se rapprochait le plus d'une amie pour elle, et qui était, depuis peu, également sa nouvelle logeuse — se retourna, et l'on pouvait lire une légère surprise dans ses yeux bleus. Lucia pouvait comprendre cette réaction, elle n'avait jamais manifesté le moindre intérêt envers un homme auparavant, s'étant contentée de les traiter avec le même mélange d'exaspération et de tolérance qu'elle aurait manifesté face à un chiot exubérant. Loin de les décourager, son indifférence semblait avoir le même effet qu'un foulard rouge agité devant un taureau, ou dans ce cas-ci, dans une salle de bal remplie de taureaux.

— Oh, il s'agit de Silas Anson, dit Matilda en se penchant pour le lui murmurer à l'oreille. C'est un homme intrigant. Son père vient de mourir, et il est devenu le vicomte Cavendish, non pas qu'il ait l'air d'en avoir quelque chose à faire. Il méprise la société. Je me demande ce qu'il fait ici. Il est rare de le croiser dans ce genre d'événement. Il n'est pas homme à bavarder ou à faire des politesses, s'esclaffa Matilda. Il est connu pour partir au beau milieu des conversations qu'il trouve ennuyeuses, et son manque de délicatesse frise la vulgarité.

— Il a l'air un peu bourru, c'est certain.

Lucia se demandait ce que l'homme pouvait bien fabriquer au bal de lady Grasmere, s'il méprisait tout le monde de la sorte ; mais elle avait ses raisons d'être ici, et ne pouvait que supposer qu'il avait également les siennes.

— Oh, il l'est, acquiesça Matilda en souriant. Mais je dois dire que je l'apprécie. Avec un homme comme cela, on sait à quoi s'en tenir. Il semble toujours dire ce qu'il pense, il ne cache rien, et c'est assez rafraîchissant.

— Hmmm, répondit Lucia en fronçant légèrement les sourcils.

Il y avait quelque chose d'assez déconcertant à propos de cet homme, mais elle n'arrivait pas à mettre le doigt dessus.

— Suivez-moi, je vais demander à Saint-Clair de vous présenter.

— Oh, Matilda, non, s'exclama Lucia.

Après s'être fait ignorer de la sorte par le vicomte, ce serait très humiliant s'il s'imaginait qu'il l'intéressait, mais c'était trop tard : Matilda n'avait eu aucune difficulté à attirer l'attention du comte.

Lucia jura intérieurement alors que Matilda, souriante, faisait un petit signe impérieux à Saint-Clair pour lui demander de s'approcher. Consternée elle remarqua que le comte semblait avoir le plus grand mal à persuader Cavendish de l'accompagner. Il était clair que le vicomte n'avait aucune envie de la rencontrer. Lucia sentit une vague d'indignation monter en elle. Elle savait qu'on ne la considérait pas vraiment comme faisant partie de la bonne aristocratie, et elle connaissait les rumeurs qui circulaient à son sujet, mais un homme qui avait l'air d'avoir dormi dans une haie était mal placé pour se sentir supérieur.

Et maintenant, de toute évidence, le maudit homme allait penser qu'elle *était* intéressée par lui, puisque Matilda leur avait fait signe de venir.

— Lord Saint-Clair, dit Matilda avec chaleur en accueillant le comte. C'est si bon de vous revoir.

— Tout le plaisir est pour moi, je vous l'assure, miss Hunt, miss de Feria. Je suis enchanté de passer du temps en compagnie de telles beautés.

Lucia pouvait voir le vicomte grimacer devant le compliment flatteur, et son énervement monta d'un cran.

— Mesdames, puis-je avoir l'honneur de vous présenter mon bon ami, le vicomte Cavendish ? Cavendish, ces ravissantes créatures sont miss Hunt, et miss de Feria.

Lucia regarda avec intérêt la brute mécontente à ses côtés incliner légèrement la tête.

— Mesdames, dit-il en ne montrant pas le moindre signe d'intérêt ni de plaisir à cette rencontre.

— C'est étonnant, monsieur, de vous croiser dans une réception de la sorte, déclara Matilda en parlant au vicomte avec son aisance et son charme naturel. Mais vous êtes un ajout bienvenu, compte tenu du ratio désolant entre gentlemen et ladies. Vous n'êtes tout simplement pas assez nombreux, et nous manquons de partenaires de danse.

Au grand étonnement de Lucia, l'homme émit un petit ricanement qui résonna comme un son désobligeant à ses oreilles.

— Il y a peut-être quelques ladies ici pouvant se lamenter à ce sujet, dit-il d'un ton légèrement ironique, mais je doute que vous deux puissiez-vous en plaindre.

— Était-ce un compliment ou une insulte ? demanda Lucia, qui en avait assez de cet homme mal élevé après seulement quelques secondes en sa compagnie. Comme c'est étrange : mon amie ici présente m'avait informée que vous étiez un homme direct, qui disait ce qu'il pensait, et pourtant j'ai du mal à le savoir.

Une paire d'intenses yeux bleus croisèrent les siens pendant un instant ; Lucia ressentit l'impact de ce regard avec une sensation qui la parcourut jusque dans ses orteils. Pendant quelques secondes horribles, elle craignit de rougir, mais elle s'obligea à rester calme et à soutenir son regard.

— À votre avis ? demanda-t-il d'une voix basse et déconcertante.

— Je pense que c'était une insulte, monsieur, déclara Lucia en refusant de détourner son regard du sien. Mais que vous manquez de bravoure pour mener correctement à bien cette tâche.

Il y eut un éclair de quelque chose dans ses yeux, qui pouvait bien être de l'approbation, mais il le dissimula rapidement.

— Je doute que cela soit une qualité dont vous manquiez, miss Lucia de Feria, déclara-t-il.

Une fois encore, elle ne parvenait pas à savoir si c'était une insulte ou non.

— De toute évidence, répondit Lucia en lui lançant son sourire le plus éblouissant. Si j'avais l'intention d'insulter un homme, je ne perdrais pas de temps, et lui dirais qu'il se comporte comme un homme des cavernes ignorant, et je le complimenterais sur sa manière d'incarner ce rôle jusque dans la tenue, mais je suis trop bien éduquée pour dire de pareilles choses en bonne compagnie.

Un silence tendu s'ensuivit, l'air semblait crépiter autour d'eux jusqu'à ce que Lucia remarque la présence d'un autre homme à ses côtés.

— Señorita de Feria.

Lucia s'arracha à la contemplation du vicomte pour poser les yeux sur la silhouette efflanquée d'un Mr Richards à ses côtés. Le jeune homme lui lança un sourire rayonnant.

— Ma danse, il me semble, dit-il avec un tel enthousiasme que ses joues s'empourprèrent et le firent ressembler à un petit garçon heureux.

— Oh, oui, Mr Richards, répondit-elle.

Elle sursauta, ébahie, lorsque lord Cavendish saisit la main qu'elle tendait.

— Non, déclara le vicomte.

En disant cela, il avait lancé au jeune homme un regard qui l'inviterait à réfléchir avant d'essayer de prétendre le contraire. Il poursuivit :

— Vous vous trompez, c'est ma danse.

Lucia ouvrit la bouche, tellement soufflée par l'arrogance de l'homme que les mots lui manquèrent. Mais elle ne pouvait pas faire une scène, alors elle lança à Mr Richards un regard profondément désolé et tint sa langue.

Pas très longtemps.

— Comment osez-vous ! s'exclama-t-elle en jetant un regard noir à l'homme débraillé, piètre simulacre de gentleman. Je refuse de danser avec vous.

— Dans ce cas, partez et laissez-moi là, répondit-il avec une lueur de défi dans le regard. Cela donnera aux vieilles mégères des choses à raconter. Je serais éliminé de votre liste de protecteurs potentiels, n'est-ce pas ? Bien que je doute en avoir fait partie.

Lucia se raidit à ces mots, et lutta pour conserver une expression et une posture sereine, de peur de provoquer la scène qu'il l'encourageait à faire. Elle parla à voix basse, mais ses mots étaient emplis de rage et d'amertume.

— Je n'ai pas de protecteur, et je n'en aurais jamais. Je n'ai ni le besoin ni l'envie d'avoir la protection d'un homme, ni maintenant ni jamais. Plutôt mourir. Je suis une femme respectable, peu importe ce que l'on raconte à mon sujet, et je n'ai rien fait pour mériter de me faire insulter de la sorte.

À sa grande satisfaction, les mots semblèrent provoquer la surprise du vicomte, dont l'expression s'adoucit quelque peu.

— Non, dit-il après quelques instants. C'est vrai. Je vous présente mes excuses. Je n'aurais pas dû parler de manière si injuste.

Lucia le dévisagea, surprise de la facilité avec laquelle il avait admis sa faute, et incertaine de la façon dont elle devait réagir. Mais ce dilemme s'évanouit, car la danse débuta.

C'était, sans aucun doute, le moment le plus inconfortable de toute sa vie.

Cavendish n'était pas entièrement à son aise sur la piste de danse, bien que, pour un homme de sa carrure, il se mût suffisamment bien, mais Lucia était complètement déstabilisée.

Les insultes l'avaient mise en colère, elle avait été stupéfaite par la réaction du vicomte devant sa propre impertinence — encore plus stupéfaite par ses excuses — et se sentait horriblement consciente de la flagrante masculinité de son corps. Jamais, de toute sa vie, elle ne s'était sentie à ce point affectée par la proximité d'un homme, et c'était une expérience troublante.

Même lorsqu'elle était petite fille, et qu'elle s'imaginait amoureuse pour la première fois, ce n'était rien en comparaison de la chaleur frémissante qui envahissait le moindre recoin de son être en réponse à la force brute qui émanait de l'homme. La femme en elle réagissait à son contact, et ce, bien malgré elle.

Elle le haït pour cela.

À la seconde où la danse se termina, elle partit rapidement sans un regard en arrière.

Silas, debout sur la piste, regarda miss de Feria s'éloigner de lui comme si ses talons étaient en feu. Son cœur battait dans sa poitrine, chaque partie de son être semblait vibrer d'une conscience accrue, comme s'il s'éveillait pour la première fois de sa vie.

Elle était magnifique.

Il s'était comporté en tous points comme la brute qu'elle l'avait accusé d'être, et elle ne l'avait pas laissé s'en sortir comme cela non plus. Pourquoi s'était-il comporté de manière aussi odieuse avec elle, il n'en était pas certain, mais un doute sourd lui soufflait que ce fût par jalousie.

Il était encore blessé par la façon dont elle avait si facilement détourné le regard de lui, et il fallait ajouter à cela qu'il existait une pléthore de prétendants plus riches et plus charmants qui se bousculaient pour obtenir ses faveurs. Il était loin d'être un sans-abri, mais les finances de son père étaient sens dessus dessous, et il lui faudrait des mois pour découvrir si oui ou non le vieux fou s'était ruiné. Entretenir une maîtresse coûteuse était impensable pour le moment, bien qu'elle eût clairement dit qu'elle n'était pas sur le marché.

Peu importaient les raisons de son comportement grossier, il n'avait pas fait bonne impression auprès d'elle.

Parfait, pensa-t-il sauvagement. La dernière chose dont il avait besoin, c'était bien de se faire de la bile pour une satanée femme. Peu importe qu'il croie ou non ses affirmations lorsqu'elle disait ne pas vouloir de protecteur, elle était à la recherche de quelque chose, et d'après lui, cette chose sentait les problèmes à plein nez.

Il avait été stupide de venir ici, et encore plus stupide de laisser Saint-Clair lui présenter cette femme. La sentir si près de lui avait été la plus douce des tourmentes. Un parfum délicat, dont il n'arrivait pas tout à fait à déterminer la note, flottait encore autour de lui et lui taquinait les sens.

La meilleure chose à faire pour lui, était de se sortir Lucia de Feria de la tête, et de ne plus jamais la revoir. Silas quitta la salle de bal d'un pas déterminé en s'en faisant le serment, et rentra chez lui.

Toujours durant la soirée du 1er juillet 1814. Bal de lady Grasmere, Mayfair, Londres.

— Alors ? demanda Matilda qui semblait retenir son souffle tant elle était impatiente d'avoir la réponse de Lucia qui revenait vers elle.

— *Alors* ? répéta Lucia.

Elle était troublée, frustrée, et sacrément énervée.

— De toute ma vie, je n'ai rencontré d'homme aussi mal élevé, grossier, rustre, dépenaillé —

— N'oubliez pas affreusement arrogant, ajouta Saint-Clair avec un sourire.

— Oh, je n'oublierai certainement pas cela, répondit Lucia, encore bouillonnante de rage.

Elle s'empara du verre que tenait Matilda et prit une large gorgée.

— Détestable, odieux, énervant —

— Oui, il a certainement fait son impression habituelle, répondit le comte avec un sourire joyeux. Mais, vous savez, c'est vraiment un très bon compagnon lorsqu'on apprend à le connaître.

— Je n'ai absolument *pas* l'intention d'apprendre à le connaître, rétorqua Lucia avec véhémence.

— Le connaissez-vous depuis longtemps ? demanda Matilda au comte.

Il haussa les épaules.

— Pas tant que cela, mais je le connais aussi bien que n'importe qui, je pense. Il n'a pas beaucoup d'amis.

— Quelle surprise, marmonna Lucia en faisant tournoyer le verre dans sa main gantée.

Saint-Clair s'esclaffa.

— Vous savez, vous devriez lui laisser une chance, dit-il. Ce n'est pas un homme facile à vivre, je l'admets, mais il a bon cœur, sous ces vêtements froissés et ce visage renfrogné. C'est le genre d'homme sur lequel on peut compter lorsqu'on a des ennuis. Il ne dirait jamais non à un ami.

— Facile, quand on n'en a pas.

La remarque abrupte de Lucia le fit sourire.

— Cavendish ne fait pas confiance à beaucoup de monde, c'est vrai. Son père était une vraie brute, ajouta-t-il d'un air grave. Lorsqu'il avait quinze ans, Silas s'est enfui de chez lui et a disparu de la surface de la Terre. Il est parti si longtemps, que tout le monde l'a cru mort. Mais il a refait surface il y a cinq ans, en homme riche dans son bon droit. Il a vécu dans les rues de Londres pendant un moment avant de trouver du travail auprès d'un commerçant à Covent Garden. Il a appris à acheter et vendre, puis a investi dans l'entreprise jusqu'à ce qu'il rachète complètement l'affaire. À présent, il possède des entrepôts dans tout le pays, et est aussi riche que Crésus, si l'on en croit les rumeurs. Son père ne lui a jamais pardonné ceci, à la plus grande satisfaction de Silas.

Lucia fronça les sourcils. Elle était surprise, et pas qu'un peu, en découvrant l'histoire de l'individu. Pas étonnant qu'il ait semblé à part du reste de l'aristocratie, où n'importe qui préférerait mourir plutôt que d'admettre faire du commerce. Elle parvenait à imaginer la façon dont ils avaient tous dû lui tourner le dos, pour avoir refusé son héritage et s'être enfui de la sorte.

D'un seul coup, elle comprit le mépris qu'il éprouvait pour ceux qui l'entouraient, son refus de se conformer à l'étiquette, sa façon de rejeter leurs codes avec défiance en s'habillant de façon négligée. À quel point la vie avait-elle dû être horrible, pour forcer un jeune homme élevé dans un milieu si privilégié à se soumettre ainsi à la misère de la vie dans la rue ? Et pourtant, en dépit de tout cela, malgré les circonstances en sa défaveur, il avait triomphé, et était revenu se moquer ceux qui l'avaient rejeté.

Elle ressentit malgré elle un élan de sympathie dans la poitrine, et, pire encore, un profond sentiment d'empathie.

Elle ne répondit rien, ne sachant pas quoi ajouter.

— À en juger par sa réaction devant elle, je pense qu'il a miss Lucia de Feria dans la peau, déclara Saint-Clair.

Elle fut consternée de sentir le rouge lui monter aux joues.

— Oui, comme une tique, dit-elle avec un sourire doux, alors que le comte éclatait de rire à sa remarque.

— Non, dit-il en luttant pour donner à son séduisant visage un air sérieux. Absolument pas comme une tique. Comme un homme qui tente de retenir la marée, si vous voulez mon avis.

Lucia fronça les sourcils, déconcertée par l'analogie.

— Son mépris à mon égard est évident, dit-elle, encore plus incrédule en voyant le comte et Matilda échanger un regard complice. Quoi ?

— Rien de plus qu'un soupçon, répondit Saint-Clair d'une voix apaisante. Seulement, je ne serais pas surpris que vous revoyiez notre ami mutuel dans un futur proche.

— Pas si c'est moi qui le vois la première, murmura Lucia.

Elle se renfrogna tandis que ses compagnons riaient à une blague à laquelle elle n'était pas prête à prendre part.

Chapitre 3

Tout le monde parle de Lucia. Pensez-vous que les choses qui se racontent à son sujet sont vraies ? Qu'elle cherche un homme pour l'entretenir ? Je ne peux pas croire cela. Je me fiche de qui était sa mère, Lucia n'a été qu'un modèle de bienséance. Elle se conduit beaucoup mieux que moi ! Simplement parce qu'elle est belle, ils pensent le pire d'elle. Vous n'imaginez pas à quel point je déteste ces vieilles mégères qui médisent et racontent des histoires sur n'importe quelle personne ayant l'air de s'amuser plus qu'elles. Ce n'est rien de plus que de la jalousie.

—Extrait d'une lettre de miss Bonnie Campbell à miss Ruth Stone.

4 juillet 1814 Bond Street, Londres.

— Qu'en pensez-vous ? demanda Matilda en se tournant d'un côté puis de l'autre pour regarder dans le miroir la jolie capote de paille qu'elle essayait.

— Je pense que même avec une poule détrempée au sommet de votre tête, vous auriez l'air admirable, expliqua Lucia en regardant avec envie un joli couvre-chef en velours bleu ciel orné de plumes d'autruche.

Elle lui tourna le dos avec résolution, de peur que la tentation ne prenne le dessus sur sa volonté. Elle avait épuisé quasiment tout son argent, et il lui fallait tenir encore cinq semaines avant que les choses n'aboutissent à leur inévitable conclusion, une chose qu'elle attendait et redoutait en même temps.

— Dans ce cas, je le prends, répondit Matilda avec l'insouciance heureuse d'une femme qui n'a jamais de problème d'argent.

Mais cela n'avait pas toujours été le cas. Matilda avait raconté toute sa triste histoire à Lucia : elle n'avait omis aucun des détails sordides : les problèmes de jeux de son père qui avaient mené à leur ruine, les efforts qu'avait dû fournir Nate pour récupérer leur fortune, et l'homme à l'origine de sa disgrâce, simplement parce qu'elle s'était retrouvée dans la même pièce que lui. Le fait que l'individu en question, le marquis de Montagu, cherchait à présent à faire d'elle sa maîtresse, Matilda ne l'avait confié qu'à elle seule. Lucia savait que Matilda espérait qu'elle se livre à son tour, et, évidemment, elle en avait envie, mais ses secrets étaient trop dangereux pour être partagés.

En plus, la vérité éclaterait bien assez tôt.

Une fois que Matilda eut fini de donner des indications pour le chapeau et divers autres accessoires, des gants aux bas, pour qu'ils lui soient livrés chez elle, elles repartirent à l'extérieur. C'était une chaude journée, mais couverte : des nuages bas flottaient paresseusement dans le ciel oppressant. La chaleur collante rendait Lucia léthargique et irritable, et son humeur ne s'améliorera absolument pas lorsqu'elles virent le vicomte Cavendish les apercevoir.

L'homme hésita quelques instants, et Lucia était persuadée qu'il allait les ignorer, mais au dernier moment, il eut l'air de changer d'avis, puis se dirigea vers elles.

— Miss Hunt, miss de Feria. C'est un plaisir de vous voir.

Lucia haussa un sourcil.

— Vraiment, monsieur ? On aurait vraiment dit que vous auriez préféré nous envoyer dans un endroit à la chaleur infernale, dit-elle en lui offrant un sourire aimable pendant que Matilda étouffait un rire. J'étais sûre que vous alliez faire demi-tour et fuir.

À sa grande surprise, la bouche du vicomte frémit légèrement.

— Pas du tout, dit-il, ses yeux bleus étincelants d'une lueur de défi. En vérité, votre compagnie m'enchante tellement que j'espère vivement que vous accepterez de me faire l'honneur de marcher avec moi.

Elle fut consternée lorsqu'il lui tendit le bras. Il arborait sur ses traits durs une expression qui la mettait au défi de refuser.

— Avec plaisir, monsieur, dit-elle en battant des cils d'une manière à ce qu'il sache qu'elle mentait, mais qu'elle n'allait pas se défiler.

Lucia plaça sa main gantée sur son bras en remarquant que son manteau était moins froissé que la dernière fois qu'elle l'avait vu, et qu'il était rasé de près.

— Je vois que l'on fournit plus d'efforts pour Bond Street que pour le bal, dit-elle avec un sourire qui dévoilait ses dents.

Il lui rendit pleinement son expression, ce qui lui donna l'impression perturbante qu'un tigre lui souriait. En regardant ses cheveux bruns trop longs, ses traits burinés par le temps, et son apparence un peu débraillée — sans oublier cette lueur malicieuse dans le regard —, elle se dit qu'elle le verrait tout à fait à la barre d'un navire, naviguant à travers les océans au gré des maraudes et des pillages. Oui, l'homme pourrait tout à fait être un pirate.

— J'ai bien peur de ne pas pouvoir m'en attribuer le mérite, dit-il avec une gravité tranquille. J'ai récemment hérité d'un valet.

— Un valet ? répéta Lucia, bouche bée, en faisant mine d'être étonnée. Eh bien, eh bien. Le pauvre homme.

— En effet, il est tombé de Charybde en Scylla, soupira-t-il sombrement. Les Cavendish sont connus pour leur mauvais caractère et leur manque de finesse.

— Oh, très cher, attendez-vous de moi que je réfute une telle déclaration ? demanda Lucia en levant les yeux vers lui avec une expression grave. Car j'ai bien peur que ma conscience ne me l'interdise. Je déteste les menteurs.

Il baissa les yeux vers elle et Lucia ressentit un frisson d'inquiétude devant son regard : on aurait dit qu'il pouvait lire en elle.

— *Vraiment* ? demanda-t-il.

La question avait presque été murmurée, mais avec une note dubitative, et Lucia fut certaine qu'il savait ce qu'elle cachait.

C'était impossible, bien sûr, mais la sensation d'avoir été démasquée était si troublante que ses joues prirent une teinte écarlate.

— Je pense que nous avons suffisamment cheminé ensemble, dit-elle en retirant la main de son bras. Je crains que vous ne soyez pas le bienvenu à notre prochaine escale. Merci beaucoup de nous avoir tenu compagnie. Je vous souhaite une bonne journée, monsieur.

Une lueur de satisfaction flottait dans le bleu de ses yeux alors qu'il leur adressait une référence formelle.

— À votre service, miss de Feria, miss Hunt.

Lucia bouillonnait en regardant l'homme insolent et exaspérant s'éloigner d'un pas léger.

— Argh, je le déteste, marmonna-t-elle en foudroyant du regard Matilda qui riait ouvertement maintenant.

— Pourquoi ? demanda-t-elle, amusée, en regardant le vicomte s'éloigner. Je le trouve très rafraichissant.

Lucia lança un regard ahuri à son amie.

— Vous n'êtes pas *intéressée* par lui, tout de même ? demanda-t-elle à Matilda qui serra les lèvres.

Matilda réfléchit, puis haussa légèrement les épaules.

— Je ne sais pas. Peut-être. C'est le genre d'homme qui pourrait passer outre ma réputation, j'imagine.

Lucia fronça les sourcils. Elle ressentait une émotion étrange et déstabilisante dans l'estomac en imaginant Matilda dans les bras de l'individu rustre et arrogant qui venait de leur fausser compagnie. Distraite par un soudain éclat de rire, elle se tourna de nouveau vers Matilda, qui la dévisageait avec pitié.

— Oh, Seigneur, dit-elle, les yeux pétillants de joie. Non, il ne m'intéresse pas, chère Lucia, donc vous pouvez cesser d'avoir l'expression de quelqu'un qui vient d'avaler une guêpe.

Lucia se raidit, outrée par l'idée qu'elle puisse en avoir quelque chose à faire.

— Puis-je savoir ce que vous sous-entendez ? demanda-t-elle en jetant un regard noir à Matilda. Je me soucie comme d'une guigne que vous vous intéressiez à lui ou non, en dehors du fait que cela me forcerait à douter de votre santé mentale.

Matilda se mordit la lèvre. Il était évident qu'elle n'en croyait pas un mot, et était très amusée par la situation. Lucia se sentit rougir. Incapable d'aborder la question avec l'esprit ne serait-ce qu'un tout petit peu ouvert, elle fit volte-face et s'éloigna à grands pas.

Matilda soupira en regardant Lucia disparaître d'un pas furieux. La pauvre. Cela lui avait paru évident : lors de la rencontre entre Lucia et Cavendish, l'air avait semblé crépiter sous la force de leur attraction. Elle pouvait parfaitement comprendre la détresse de Lucia à cette idée ; il n'y avait rien de plaisant à se découvrir une attirance pour un homme que l'on n'aimait pas. Et c'était encore pire lorsqu'on le détestait. Comment une telle chose était possible restait un mystère à ses yeux, mais cela arrivait.

Elle le savait.

Elle réalisa soudainement qu'elle déambulait à la sortie du légendaire club de boxe *Gentleman Jackson's*, voisin de l'académie d'escrime, *Angelo's*. Matilda s'exhorta à presser le pas. Sa réputation était suffisamment entachée sans ajouter à cela la rumeur qu'elle rôdait autour d'endroits comme ceux-là. Ayant momentanément perdu de vue Lucia, Matilda fit demi-tour et heurta de plein fouet quelqu'un qui sortait du club d'escrime.

Elle trébucha en poussant un cri de surprise, avant de glapir lorsque sa cheville se tordit.

— Fichtre !

En levant les yeux, elle fut horrifiée, mais pas si surprise que cela, de découvrir posé sur elle le regard froid et impassible du marquis de Montagu.

— Oh, vraiment, dit-elle.

Elle se redressa en grimaçant.

— Il *fallait* que ce soit vous, n'est-ce pas ?

— Un charmant après-midi à vous aussi, miss Hunt, dit-il d'un ton nonchalant, un semblant d'amusement dans le regard. C'est un plaisir, comme toujours.

— Parlez pour vous, répliqua Matilda d'un ton acide. Il semblerait que ma matinée ait tourné à l'aigre. *Oh* ! cria-t-elle lorsqu'elle essaya de s'éloigner.

— Vous êtes blessée.

Elle fut surprise de discerner quelque chose ressemblant à de l'inquiétude dans sa voix lorsqu'il tendit le bras pour l'aider à garder l'équilibre.

— Si je le suis, déclara-t-elle en arrachant son bras de la main de Montagu, c'est entièrement votre faute.

— Miss Hunt, *vous* m'avez percuté, répondit Montagu.

Le fait qu'il énonce cette évidence eut pour effet d'irriter davantage Matilda.

— Oui, je sais, marmonna-t-elle en le foudroyant du regard. Si vous étiez un tant soit peu gentleman, vous auriez eu la courtoisie de ne pas m'en faire la remarque.

Matilda fut frappée de stupeur en voyant Montagu rire. Elle avait souvent remarqué que le marquis ne montrait jamais la moindre réaction. Il était impossible de le mettre en colère — elle avait essayé une fois ou deux — et il n'exprimait aucune des émotions douces. Depuis qu'elle le connaissait, elle n'avait jamais vu ne serait-ce qu'un sourire sur son visage. Mais à présent, il était visiblement amusé, et l'effet produit sur son visage austèrement beau était dévastateur.

Elle en eut le souffle coupé.

— Veuillez m'excuser de vous avoir laissé me percuter, miss Hunt, dit-il, ses yeux argentés brillant d'une lueur amusée. Je m'efforcerai de bondir hors de votre chemin à l'avenir. Cela vous convient-il ?

Matilda déglutit et le gratifia d'un hochement de tête crispé.

— Ce serait préférable.

Pressée de vouloir disparaître de la vue de l'homme aussi vite que possible, elle essaya de s'éloigner, mais elle retrouva le marquis à ses côtés une fois de plus. Il lui saisit le bras lorsqu'elle perdit l'équilibre à nouveau en poussant un juron.

— Que faites-vous, petite imbécile ? demanda-t-il, cette fois de son ton despotique habituel. Vous allez empirer les choses. Je vais faire venir ma voiture, et vous ramener chez vous.

— Non merci, rétorqua sèchement Matilda. Être vue en votre compagnie est la dernière chose dont j'aie besoin.

— Matilda ?

Matilda regarda autour d'elle et soupira de soulagement en voyant Lucia s'empresser de la rejoindre.

Merci Seigneur.

— Que diable vous est-il arrivé ? demanda Lucia en jetant un regard noir à Montagu. Lâchez mon amie, monsieur, dit-elle en glissant un bras autour de la taille de Matilda.

— Rien, répondit précipitamment Matilda. Je me suis simplement tordu la cheville. Rien de grave, je vous assure. Lord Montagu a offert de me ramener chez moi avec sa voiture, mais j'ai décliné sa proposition, pour des raisons évidentes.

— En effet, déclara Lucia en jetant un regard de dégoût au marquis. Ce n'est pas la peine de vous soucier de cela plus longtemps, monsieur. Je m'assurerai que Matilda rentre chez elle saine et sauve.

— Elle ne peut pas marcher sur sa cheville blessée, répondit Montagu en affichant l'expression implacable qu'il arborait habituellement. Comment comptez-vous donc faire cela ?

Lucia soutint son regard quelques instants, puis regarda autour d'elle.

—Oh, Mr Richards !

Matilda suivit le regard de Lucia tandis que son amie se précipitait au bout de la rue en faisant signe à un jeune homme qui conduisait un carrick assez élégant. Le visage de l'homme s'éclaira lorsqu'il reconnut Lucia, et il gara sa voiture le long de la rue animée.

— Eh bien, señorita de Feria, s'exclama-t-il. Quel plaisir de vous voir ! Que puis-je faire pour vous ?

— Oh, Mr Richards, dit Lucia en portant la main sur son cœur et en jetant un regard suppliant vers le jeune homme énamouré. Pourriez-vous nous aider ? Mon amie, miss Hunt, s'est tordu la cheville, et je dois la raccompagner chez elle.

— Mais bien sûr, bien sûr ! s'exclama Mr Richards, incarnation même de la sollicitude.

Il jeta les rênes à son tigre[1], avant de descendre de la plate-forme.

— Je serais honoré de vous apporter mon aide.

C'est alors que le jeune homme aperçut le marquis, et la couleur vive qui était apparue sur ses joues en présence de Lucia disparut de façon dramatique.

— M-Monsieur Montagu, bafouilla-t-il, tout à coup raide et embarrassé.

— Richards, répondit Montagu avec une expression d'intense mécontentement qui fit frémir de peur son interlocuteur.

Le marquis se tourna vers Matilda et inclina légèrement la tête.

— Il semblerait que mes services ne soient pas requis. Je vous souhaite un bon après-midi, miss Hunt, miss de Feria.

Alors que le marquis s'éloignait, Matilda laissa échapper un soupir tremblotant.

— Voilà. Nous n'avons pas besoin de lui quand nous avons un si charmant compagnon pour nous escorter.

Mr Richards rougit de nouveau et se redressa quelque peu. Matilda lui lança un sourire reconnaissant.

— En effet, acquiesça-t-elle.

Elle ne jeta pas le moindre regard en arrière en direction du marquis.

---

[1] Tigre : surnom donné au valet se tenant à l'arrière du carrick, qui se tient prêt à bondir hors de la voiture pour effectuer ses tâches.

6 juillet 1814. South Audley Street, Londres.

Lucia toqua à la porte de chambre de Matilda, et entra lorsque son amie répondit :

— Entrez.

Lucia admira le tableau devant elle : Matilda devant sa coiffeuse, apportant la touche finale à sa tenue en enfilant un très beau collier de saphir qui mettait en valeur le bleu de ses yeux.

— Vous êtes tellement belle, déclara Lucia en contemplant la peau d'ivoire et les cheveux blonds de son amie.

Elle représentait, selon Lucia, tout ce qu'une lady Anglaise était censée être : c'était une rose parfaite. Lucia réprima l'estocade d'une émotion incontrôlée qui n'était pas la bienvenue. Mais elle se demandait ce que cela pouvait bien faire, de connaître exactement le lieu d'où l'on venait, le monde dans lequel on appartenait. Lucia n'avait jamais connu, ne connaîtrait jamais cette sensation. Elle faisait partie de deux mondes disparates, qui, bien que se méprisant mutuellement, étaient inextricablement liés.

— Merci.

Matilda se retourna, et soupira en regardant Lucia.

— Eh bien, je ne peux que vous retourner le compliment. Ma parole, le pauvre lord Cavendish se montrera encore plus grincheux que jamais lorsqu'il vous apercevra.

Lucia leva les yeux au ciel, refusant de se laisser atteindre. Elle était contente de sa robe. C'était l'une des dernières extravagances qu'elle s'était autorisée avant de se retrouver à sec. Elle était d'une spectaculaire teinte de violet profond, comme un ciel nocturne avant une tempête.

— Serez-vous capable de danser ce soir ? demanda-t-elle à Matilda qui se levait.

— Oui, déclara Matilda en souriant et en faisant une petite gigue sur place pour illustrer ses propos. Vous voyez ? Comme neuve !

Lucia s'esclaffa. Des coups discrets frappés à la porte précédèrent l'entrée de la bonne de Matilda, une demoiselle au caractère aimable, du nom de Sarah.

— Et voilà, miss, dit-elle en tendant à Matilda une imposante boîte carrée, qui ressemblait à celles où l'on range les parures.

— Oh, parfait. Merci, Sarah.

Lucia fronça les sourcils en se demandant pourquoi Matilda en avait besoin.

— Vous n'allez quand même pas enlever ces magnifiques saphirs, Tilda ? Ils sont divins.

— Non, répondit Matilda en secouant la tête.

Elle ouvrit la boîte, avant de déclarer :

— Mais j'ai pensé que vous aimeriez peut-être porter ceci ce soir. Ils sont la touche parfaite à votre robe.

Lucia se rapprocha et resta bouche bée devant la parure exquise d'améthystes et de diamants, nichée sur un lit de soie blanche.

— Oh, Tilda, je… je ne peux pas.

— Bien sûr que si, rétorqua Matilda en riant.

Elle sortit le collier.

— J'insiste. Sans votre présence, j'aurais pleurniché sur mon sort jusqu'à ce que mort s'ensuive. Votre compagnie s'est révélée être exactement ce dont j'avais besoin, et cela me rendrait heureuse que vous les portiez.

Lucia retint son souffle alors que les larmes lui montaient aux yeux. Le poids du collier froid et lourd se déposa sur sa gorge et elle déglutit avec difficulté en voyant son reflet dans le miroir. Elle avait envie de tout dire à Matilda, mais elle n'osait pas. La jeune femme s'était montrée gentille et généreuse, mais Lucia savait que cela changerait une fois que la vérité à son sujet serait révélée. Elle l'avait appris à ses dépens. Pour survivre à ce qui allait venir, il fallait qu'elle protège son cœur. Il fallait qu'elle se prépare à l'instant où ces gens, qui étaient en apparence ses amis, lui tourneraient le dos.

En revanche, pour l'instant, il n'y avait pas de mal à accepter une gentillesse de la part de Matilda.

— Merci.

Elle remarqua le trémolo dans sa voix. Matilda lui sourit par-dessus l'épaule avant de se retourner pour lui donner une brève étreinte.

— De rien. À présent, il me semble qu'il y a une jeune lady ayant un défi à accomplir ce soir.

Lucia se força à afficher un sourire sur ses propres lèvres et prit une profonde inspiration, sachant qu'il y aurait plus d'enjeux ce soir que ne le réalisait Matilda.

— En effet, dit-elle en relâchant son souffle et en rassemblant son courage.

Elle était près du but, il n'était plus temps de reculer. Elle récita :

— Allons, encore une fois à la brèche, chers amis, encore une fois.

Matilda sourit et lui attrapa le bras avant de l'entraîner hors de la pièce.

— Emportez-la d'assaut, ou comblez-la de morts ! s'exclama-t-elle en accompagnant la fin de la citation d'un geste théâtral.

Elles se précipitèrent dans les escaliers en riant.

Chapitre 4

6 juillet 1814. Demeure Cavendish, The Strand, Londres.

Fred était aux anges. Il savait qu'il aurait fallu un peu de temps à son nouveau maître pour s'habituer aux attentions d'un valet. En dépit d'avoir été élevé comme un gentleman la moitié de son existence, l'homme paraissait prendre un plaisir pervers à se vêtir comme s'il avait passé toute sa vie à la rue. Cependant, quelque chose l'avait poussé à aller au bal du comte d'Ulceby ce soir-là, et les services de Fred avaient non seulement été requis, mais demandés.

À ce jour, Fred avait pu faire de grands progrès ; à présent les vêtements du vicomte étaient soigneusement lavés et repassés, et il avait même réussi à le convaincre d'acheter de nouvelles chemises et cravates. Ils s'étaient quelque peu querellés au sujet des bottes, mais étaient parvenus à un compromis. Silas refusait d'en acheter de nouvelles, mais il autorisait Fred à polir les anciennes autant de fois qu'il lui plairait. En revanche, il avait, jusqu'à cette soirée-là, refusé de se laisser couper les cheveux.

À présent, les mèches sombres et épaisses — qui formaient une telle masse de boucles autour de sa nuque, que les doigts de Fred avaient brûlé d'envie de se saisir d'une paire de ciseaux — jonchaient le sol à ses pieds.

— Pas besoin d'avoir l'air si content de vous, grommela Silas en croisant les bras, un air belliqueux sur le visage. Je ne fais pas cela pour vous.

— Non, répondit Fred, dont le sourire s'élargit. Pour quelque demoiselle exquise, sans aucun doute, que je remercie du fond du cœur.

Fred regarda avec curiosité les sourcils épais du vicomte se rapprocher entre eux, et s'interrogea sur l'identité de cette lady qui avait eu une telle influence sur son maître. Peut-être pas si exquise, à en juger par son expression troublée. À sa connaissance, Silas n'avait jamais eu de maîtresse, et il n'était certainement pas connu pour fréquenter des femmes de petite vertu.

Donc… peut-être était-ce quelque chose de plus sérieux ?

— Comment est-elle ? s'aventura à demander Fred.

Avec n'importe quel autre employeur, Fred n'aurait jamais osé parler si librement. En effet, le vieux vicomte lui aurait jeté quelque chose au visage s'il avait fait montre d'une telle audace. Mais Fred connaissait Silas depuis qu'il était bébé, et en dépit de son tempérament effroyable et de son air renfrogné, il y avait un petit quelque chose à son sujet qui réveillait dans le cœur de Fred un petit sentiment d'obligation paternelle. Dieu était témoin que le pauvre bougre n'avait pas reçu beaucoup de marques d'affection dans son enfance, et Fred pariait que cela n'avait pas vraiment changé depuis sa fugue. Si un homme avait bien besoin d'un confident, c'était Silas Anson.

Silas fronça davantage les sourcils et gigota, croisant les bras.

— Qui te dit qu'il y a une femme ?

Fred croisa son regard dans le miroir et haussa un sourcil.

Silas soupira.

— Vous ne la connaissez pas, marmonna-t-il.

— Est-elle belle ?

Fred peignait les mèches épaisses en s'assurant qu'elles étaient toutes égales en attendant une réponse. Elle finit par être prononcée à contrecœur :

— Oui. Belle à en devenir fou, ajouta-t-il en surprenant Fred avec cet aveu.

— Ah, déclara Fred en soupirant. Une dangereuse équation.

Il retira la serviette du cou du vicomte et retira soigneusement, à l'aide d'une brosse souple, chaque petit cheveu du cou et des épaules de Silas.

— Je dois avoir perdu l'esprit, déclara Silas.

Fred s'immobilisa, content et touché que l'homme l'honore de ses pensées intimes.

— En veut-elle la peine ?

Fred regarda un sourire étirer lentement une bouche qui était habituellement sévère et intransigeante.

— Oui, répondit simplement Silas. Mais cette petite diablesse manigance quelque chose. J'en parierais ma fortune.

— Ce n'est pas une lady fortunée, alors ? devina Fred, pour la simple et bonne raison que n'importe quelle lady aisée et de bonne extraction ne jouait qu'à un seul jeu : se trouver un époux riche et noble. Êtes-vous sûr ? poursuivit-il. Elle semble appartenir au genre de femmes qui aiment les manigances, et qui vous conduisent devant l'autel en moins de temps qu'il n'en faut pour le dire.

Il regarda Silas dans les yeux en agitant la brosse à son intention.

— Au vu des changements qu'elle a déjà provoqués sur votre personne, je parie qu'elle vous aura mis la corde au cou avant la fin de la saison.

Silas se renfrogna légèrement et grogna en se levant. Il s'étira et passa la main dans ses cheveux plus courts.

— Je ne suis pas sur le point de me précipiter à l'église, Fred, dit-il d'un ton amusé. Quant à la fortune, je ne pense pas. Elle semble posséder suffisamment d'argent, mais il y a quelque chose à son sujet. Elle est toujours sur la défensive, piquante, et fière.

— Êtes-vous sûr que ce n'est pas votre charme naturel qui fait ressortir le pire en elle, monsieur ? S'avança Fred avec un sourire narquois.

Silas souffla, ses sourcils atteignirent la racine de ses cheveux.

— Pour l'amour de Dieu, pourquoi donc vous ai-je embauché ?

Il lui jeta un regard noir, avec une expression profondément sévère, mais Fred parvenait à discerner suffisamment clairement la lueur amusée dans ses yeux.

— Vous êtes un petit impertinent, Davis. Je ne sais pas diable comment mon père a fait pour vous supporter durant toutes ces années.

— Oh, je ne me suis jamais montré grossier envers l'ancien vicomte, monsieur, dit Fred en haussant les épaules. Il m'aurait fouetté.

— Qu'est-ce qui vous fait croire que je ne ferai pas la même chose ? demanda Silas avec un air quelque peu offensé.

Fred lui sourit en rassemblant ciseaux et peignes, puis se dirigea vers la porte pour une effectuer une sortie rapide.

— Parce que, malgré vos protestations et vos airs furibonds, vous faites un meilleur gentleman que votre père ne l'a jamais été.

6 juillet 1814. Bal du comte d'Ulceby, Hyde Park, Londres.

— Eh bien eh bien. Nous y revoilà.

Silas réprima un grognement lorsque le comte de Saint-Clair l'accula. Il avait rôdé en périphérie de la salle, en conservant un air furieux dans l'espoir qu'on le laisse tranquille.

Apparemment, ce n'était pas très efficace.

— Et très élégant, avec cela, continua Saint-Clair qui ignora le regard d'avertissement de son ami et l'examina en tournant autour de lui. Pas un pli, pas le moindre froissement, et cette cravate… ! Ma parole, Cavendish, vous avez *presque* l'air d'un gentleman.

De la part de n'importe qui d'autre, ce commentaire se serait soldé par un nez cassé. Silas lui jeta un regard furieux.

— Déguerpissez, espèce de maudit mirliflore, grommela-t-il.

— Oh, non, non, non. Je suis bien trop impatient de voir votre tête.

Tout en sachant pertinemment qu'il ferait mieux de ne pas relever ce commentaire, Silas se tourna vers Saint-Clair et lui demanda :

— Que voulez-vous dire ?

— Je veux parler de la tête que vous allez faire lorsque vous l'apercevrez.

Ils savaient tous deux que Saint-Clair n'avait pas besoin de préciser de qui il parlait.

Exaspéré, avec l'impression d'être un idiot, Silas croisa les bras en refusant de dire un mot de plus. Il en aurait été de toute façon bien incapable, car au même instant, elle apparut dans son champ de vision, au bras de Matilda, toutes deux pénétrant dans la salle de bal. C'était un soleil d'après-midi accompagnant un ciel nocturne étoilé. Matilda Hunt portait une robe de soie bleue, et ses cheveux blonds scintillaient de reflets d'or sous la lueur des centaines de chandelles. Lucia formait un contraste avec ce tableau : sa robe était d'une teinte profonde, un violet riche de la couleur des cerises mûres. Ses cheveux noirs brillaient, épais et satinés ; Silas avait tellement envie de détacher ces lourdes mèches, et de regarder cette cascade de la plus noire des soies se dérouler de ses épaules, que cela en était douloureux.

Il s'agissait, de toute évidence, des deux filles les moins épousables de l'assemblée, toutes les deux étaient ternies par des scandales et une réputation douteuse. Mais il n'y avait pas une seule âme ici présente qui aurait pu nier qu'elles étaient les plus belles, les plus désirables.

Les plus compliquées.

— Voilà, c'était l'expression que j'attendais. Celle du renard lorsque les chiens ont repéré sa trace. Pauvre fou !

Silas perçut vaguement la remarque suffisante du comte et il l'ignora. Tout cela n'avait plus d'importance.

— Allez au diable, Saint-Clair, murmura-t-il en avançant, le regard braqué sur Lucia. Son cœur battait trop vite, et il savait qu'il risquait de se comporter comme un idiot pour cette femme, mais il ne pouvait pas s'en empêcher. Il y avait une telle défiance dans le regard de la jeune femme, comme si elle attendait de recevoir une insulte, ou que quelqu'un se rende compte qu'elle n'était pas à sa place.

Ayant passé une bonne partie de sa jeunesse à la rue, luttant pour sa survie, il reconnaissait la lueur dans ses yeux. Il y avait un côté sauvage qui vous avertissait de garder vos distances. Une chose qui suggérait qu'elle n'en avait rien à faire de vous, de quoi que ce soit, mais Silas savait que c'était un mensonge aussi. Elle en avait quelque chose à faire. Un peu trop.

Cette réalisation réveilla un côté protecteur et féroce en lui. Silas désirait la sauver, de quoi, il l'ignorait, peut-être d'elle-même, mais il ne ferait pas l'erreur de lui poser la question, ou de lui offrir son aide. Il aurait immédiatement rejeté un tel geste de la part de quiconque aurait osé le lui offrir, lorsqu'il se battait pour sa place. Il s'était débrouillé tout seul pour y parvenir. Il n'aurait pas accepté de réussir d'une autre manière.

Lucia était pareille. Fierté et défiance. Cela émanait d'elle comme un brasier incontrôlable, et l'unique chose qu'il désirait, était d'en ressentir la chaleur.

Lucia sourit en voyant Bonnie se précipiter vers elles d'une démarche sautillante. C'était une fille si vive, faite de courbes généreuses et d'éclats de rire.

— Oh, ma parole, vous êtes toutes les deux divinement belles. Avez-vous remarqué ? Tous les hommes se sont retournés pour vous admirer quand vous êtes entrées !

Lucia s'en était aperçue, en fait, mais elle était beaucoup moins enchantée que Bonnie face à cette constatation. Elle avait senti le poids de leur regard, les spéculations de ceux qui s'interrogeaient sur son prix, combien il leur faudrait dépenser pour jouir d'un accès à son lit et à son corps. Elle fut parcourue d'un frisson, et pria pour que les choses n'en arrivent jamais là.

— Qui d'autre est présent, Bonnie ? demanda Matilda en sondant la foule.

— J'ai vu Ruth un peu plus tôt, et Prue est censée venir, bien que je ne l'aie pas vue. Je pense qu'Harriet est ici… oh, oui, là voilà. Harriet… Héhooooo ! *Harriet* !

Matilda grimaça lorsque Bonnie cria le nom de son amie par-dessus la tête des personnes présentes, et Lucia se mordit la lèvre pour s'empêcher de rire. Les gens qui se trouvaient près d'eux jetèrent des regards désapprobateurs à Bonnie, qui s'empourpra et sembla perdre un peu de son entrain.

— Oups, dit-elle avec un sourire contrit. Pardon.

— Ce n'est rien, ma chère, répondit Matilda d'une voix apaisante. Simplement, peut-être un tout petit peu moins d'exubérance ?

— Oui, maman, répondit Bonnie avec un sourire effronté, avant de filer retrouver Harriet.

— Polissonne, dit Matilda qui secoua la tête en riant alors que Bonnie s'enfuyait en faisant rebondir ses boucles noires.

— C'est un peu ce que vous ressentez, n'est-ce pas ? demanda Lucia en dirigeant de nouveau son attention sur Matilda. Vous êtes la mère poule qui veille sur ses poussins.

À sa grande surprise, Matilda rougit légèrement et acquiesça avec un petit rire.

— Oui, admit-elle. Je… eh bien, je pensais qu'à mon âge, je serais déjà mariée, avec des enfants.

Lucia ressentit une bouffée d'empathie à son égard. Matilda avait vingt-cinq ans, et était dangereusement proche d'être reléguée au statut de vieille fille. Elle avait la beauté, et — grâce à son frère — une dot généreuse. Mais le marquis de Montagu avait jeté une ombre sur elle, et aucun parti convenable n'épouserait une marchandise gâtée, par crainte de devenir la risée de tous.

— Mais, continua Matilda, ma fin de conte de fées semble hors de ma portée, j'ai donc décidé d'aider mes amis à obtenir la leur. Ainsi, lorsque je serai une vieille fille décrépie, j'aurai moult propositions de séjours chez toutes. De cette façon, je n'aurai pas à rester trop longtemps à un seul endroit en abusant de l'hospitalité de mes hôtes.

Elle avait dit ça en riant, sur un ton de plaisanterie, mais Lucia pouvait entendre le fond de vérité — et de peur — qui se cachait derrière ces mots. Elles savaient toutes les deux que beaucoup la considéreraient déjà comme une vieille fille, trop vieille pour être sûre d'engendrer l'héritier nécessaire. Sans réfléchir, elle saisit les deux mains de Matilda.

— Ce n'est pas terminé, Matilda. Il doit y avoir un homme bon quelque part pour vous. N'abandonnez pas encore.

Matilda lui pressa les mains et sourit.

— Chère Lucia, dit-elle avec tant d'affection dans la voix que la gorge de Lucia se serra. Et moi j'étais là, à penser que vous considériez que les hommes bons étaient une invention de contes, au même titre que les licornes et les fées marraines.

Lucia s'esclaffa à cette remarque.

— En effet, de mon point de vue, oui, mais c'est différent dans votre cas.

— Comment cela ?

Matilda la contempla d'un air perplexe et intrigué. Lucia maudit sa langue trop agile. Elle secoua la tête et afficha un sourire sur son visage.

— C'est ainsi. Oh, regardez, ajouta-t-elle pour changer de sujet avant que Matilda ne puisse poursuivre. Voilà Harriet.

Visiblement, Bonnie n'avait toujours pas trouvé Harriet, puisque la jeune femme se hâtait dans leur direction, l'air harassée et énervée. C'était une jeune fille sérieuse, et Lucia se sentait un peu inférieure face à son intelligence, dont elle était envieuse. Lucia la trouvait légèrement intimidante, une information qui avait fait rire Matilda lorsqu'elle la lui avait confiée, car il s'avérait qu'Harriet ressentait la même chose à son sujet, bien que pour des raisons complètement différentes. Apparemment, Harriet était éblouie par elle, ce qui la rendait muette en sa présence. Et cela, c'*était* amusant.

La jeune femme remonta les lunettes sur son nez dans un geste nerveux que Lucia reconnaissait à présent.

— Bonjour, Harriet. Passez vous un moment agréable ?

— Non, répondit abruptement Harriet, furieuse. Cet homme abominable a emmené Henry boire un verre avant de venir ici, et à présent il est… *saoul comme une grive.*

Harriet avait grommelé l'expression au lieu de la prononcer à voix haute, ce qui fit sourire Lucia. Elle supposa que l'*homme abominable* ne pouvait faire référence qu'au comte de Saint-Clair, qui était le meilleur ami de son frère, Henry. Personne ne semblait savoir d'où venait l'animosité d'Harriet envers le comte. Il était évident qu'Henry, Saint-Clair et elle avaient grandi ensemble, donc Lucia supposait que les origines de cette animosité émanaient d'un événement passé qu'Harriet avait trouvé impardonnable. Pourtant, le comte recherchait sans cesse sa compagnie, même si l'on avait l'impression que c'était souvent avec l'intention de la faire sortir de ses gonds. Il lui faisait songer à un petit garçon tirant sur ses couettes, mais elle gardait de telles observations pour elle-même, pressentant qu'Harriet ne les apprécierait pas.

— Vraiment ? demanda Matilda en fronçant un peu les sourcils. Il n'a pas l'air saoul.

Lucia se retourna pour regarder dans la même direction que Matilda, vers l'endroit où se trouvaient Henry, Saint-Clair, et — *oh, Seigneur tout-puissant* — lord Cavendish. Tous trois se dirigeaient vers elles.

— Oh, fichtre, marmonnèrent Harriet et Lucia à l'unisson.

Elles échangèrent un regard en plissant les lèvres en signe de compassion l'une envers l'autre.

Lucia évita de croiser le regard de lord Cavendish lorsqu'ils effectuèrent les salutations d'usage, bien qu'elle puisse sentir le poids du sien posé sur elle. L'envie de lever les yeux était très irritante, un peu comme une piqûre d'insecte qui réclame qu'on l'apaise d'un grattement instantané, même lorsque l'on sait que c'est une mauvaise idée. Inévitablement, la tentation fut trop forte pour qu'elle réussisse à y résister.

— Ah, voilà, murmura-t-il en lui souriant, ce sourire de pirate qui provoquait une onde chaude et vivante sous sa peau. Je me demandais combien de temps vous pourriez m'ignorer.

— Il est des choses plus difficiles à ignorer que d'autres, répondit Lucia.

Elle avait essayé de prendre un ton espiègle, mais celui qu'elle avait émis était maussade. Maudit soit cet homme, avec lequel elle se sentait toujours à cran.

— Comme une personne dont vous ne pouvez ignorer la présence ? dit-il.

Il était impossible de ne pas remarquer son ton satisfait, et Lucia répondit avec un sourire aimable :

— Je pensais plutôt à quelque chose comme la peste bubonique.

Il éclata de rire, et Lucia tenta d'ignorer le plaisir qu'elle ressentit en entendant ce son. Il avait l'air différent ce soir, comme s'il avait enfin permis à son valet de le prendre en main. Bizarrement, cela ne lui donnait pas l'air beaucoup plus civilisé, en dépit du blanc immaculé de sa cravate parfaitement nouée, et de ses cheveux soigneusement coupés. Toute cette énergie sauvage, cette impression d'une chose ne demandant qu'à être libérée… c'était encore là. Cela brillait dans son regard et ajoutait un petit côté délicieux à ce sourire espiègle. Mais il y avait autre chose, une chose dans l'expression de son visage qui accéléra les battements de son cœur.

— Je sais que je l'ai mérité, et plus encore, déclara-t-il d'une voix douce qu'elle n'avait encore jamais entendue chez lui. Mais j'espère que peut-être, vous accepterez de me donner une deuxième chance. J'ai bien peur d'être à peine civilisée, comme on vous l'a très certainement déjà dit — comme si cela avait besoin d'être précisé — mais je ferai de mon mieux… pour vous.

Lucia eut le souffle coupé. Ses yeux lui demandaient pardon dans un regard franc et direct, et elle crut en sa sincérité.

Elle avait vu la façon dont les hommes la regardaient. Des regards avides, désireux de la posséder. Cela n'avait jamais manqué de la mettre sur la défensive, de la rendre nerveuse, de la faire se sentir comme une proie dans une pièce remplie de prédateurs. Pour le moment, elle avait le pouvoir de les garder à distance, mais cela ne serait peut-être pas toujours le cas.

Lorsqu'elle était plus jeune et pleine d'idéaux, elle avait souhaité avoir un protecteur. Pas au sens vulgaire auquel l'aristocratie l'entendait, celui d'un homme qui possède une maîtresse, mais au vrai sens du terme. Quelqu'un qui prendrait soin d'elle et qui la garderait en sécurité, pour la préserver du mal et de la souffrance. Elle avait rêvé d'un tel homme, et de la façon dont il la regarderait… comme lord Cavendish la regardait à présent.

Lucia déglutit, l'envie et la frustration grondaient en elle. Lord Cavendish ne serait pas différent des autres, se dit-elle. Il voyait Lucia, mais ne *la* voyait pas. Il voyait ce qu'il supposait être devant lui, mais il ne voyait pas la vérité. C'était impossible et dangereux de lui faire confiance, et cette lueur dans ses yeux se transformerait en colère et en dégoût lorsqu'il la verrait pour qui elle était réellement. C'était inévitable.

— Je… je ne peux pas. Si vous voulez bien m'excuser, dit-elle d'une voix tremblante.

Elle se retourna et partit précipitamment.

Silas regarda Lucia s'enfuir en fronçant les sourcils, déçu. L'intuition qui lui disait que la jeune femme avait des ennuis — ou du moins, se précipitait droit vers eux tête baissée — lui semblait plus tangible de seconde en seconde.

— Vous avez usé de votre charme habituel, à ce que je vois, murmura Saint-Clair en suivant son regard alors que Lucia disparaissait dans la foule.

Silas fulminait. Il mourait d'envie de suivre Lucia, mais ne voulait pas rendre cela évident aux yeux des autres. Henry donna un léger coup de coude à Saint-Clair.

— Avez-vous entendu cela, Jasper ? déclara-t-il en souriant. Ces demoiselles seront toutes présentes à votre bal cet été.

— C'est formidable, répondit le comte. Je suis toujours impatient qu'il arrive, mais à présent je vais tout bonnement trépigner à cette idée.

Il sourit à miss Hunt, puis se tourna vers miss Stanhope qui leva les yeux au ciel et détourna le regard.

Silas sourit intérieurement, satisfait de découvrir une femme sur cette terre qui ne tombe pas en pâmoison après quelques secondes passées en compagnie de l'homme.

— Oh, allons, Harriet, déclara Saint-Clair avec un sourire malicieux. Ne me dites pas que vous n'êtes pas impatiente. Cela sera comme au bon vieux temps. Vous souvenez-vous de ces étés que nous passions ensemble lorsque nous étions enfants ? Vous, moi, Henry, toujours fourrés dans une nouvelle bêtise.

Miss Stanhope lui jeta un regard qui en aurait refroidi plus d'un.

— Je me souviens d'Henry et vous faisant des bêtises ; j'étais votre victime habituelle : les yeux de grenouille dans les bottes, les vers de terre lâchés dans mon cou. J'ai bien peur que mes souvenirs de cette époque soient moins idylliques que les vôtres.

Elle détourna le regard, et son visage renfrogné s'éclaira lorsqu'elle aperçut quelqu'un à travers la pièce.

— Oh, voilà Bonnie. Si vous voulez bien m'excuser.

Silas regarda Saint-Clair suivre des yeux le départ d'Harriet. Il avait sur son visage une expression que le vicomte n'avait jamais vue avant. Cela ressemblait beaucoup à de la déception.

Saint-Clair était toujours le boute-en-train, le libertin au grand cœur et à l'humeur joyeuse. Les femmes n'avaient pas besoin de beaucoup d'encouragement pour tomber dans son lit, et continuaient à dire du bien de lui, même lorsqu'il mettait fin à leur relation. C'était un homme qu'il était impossible de détester, quelqu'un dont la bonne nature rayonnait autour de lui, et pourtant miss Stanhope semblait immunisée contre ses charmes.

Saint-Clair se retourna, et découvrit que Silas l'observait.

— Elle me déteste, dit-il avec un sourire désolé.

— C'est ce que j'ai cru comprendre, répondit Silas. Étiez-vous si méchant avec elle lorsque vous étiez enfant ?

Le comte fronça les sourcils en réfléchissant la question.

— C'est elle qui a commencé, marmonna-t-il.

Puis, à la surprise de Silas, il s'éloigna à grands pas.

À son grand soulagement, Henry choisit ce moment pour inviter miss Hunt à danser. Libre, il partit vivement dans la direction que Lucia avait prise.

— Kitty ! s'exclama Lucia avec un soupir de soulagement en apercevant la jeune femme à l'extrémité de la salle. J'ai besoin de votre aide.

— Oh, c'est à propos du défi ? demanda Kitty.

Avant qu'elle ne puisse en dire plus, Lucia la fit taire en posant l'index sur sa bouche.

— Pardonnez-moi.

Kitty lança un sourire contrit, avant d'ajouter :

— Bonnie et Harriet sont là-bas, laissez-moi aller les chercher. Ainsi, nous pourrons monter la garde et prétendre être perdues si nous sommes prises la main dans le sac.

Lucia était fébrile en attendant que ses trois amies arrivent. Elle avait l'estomac noué par l'anxiété. Se trouver ici, en particulier, lui donnait la chair de poule. Elle n'avait pas encore croisé Ulceby, ce qui lui convenait très bien. Plus cela attendrait, mieux cela serait.

— Je pense que le bureau se trouve de ce côté, déclara Harriet, les autres filles dans son sillage.

Elle les mena hors de la salle de bal, à travers un réseau de pièces adjacentes, toutes plus décorées les unes que les autres. L'estomac de Lucia se retourna, la colère brûlait sous sa peau en découvrant le style de vie de l'homme. Posséder tant de choses, et en exiger encore plus, avoir tant gaspillé… la bile lui monta à la gorge, les émotions se bousculaient en elle, et elle se réprimanda de se laisser atteindre de la sorte. Elle n'avait pas fait tout ce chemin pour tout gâcher en perdant ses moyens.

Tout à coup, elles débarquèrent dans une large pièce, et Harriet sourit.

— C'est celle-ci, dit-elle.

Lucia prit une large inspiration et hocha la tête.

— Bon, vous, les filles, restez ici et montez la garde, et moi je rentre et je vais… boire un verre, finit-elle en riant, réalisant subitement l'absurdité de la situation.

— Et fumer un cigare, ajouta Kitty qui avait un air envieux à cette idée.

— Et fumer un cigare, acquiesça-t-elle en lançant un clin d'œil à Kitty.

Elle les laissa devant le bureau, ouvrit l'énorme porte et jeta un coup d'œil à l'intérieur, juste pour s'assurer qu'il n'y avait personne. C'était une pièce immense, faiblement éclairée par une unique lampe qui brûlait sur un gigantesque bureau en chêne.

Lucia se glissa à l'intérieur et ferma la porte derrière elle. Elle repéra rapidement un casier à bouteilles contenant ce qu'elle suspectait être des carafes de brandy et de porto. Elle en saisit une au hasard, versa une petite quantité de liquide dans un verre en cristal avec des mains tremblantes, et le porta en direction du bureau. À son grand soulagement, une boite à cigares richement décorée était posée dessus, et la clé se trouvait dans la serrure. Elle la tourna, ouvrit la boite, et poussa une exclamation de surprise en découvrant l'image érotique qui se trouvait sous le couvercle : un homme gras au regard lubrique prenait des libertés avec une demoiselle qui ne semblait pas du tout apprécier ses attentions. Tous deux étaient nus, et une grande attention avait été portée aux détails. Lucia frissonna devant cette scène, prit un cigare, et referma la boite d'un coup sec.

La main de la jeune femme s'immobilisa sur la boite qu'elle refermait lorsqu'elle remarqua le coupe-cigare. Sa respiration s'arrêta. Délicatement confectionné d'ivoire sculpté, un souvenir de son père tenant l'objet entre les mains surgit dans son esprit. Lorsqu'elle était encore très jeune, il lui avait montré comment couper le bout du cigare, comment faire chauffer doucement l'extrémité avant de procéder à l'allumage. Elle s'était assise sur ses genoux, hypnotisée par le rituel et par les volutes de fumée qui avaient empli la pièce quand il tirait sur le cigare. Il lui avait dit qu'il avait beaucoup voyagé dans sa jeunesse, et qu'il avait pris cette habitude à l'étranger. Elle se souvenait l'avoir regardé avec un vif intérêt alors qu'il soufflait des ronds de fumée au-dessus de sa tête.

Elle avait mal au cœur en pensant à lui, bien que son visage soit devenu plus flou, moins distinct au fil des ans. Elle ne se souvenait plus que de ses yeux verts, pleins de bonté, et du ton de sa voix. Elle avait adoré sa voix, adoré l'entendre lui parler.

Lucia porta le cigare à son nez, inhalant le doux parfum du tabac. Les larmes lui piquaient les yeux. Elle le posa, saisit le coupe-cigare. En tenant l'objet en ivoire frais et délicat dans sa main, elle ressentit une bouffée de colère à l'idée qu'il se trouvât ici, sur le bureau de cet homme.

Comme si elle accomplissait un rite religieux, Lucia coupa et prépara le cigare, exactement comme son père le lui avait montré, avant de tirer une longue bouffée. Elle s'étouffa et crachota, les yeux larmoyants pour une raison différente, tandis que la fumée emplissait ses poumons. Elle attrapa le verre, but une petite gorgée et soupira lorsque la chaleur douce du brandy apaisa sa gorge. Elle essaya une nouvelle fois ; elle prit une bouffée plus petite, se rappela de ne pas inhaler, mais seulement de retenir la fumée dans sa bouche. Elle souffla la fumée, qui flotta tel un nuage de brume autour d'elle.

C'est mieux.

Elle posa le cigare, chercha du papier et une plume sur le bureau, et entama ce pourquoi elle était réellement venue ici.

Un sourire se dessina sur son visage lorsqu'elle trempa la plume dans l'encre et commença à dessiner.

Chapitre 5

Pourquoi faut-il toujours que je me laisse atteindre par ce maudit homme ? Juste parce qu'il est beau, et qu'il a un titre, tout le monde est suspendu à ses lèvres. Même lord Cavendish, qui semble être un homme sensé, possède visiblement de l'estime pour lui. Pourtant c'est un nigaud sans cervelle qui ne devrait pas avoir le pouvoir de m'énerver. Je devrais porter autant d'attention à ses paroles, qu'au bourdonnement d'une mouche stupide, un ennui insignifiant, et rien d'autre. Pourquoi donc ai-je alors à ce point envie de lui clouer le bec ?

— Extrait du journal de miss Harriet Stanhope.

6 juillet 1814. Bal du comte d'Ulceby, Hyde Park, Londres.

Silas se dissimula derrière une colonne en marbre en voyant les trois jeunes femmes ensemble. Il fronça les sourcils, remarqua que Lucia n'était pas parmi elles. Il avait eu un mal de chien à les retrouver dans cette maison colossale, et il n'était tombé sur elles que par chance. L'un de ses amis lui avait assuré que miss de Feria se trouvait en leur compagnie, pourtant. Donc… où était-elle ? Puis il se rendit compte que les filles montaient la garde. Lucia se trouvait dans la pièce derrière elles. Qu'étaient-elles donc en train de manigancer ? Il avait l'estomac noué par la curiosité et l'anxiété. Si quelqu'un les découvrait ici, cela créerait un scandale. Au même moment, il entendit une porte s'ouvrir et il se risqua à jeter un nouveau coup d'œil derrière la colonne. Ce qu'il vit le laissa bouche bée, et il étouffa un rire. Lucia se tenait adossée au chambranle dans une pose nonchalante, avec un verre de ce qui ressemblait à du brandy dans une main, et un cigare dans l'autre. Il cligna des yeux lorsqu'elle porta le cigare à sa bouche, prit une bouffée, et recracha un nuage de fumée ; les trois autres filles éclatèrent de rire en applaudissant, enchantées.

— Petite diablesse, murmura-t-il en souriant depuis sa cachette.

Quelque chose s'alluma en lui devant tant d'audace, face à son désir de goûter quelque chose d'interdit aux gentilles jeunes filles de l'aristocratie. Pendant une seconde, il regretta de ne pas l'avoir initié lui-même à ce genre de plaisirs défendus, mais changea d'avis : à en juger par son regard triomphant, c'était quelque chose qu'elle était fière d'avoir accompli seule, et il ne pouvait pas lui voler ce plaisir.

Cette pensée, cependant, fut tout de suite suivie par une autre, concernant un genre de plaisirs différents à tester et à apprécier. Il ferma les yeux.

Soyez sage, se réprimanda-t-il.

Elle n'avait pas l'intention de devenir la maîtresse de qui que ce soit, elle le lui avait dit. S'il voulait qu'elle soit sienne, le seul moyen était de l'épouser, et après la façon dont il s'était comporté avec elle, il savait qu'elle rejetterait la moindre de ses propositions. Il ne pouvait pas l'en blâmer. De plus, il était loin d'être certain de vouloir se marier. La certitude qu'elle préparait un coup persistait, et il avait besoin de savoir en quoi consistaient exactement ses manigances avant d'aller plus loin avec elle. Il fallait qu'il la connaisse un peu mieux.

Silas s'écrasa dans la pénombre derrière la colonne lorsque les filles se dépêchèrent de repartir en direction de la salle de bal, dans un bruissement de jupons et de murmures excités pour féliciter Lucia, qui faiblirent à mesure qu'elles s'éloignaient. Alors qu'il était sur le point de partir à son tour, Silas se figea en entendant des pas rapides claquer sur le sol de marbre.

Il retint sa respiration en tâchant, une fois de plus, de se fondre dans l'obscurité en apercevant le comte d'Ulceby se diriger vers la salle que venait de quitter Lucia, son fils Edgar sur les talons. Il sentit son estomac se retourner lorsqu'il réalisa combien elle avait été proche de se faire prendre la main dans le sac.

— Si vous n'aviez pas fait un tel gâchis avec cette maudite péronnelle de Dowding, nous ne serions pas dans un tel pétrin, déclara d'une voix sèche le comte en colère.

Il n'attendait pas son fils, qui devait se hâter pour réussir à rester à son niveau. Il poursuivit :

— Mais non, vous êtes aussi inutile que votre frère. Vous êtes bien contents de dépenser mon argent tous les deux, mais vous n'êtes bon à rien lorsqu'il s'agit de se remuer les fesses.

Il protesta :

— M-Mais p-père, j'ai c-cru que tout était réglé. C-Comment aurais-je pu d-deviner que ce s-salaud de Hunt était devenu l'amant de la t-trainée ?

Le comte se retourna, fit face à son fils et le saisit par la cravate.

— Vous auriez dû vous arranger pour qu'elle vous appartienne, imbécile. Si vous l'aviez fait tomber en disgrâce, comme vous étiez supposé le faire, il n'y aurait eu aucun problème.

— Mais Montagu —

— Mais rien du tout, espèce de petit rat pleurnicheur. Bon sang, vous me dégoûtez. Comment suis-je censé vous trouver une épouse à présent ? Les héritières ne poussent pas dans les arbres.

J'imagine qu'il faudra se rabattre sur miss Stone, bien qu'elle empeste le négoce, et ne se laissera pas faire si facilement.

Les voix faiblirent lorsqu'ils pénétrèrent dans la pièce et Silas relâcha son souffle, avec l'espoir de pouvoir s'échapper, mais juste au moment où il allait bouger, un cri retentit, et le comte sortit en courant quelques secondes après.

— Qui est là ? demanda l'homme.

Le ton étrange de sa voix provoqua la chair de poule chez Silas, mais il était impossible que le comte sache qu'il se trouvait là, dissimulé comme il l'était.

— Où êtes-vous ? Montrez-vous, bon sang. Montrez-vous et affrontez-moi !

Il y avait une note terrifiée dans la voix de l'homme, et Silas entendit Edgar demander ce qu'il se passait.

— Père, que se passe-t-il ? Qu'est-ce qui ne va pas ?

Silas s'autorisa à jeter un autre coup d'œil derrière la colonne, trop intrigué pour s'empêcher de prendre ce risque. Le comte avait une teinte grisâtre, et tenait un morceau de papier froissé dans la main. Edgar le lui prit, le lissa, et le regarda. Silas était contrarié de ne pas pouvoir voir ce qu'ils regardaient.

— Qu'est-ce que c'est ? demanda Edgar, stupéfait. Q-Que cela signifie-t-il ?

— C'est un avertissement, répondit le comte sur un ton bas presque imperceptible. C'est elle. Cela ne fait aucun doute. Quelqu'un sait. Quelqu'un sait ce que j'ai fait.

Le comte et son fils retournèrent dans le bureau, en fermant la porte derrière cette fois.

Silas partit aussitôt le plus loin possible d'eux, jusqu'à ce qu'il soit de nouveau parmi les invités. Bon sang, que se passait-il ?

Il ne faisait aucun doute pour lui que Lucia était responsable de ce qu'il se trouvait sur ce papier. Bien sûr, il était possible que quelqu'un d'autre eût pénétré dans cette pièce avant elle, mais il n'y croyait pas. Il la soupçonnait d'avoir des secrets, quelque chose lui disant qu'ils étaient dangereux. Eh bien, compte tenu de ce qu'il savait sur le comte d'Ulceby, il ne s'était pas trompé. Ce n'était pas un homme dont il fallait provoquer la colère si l'on savait ce qui était bon pour soi. C'était un salaud à tous les niveaux.

La peur descendit le long de son échine, comme une vague glacée sous sa peau. Il ne savait pas à quoi elle jouait, mais c'était sans aucun doute un jeu très dangereux.

Oh, Lucia, que diable avez-vous fait ?

6 juillet 1814. Bal du comte d'Ulceby, Hyde Park, Londres.

Lucia laissa disparaître la tension de sa nuque. Elle l'avait fait. Elle avait, non seulement, accompli son défi, mais aussi fait le premier pas vers sa vengeance. Un sourire se dessina sur ses lèvres. Elle se sentait vivante, plus vivante que depuis des années. Le destin l'appelait, et même si elle savait que le chemin serait encore long avant d'atteindre la victoire, elle avait pris les rênes de son avenir.

— Eh bien, vous avez l'air très contente de vous.

Elle sursauta, la tension qui venait de partir revint violemment, mettant tous ses sens en alerte.

Lord Cavendish se trouvait à ses côtés. Il posait sur elle un regard si affectueux qu'elle en eut le souffle coupé.

— Ah oui ? répondit-elle en s'efforçant de garder un ton nonchalant, même si les battements de son cœur s'accéléraient.

— Oui, dit-il.

Il ajouta d'une voix basse et intime qui fit naître entre eux une conscience accrue de leur proximité et de son intérêt :

— Vous ressemblez à une femme qui a des secrets. Des secrets dangereux.

Lucia déglutit. La sensation désagréable que cet homme savait quelque chose comprimait sa poitrine. Bien sûr, c'était impossible, mais tout de même…

— Eh bien, répondit-elle en levant la tête d'un air impérieux, je suppose qu'il y a beaucoup de femmes qui seraient effondrées de découvrir combien leur mari a proposé de m'offrir pour m'avoir dans son lit.

Elle soutint son regard, le mettant au défi de l'insulter, de sous-entendre une fois encore qu'elle les faisait languir pour que les prix augmentent.

Au lieu de quoi, son expression s'adoucit.

— Je suis navré que vous ayez à subir cela. Navré également, d'avoir écouté les ragots comme tout le monde.

Lucia le dévisagea, de nouveau déconcertée, ne sachant sur quel pied danser. Il ne réagissait jamais de la manière à laquelle elle s'attendait.

— J'ai bien peur que les hommes, y compris moi, soient des créatures avares, dit-il avec un sourire désabusé. Nous apercevons quelque chose de joli et ressentons immédiatement le besoin de le posséder, et il n'existe rien de plus joli que vous dans toute l'Angleterre.

— C'est joliment dit, monsieur, répondit-elle.

Elle sentait une chaleur parcourir sa peau, mais elle était certaine que c'était simplement une nouvelle tactique. Certains avaient essayé de la submerger de promesses d'argent, de bijoux et de toutes sortes d'extravagances. Certains avaient essayé de la séduire, d'autres, de l'intimider. Il n'était pas rare non plus que l'on essaye la flatterie.

— Et donc, quelle est votre offre ?

— Je n'ai pas d'offre à vous faire, dit-il en la regardant fixement avec une expression franche. Je sais qu'il n'y a qu'une seule offre que vous accepteriez de considérer, et je ne peux pas promettre que je vous la ferai, mais… j'aimerais apprendre à vous connaître un peu mieux pour voir si…

Lucia avait cessé de respirer. Elle se rendit compte que sa main s'était posée sur sa gorge, tandis que le choc l'ébranlait. Il ne pouvait pas être sérieux. Elle ne pouvait pas le croire.

Elle ricana, rejetant l'idée avant qu'il ne puisse se moquer d'elle pour l'avoir pris au sérieux.

— Oh, oui, parce qu'un homme de votre espèce est si impatient de se trouver une mariée à la réputation déplorable. Vous connaissez probablement les histoires que l'on raconte sur ma parenté ?

Il haussa les épaules, et le regard de Lucia se posa sur ces dernières. Elles étaient larges, et, malgré elle, Lucia se demanda quel effet cela pouvait faire, d'être tenue par ces bras, d'y trouver refuge, entourée par ce corps puissant. Elle frissonna.

— Je connais les rumeurs, dit-il en souriant légèrement. Mais j'en ai entendu assez sur ma propre personne pour savoir à quel point elles peuvent être éloignées de la vérité.

Lucia le dévisagea. Non. C'était une blague. C'était forcément une blague. Elle n'avait pas encore trouvé les raisons qui le poussaient à faire cela, mais elle y parviendrait. Elle plissa les lèvres et joua avec la dentelle de l'encolure de sa robe, observa son regard suivre le mouvement, ses yeux s'assombrir. Elle ricana faiblement. Les hommes étaient si faciles à manipuler. Montrez-leur un peu de chair, et ils salivent comme des chiens.

— Et si la vérité était bien pire que les rumeurs que vous avez entendues ? demanda-t-elle avec colère, en laissant retomber sa main et en se détournant de lui.

Avant qu'elle ne puisse partir, il avait tendu le bras et attrapé ses doigts. Il ne portait pas de gants, et elle baissa les yeux sur une main couverte de cicatrices et de cals, enroulée autour de la sienne. Ce geste était doux, et elle leva les yeux vers lui, déconcertée par l'inquiétude qui transparaissait dans son regard.

— Je n'ai que faire de l'opinion de l'aristocratie, Lucia, dit-il en la choquant davantage par l'utilisation de son prénom. Elle et moi n'avons pas le même respect de l'étiquette. Parfois, l'on est obligé de faire des choses pour survivre, des choses que l'on ne ferait pas si le choix nous en était donné. Parfois, nous n'avons pas le choix, et cela, je le comprends parfaitement.

La respiration de Lucia s'accéléra ; sa poitrine se levait et s'abaissait à un tel rythme qu'elle en devenait étourdie.

Qu'était-il en train de dire ?

Qu'est-ce que cela signifiait ?

Il se rapprocha d'un pas, et le désir de croire ses mots — de s'agripper à lui et de se sentir en sécurité — fut si intense qu'elle brûlait d'envie de franchir la distance qui les séparait. Elle voulait qu'il cède à l'envie qu'elle pouvait lire dans son regard.

— Je sais que vous ne me faites pas confiance, pas encore. Je sais que vous ne pouvez pas, mais je saurai vous convaincre du contraire.

La prise qu'il avait sur sa main se resserra légèrement, un sourire éclaira ses traits sévères.

— Vous pouvez me faire confiance, Lucia. Laissez-moi vous aider, très chère, quel que soit ce dont vous ayez besoin.

Elle le dévisageait, incapable de respirer, de penser. Ses yeux bleus étaient si déterminés, si honnêtes, il y avait une telle volonté dans ses manières, dans tout ce qui le concernait, il était si sûr de lui, de ce qu'il pouvait faire.

Tout ceci n'était qu'illusion, et elle ne pouvait pas prendre le risque d'y croire.

Peut-être que si elle avait réellement été la personne qu'il voyait devant lui, Lucia de Feria, elle aurait pu lui faire confiance, mais ce personnage était, tout comme le sien, une illusion ; il ne pouvait pas lui faire confiance, pas plus qu'elle ne le pouvait à son égard.

— Vous ne voulez pas cela, dit-elle en s'assurant que les mots étaient suffisamment durs, suffisamment froids pour le décourager, pour qu'il ne soit pas tenté de persévérer. Vous ne me voulez pas. Je peux vous le promettre.

Elle retira sa main de la sienne d'un mouvement vif, puis déclara, en le regardant dans les yeux :

— Au revoir, lord Cavendish.

Matilda observa la scène qui se déroulait entre Lucia et lord Cavendish en fronçant les sourcils, attristée de voir Lucia manifestement repousser le vicomte. Ce dernier leva les yeux, croisa son regard et lui lança un sourire déconcerté. Matilda alla à sa rencontre.

— N'abandonnez pas, lui dit-elle d'une voix basse. Je… je m'inquiète à son sujet.

Elle s'interrompit, ne sachant quoi ajouter. Il n'y avait rien qu'elle pût dire, certainement pas à un homme qu'elle connaissait à peine, mais il y avait quelque chose de solide chez lui, quelque chose qui dégageait l'impression que l'on pouvait lui faire confiance.

— Oui, dit Cavendish, qui apparemment n'avait pas besoin d'explication supplémentaire pour convenir qu'il y avait bien là lieu de s'inquiéter. Je suis d'accord. Mais je n'ai pas la moindre idée de ce que je peux faire pour l'aider. J'ai bien peur d'avoir fait preuve de mon charme habituel lors de notre première rencontre, et je l'ai gravement offensée. Elle n'a aucune raison de me faire confiance, et je n'ai rien qui puisse la convaincre de changer d'avis. Ma propre réputation est loin d'être irréprochable.

— Vous êtes en bonne compagnie ici, remarqua Matilda avec un rire amer.

— Je ne crois pas, déclara Cavendish en lui souriant. Moi, j'ai mérité cette réputation.

Matilda sourit, heureuse de constater qu'elle ne s'était pas trompée à son sujet.

— Merci.

Le vicomte eut un petit rire, et secoua la tête.

— Merci pour quoi ? Pour avoir cru ce qui était parfaitement évident pour tout le monde ? L'histoire était grotesque dès le début, et elle l'est toujours. Votre père était en train de mourir, pour l'amour du ciel ! Vous n'auriez pas pu badiner avec un homme dans un moment pareil, surtout Montagu. Bien que, ajouta-t-il avec un regard perplexe, je n'ai de toute façon pas la moindre idée de ce qui pourrait bien convaincre une femme de badiner avec lui, pour être honnête.

Matilda éclata de rire — un vrai rire joyeux et surpris — en entendant ce commentaire.

Cavendish lui sourit, arborant une expression espiègle sur un visage qui était plus dur et moins raffiné que ceux de la plupart des hommes présents. C'était un bon visage, se dit Matilda. Un peu féroce, mais un visage honnête.

— Je suppose que la fortune incommensurable, la toute-puissance, et les regards glaciaux y sont pour quelque chose, dit-il d'un air songeur en pinçant les lèvres. Si elles peuvent passer par-delà le fait qu'il soit aussi chaud que la banquise. Elles ont probablement besoin de s'asseoir sur des briques chaudes après —

— Monsieur ! s'exclama Matilda, qui luttait entre un rire hystérique et le choc d'entendre de tels propos sortir de sa bouche.

— J'aimerais croire que vous êtes sur le point de réprimander cet homme pour me calomnier de la sorte, mais je suppose que c'est trop demander.

Matilda se figea, le commentaire sec fit disparaître toute trace d'amusement qu'elle pouvait ressentir. Elle sentit une vague brûlante l'envahir en prenant conscience de la situation. Elle eut le courage de se retourner, et trouva le marquis à ses côtés, resplendissant dans ses habits de soirée, la dureté du noir et du blanc convenant parfaitement à la sévérité de son visage séduisant, et de ses cheveux blond très pâle.

— Montagu, dit lord Cavendish en montrant beaucoup de dents dans un sourire absolument pas repentant. Nous discutions justement de vos prouesses avec —

— Non, *nous* n'étions pas en train d'en discuter, l'interrompit Matilda en rougissant si fort qu'elle en ressentit la brûlure partout.

— Oh, dit Montagu en haussant un sourcil en direction de Matilda. Vous semblez porter un intérêt excessif à mes activités. Après tout, ce ne serait pas la première fois que nous discutons de mes, hmm… capacités, n'est-ce pas, miss Hunt ?

Ses mains tremblaient d'envie de le gifler, mais elle s'obligea à rester calme, à ne dévoiler ni son embarras ni sa gêne.

— En effet, monsieur, dit-elle en forçant les mots à sortir malgré ses dents serrées. J'ai bien peur que mes commentaires n'aient été aussi peu flatteurs que ceux de lord Cavendish, si vous vous souvenez bien.

Matilda lança un regard noir au marquis et fut complètement décontenancée devant la lueur qui brillait dans ses yeux. Bon sang, il trouvait ceci amusant !

— Eh bien, après m'avoir insulté de la sorte, le moins que vous puissiez faire pour vous faire pardonner serait de m'accorder cette danse.

Cette proposition était si inattendue que Matilda, surprise, éclata de rire.

— Vous ne pouvez pas être sérieux, déclara-t-elle en le regardant. Je ne vais *pas* danser avec vous.

Elle se figea lorsque Montagu se pencha vers elle pour lui murmurer à l'oreille :

— On a *peur*, miss Hunt ?

Bien qu'elle sût pertinemment que c'était exactement la réaction qu'il attendait, elle se raidit d'indignation. Elle ne pouvait pas perdre la face, même si elle savait que c'était une mauvaise idée. Pas parce qu'elle avait peur, car ce n'était pas le cas. Pas de lui. Sa peau vibrait de tension, démentant quelque peu cette affirmation. Elle n'avait pas peur qu'il pose les mains sur elle contre son gré, ou quoi que ce soit de la sorte. Elle savait qu'il connaissait les règles de la société, la façon dont un gentleman était censé agir, et poser les mains sur une femme qui n'y consentait pas le rebuterait. Il avait prouvé cela en secourant Alice. Non. Ce n'était pas du tout son genre.

Il voulait qu'elle le désire.

C'était ce jeu-là, qu'il aimait, celui du chat et de la souris, et il croyait très certainement avoir le rôle du chat.

Eh bien, Matilda était loin d'être une souris, et avait ses propres griffes. Lentement, elle réalisa qu'elle aimait ce jeu, elle aussi. Cela apaisait quelque peu son ego de savoir qu'il la désirait à ce point, et qu'elle avait le pouvoir de se refuser à lui.

Il l'observait, et la lueur qui brillait dans ses yeux lui révéla qu'il avait conscience d'avoir gagné cette bataille.

— Venez, miss Hunt, faisons se défouler les langues, dit-il, d'une voix plus douce qui glissa sous sa peau.

Il lui présenta sa main. Matilda avait tout à coup la bouche sèche, mais les danseurs étaient en train de se rassembler sur la piste et… elle plaça sa main dans la sienne.

Silas, abasourdi, regarda miss Hunt se laisser guider jusqu'à la piste par le marquis. Que se passait-il entre eux ?

Il s'était montré sincère lorsqu'il avait dit qu'il était évident que la haute société ne se basait que sur une série d'événements inattendus et malheureux pour justifier la disgrâce de Matilda. Il n'y avait eu ni réelle relation ni scandale. Par contre, une chose sautait aux yeux : le marquis la désirait. C'était étonnant.

Silas s'intéressait aux affaires des hommes puissants — il n'était jamais inutile de posséder de telles informations — et le marquis était prudent. À sa connaissance, il avait eu plusieurs liaisons avec des veuves consentantes. Il vivait ces relations dans la plus grande discrétion, et la seule raison pour laquelle certaines étaient connues, c'était parce que les dames elles-mêmes avaient voulu divulguer l'information. Être la maîtresse de Montagu donnait du pouvoir, et c'était une position dont elles se vanteraient ouvertement si cela n'avait pas pour conséquence d'entraîner le rejet de l'homme en question. Il n'avait jamais montré le moindre intérêt pour une femme en public, et, après tout, il ne s'agissait que d'une danse.

Cependant, Silas se disait que ce ne serait pas la dernière.

Il leva les yeux vers Saint-Clair qui venait de le rejoindre, et ils contemplèrent miss Hunt et Montagu évoluer dans la pièce.

— Un couple renversant, commenta le comte.

C'était vrai. Il aurait été difficile de trouver couple plus magnifique.

— Pourquoi ne lui avez-vous pas fait de demande ? demanda Silas, subitement curieux.

Saint-Clair haussa les sourcils.

— À miss Hunt ?

Il haussa les épaules et secoua la tête.

— Je l'apprécie, mais je n'ai aucun désir de faire d'elle ma femme.

— Mais vous savez que ce scandale est créé de toutes pièces. Votre mère a soutenu la jeune femme dans le passé, donc je suppose qu'elle n'aurait pas de mal à l'accepter. Dans tous les cas, vous êtes assez puissant pour ignorer cette histoire. Elle est belle, riche, vous êtes un très bon ami de son frère… pourquoi ne l'avez-vous pas tirée hors du bourbier dans lequel elle se trouve ?

Saint-Clair rougit, et lui lança un regard furieux.

— Pourquoi *vous* ne l'épousez pas ? Je me fiche bien de l'opinion de la société. Vous n'avez qu'à la sauver.

Silas sourit, intrigué d'avoir touché un point sensible.

— Nous savons tous les deux pourquoi je ne l'épouserai pas. Je suis intéressé par quelqu'un d'autre. Quelle est votre raison ?

À son grand amusement, la couleur écarlate s'intensifia sur le visage du comte.

— Mêlez-vous de ce qui vous regarde, Silas, répondit-il avec un air furieux. Et ne vous avisez pas de vous mêler de mes affaires.

— Voilà, c'était l'expression que j'attendais, gloussa Silas en faisant référence aux mots prononcés par Saint-Clair il n'y avait pas si longtemps de cela. Celle du renard lorsque les chiens ont repéré sa trace. Pauvre fou !

L'espace d'un instant, Silas crut que le comte allait se fâcher et nier en bloc, ou partir, furieux, mais après quelques secondes où il afficha un ennui évident, Saint-Clair laissa échapper un petit rire.

— Vous n'avez pas idée, dit-il en gratifiant Silas d'un sourire en coin.

Il donna une tape dans le dos de Saint-Clair en soupirant avant de déclarer :

— Venez, mon ami. Je pense que nous avons tous les deux besoin de nous saouler.

Chapitre 6

Chère Alice,

voudriez-vous bien parler à Matilda ? Il s'est produit l'une des choses les plus étranges au bal du comte d'Ulceby la nuit dernière. Elle a dansé avec Montagu ! Je peux vous dire que cela en a fait parler plus d'un, notamment parce que tout au long de cette danse, ils ne pouvaient pas détacher leur regard l'un de l'autre. Bon sang, que lui est-il passé par la tête ? Elle est censée être la plus raisonnable de nous toutes !

— Extrait d'une lettre de miss Kitty Connolly à Mrs Alice Hunt.

7 juillet 1814. South Audley Street, Londres.

Lucia se leva de bonne heure le matin suivant, bien qu'elle se sentît fatiguée et découragée. Le sentiment de triomphe qu'elle avait ressenti avait été de courte durée, grâce à cet exaspérant lord Cavendish.

Elle avait peu dormi, les mots qu'il avait dits — et la manière dont ils avaient été prononcés — l'avaient tout simplement empêchée de fermer l'œil. Son visage lui apparaissait chaque fois qu'elle fermait les yeux, et maintenant, elle se sentait agitée et énervée. Il était temps qu'elle rende visite à quelqu'un qui l'avait toujours soutenue, qui avait toujours pris soin d'elle, peu importe les circonstances.

Elle se faufila hors de la maison. Elle avait besoin d'être seule, et n'avait pas envie de sentir le regard curieux d'un valet lorsqu'elle ferait sa visite.

La matinée était radieuse, le ciel au-dessus d'elle était bleu, et promettait une journée si charmante qu'il réussit même à alléger quelque peu l'humeur de Lucia. Elle avait appris à aimer le capricieux temps anglais. Il lui était familier à présent, plus doux que le climat dans lequel elle avait grandi. Soudain surgit le souvenir d'une chaleur sur sa peau, d'un soleil ardent bien plus féroce que celui qui se trouvait au-dessus d'elle à présent, rayonnant sur un sol poussiéreux. Il lui brûlait la peau et les yeux tandis que l'odeur capiteuse du bois de santal flottait dans l'air.

Lucia se secoua, déstabilisée par la force du souvenir, par la nostalgie de quelque chose qu'elle avait depuis longtemps perdu. Elle se dépêcha de quitter la maison, héla un fiacre dès qu'elle le put et donna une adresse sur Cheapside.

Une demi-heure plus tard, elle pria le chauffeur de la laisser descendre, car le marché battait son plein et les rues étaient trop encombrées pour continuer à avancer. Elle descendit non loin de la cathédrale Saint-Paul, et, malgré la chaleur grandissante, elle prit la précaution de se draper de sa cape, et de mettre la capuche sur la tête.

L'odeur du poisson lui fit retrousser les narines alors qu'elle se hâtait de traverser le marché en battant l'air de la main pour chasser les mouches, attirées par les effluves nauséabonds. Elle poursuivit son chemin, les bruits du marché s'atténuèrent, et elle s'arrêta devant la porte d'une maison mitoyenne étroite. Elle y frappa trois coups, puis trois autres pour faire bonne mesure.

Une jeune femme, dont les cheveux noirs étaient rassemblés en un chignon désordonné, ouvrit la porte.

— Oh, bonjour miss, dit-elle avec un sourire qui découvrit des dents jaunes irrégulières. Nous n'attendions pas votre visite aujourd'hui.

— Bonjour, Mary, dit Lucia qui enleva sa capuche en pénétrant dans la demeure. Comment se porte-t-elle aujourd'hui ?

Mary sourit et leva les yeux au ciel.

— Comme d'habitude, évidemment. Grincheuse.

Lucia pouffa et tendit cape et gants à la jeune femme.

Elle prit une grande inspiration, lissa ses cheveux, et ouvrit la porte qui menait à la pièce du fond. Malgré la température clémente de cette journée, un feu ronflait dans le poêle à côté duquel une vieille dame frêle était assise, plongée dans un livre.

— *Nani maa*, déclara Lucia, exaspérée. Où sont vos lunettes ?

Le visage de la vieille dame s'éclaira, et avec un large sourire, elle ouvrit les bras en disant :

— Aashini.

Lucia s'avança pour l'étreindre et posa ses lèvres sur la joue de Dharani, dont la peau était d'un brun aussi profond qu'une pièce de bois soigneusement polie. Ses cheveux étaient blancs à présent, mais ils demeuraient épais et brillants, et étaient attachés en une longue natte qui reposait sur l'une de ses épaules.

— M'avez-vous apporté d'autres livres ? demanda-t-elle, les yeux pétillants.

— Oui, et je suis heureuse de vous voir aussi, cela faisait trop longtemps, déclara Lucia en faisant mine d'être offensée par le brusque changement de sujet tout en fouillant dans son réticule, duquel elle sortit deux livres.

La vieille femme gloussa de joie et les lui arracha des mains.

— Je ne sais pas si c'est une bonne idée de vous les laisser, déclara Lucia avant d'émettre un claquement de langue désapprobateur en voyant que la vieille dame l'ignorait, occupée à examiner les nouveaux titres. Ils sont scandaleux. Votre pauvre vieux cœur risque d'exploser sous le choc.

Dharani ricana et leva les yeux vers elle. Elle agita l'index vers Lucia avec un dédain évident.

— Vous autres jeunes. Vous pensez avoir inventé le sexe et le scandale. Hum. Je pourrais bien vous apprendre une chose ou deux.

Lucia grimaça et se couvrit les oreilles.

— Ne faites pas cela, l'implora-t-elle, ou je pars tout de suite.

— Venez et asseyez-vous, dit Dharani qui gloussa avant de lui désigner le fauteuil face au sien. Racontez-moi tout.

Lucia soupira et se demanda par où commencer. Elle décida de faire simple ; il lui semblait préférable de ne pas faire mention du vicomte Cavendish.

— Je lui ai laissé un message hier soir, comme nous en avions parlé, dévoila Lucia en sentant un regain de satisfaction d'avoir accompli cela. Avec un peu de chance, il ne retrouvera pas le sommeil de sitôt.

La vieille femme secoua la tête, l'air furieux, tout en replaçant le châle richement brodé sur ses épaules. Il était d'un rose choquant, un cadeau que lui avait offert Lucia quelques années auparavant. Dharani avait toujours adoré les couleurs criardes.

— Vous parlez de cela comme si j'avais approuvé ce projet. C'est de la folie, *bhanvaraa*, déclara-t-elle en appelant Lucia par le surnom qu'elle lui avait donné lorsqu'elle était toute petite. Vous dansez trop près des flammes et vous allez vous y brûler.

Lucia leva les yeux au ciel et Dharani tapa la paume de sa main sur la couverture des livres qui se trouvaient sur ses cuisses, et le son résonna.

— Ne me faites pas ces yeux-là. Qu'adviendra-t-il de moi si cet homme puissant finit par réussir là où il a échoué auparavant ? *Phir kyahoga* ? Eh bien ?

— Mais il a bel et bien échoué, se défendit Lucia qui, malgré tout, sentit la peur lui remuer les entrailles et une vague de froid désagréable rendre sa peau moite.

— Grâce à moi ! rétorqua la vieille dame en se frappant la poitrine du poing. Anna-Marie et moi, ajouta-t-elle d'un ton méprisant.

Lucia prit une profonde inspiration, elle savait qu'il valait mieux ne pas la contredire. Dharani n'avait pas tort.

— Avez-vous eu de ses nouvelles ? demanda-t-elle.

Elle espérait que la femme allait bien. Même après tous les problèmes qu'elle avait provoqués, Lucia souhaitait son bonheur.

— Comment va-t-elle ?

La vieille femme pinça les lèvres, consciente du fait que Lucia tentait de changer de sujet.

— Ta *mama* va toujours bien. Elle est semblable à un chat avec une surabondance de vies.

Elle avait dit cela sans réelle animosité. Elle agita sa main rongée par l'arthrose dans un geste impatient.

— Une espèce de comte italien emploie ses services en ce moment. Elle a de la chance d'être restée belle aussi longtemps, mais il est temps pour elle de se ranger. Je pense qu'elle s'en rend enfin compte.

— Vont-ils se marier ? demanda Lucia, surprise qu'Anna-Marie accepte enfin l'inévitable.

— Elle pense qu'il lui fera une demande, répondit Dharani en hochant la tête. Pour son bien, prions qu'il le fasse, mais j'espère qu'il est suffisamment riche, ou elle le ruinera.

Lucia ne put s'empêcher de sourire au souvenir de la vie avec Anna-Marie. Cela n'avait jamais été ennuyeux, c'était certain.

— Venez ici.

L'ordre de Dharani était si impérieux qu'il était impossible de désobéir.

Légèrement énervée, Lucia secoua la tête.

— Il faut que j'y aille, *nani*, dit-elle avec l'espoir de s'échapper. Miss Hunt risque de se demander où je suis passée.

La bouche de Dharani forma une ligne mécontente, et Lucia soupira. Elle se leva, se rapprocha de la vieille dame et s'agenouilla à côté de sa chaise. Dharani lui saisit le menton, lui releva la tête et fouilla son regard.

— Qui est cet homme ? demanda-t-elle d'un ton accusateur. Vous avez rencontré quelqu'un, n'est-ce pas ? Je vous avais dit qu'il y aurait un homme. Je vous l'avais dit ! Qui est-ce ?

La bouche de Lucia devint sèche. Elle l'ouvrit pour répondre, mais avant qu'elle ne le puisse, Dharani s'exclama :

— Ne vous avisez pas de me mentir.

Les mots moururent dans la bouche de Lucia, qui se renfrogna. *Maudite soit-elle*. La vieille femme était dotée d'une perspicacité hors norme et Lucia n'avait jamais réussi à lui dissimuler quoi que ce soit.

— C'est le vicomte Cavendish.

Elle regretta cette admission au moment où les mots sortirent de sa bouche.

Dharani acquiesça, un sourire se dessina sur son visage. Elle étudia Lucia, qui s'agita sous son regard scrutateur.

— Vous ne lui échapperez pas, *bhanvaraa*.

La vieille femme lui adressa un sourire pas tout à fait agréable.

— Il veut vous avoir, n'est-ce pas ? Je peux le voir dans vos yeux. Vous craignez de lui céder.

Lucia tint sa langue, mais il n'y avait aucun intérêt à prétendre le contraire.

Lorsqu'elle parvint enfin à fuir l'interrogatoire, la matinée touchait à sa fin. Il faisait chaud, et ce n'était pas très tentant de transpirer sous sa lourde cape, mais cela ne l'empêcha pas de s'en recouvrir en franchissant le seuil de la porte. Elle était sur le point de mettre sa capuche lorsqu'elle eut une sensation bizarre : la conscience de… de quelque chose, de quelqu'un.

Le cœur battant, elle leva la tête et aperçut lord Cavendish de l'autre côté de la rue, qui venait également de tourner la tête vers elle avec une expression tout aussi étonnée sur le visage.

Le souffle coupé, elle fut envahie du désir de fuir, mais s'en révéla incapable. Ils se dévisagèrent mutuellement, aussi choqués l'un que l'autre.

Il marchait dans sa direction à présent, à grandes enjambées déterminées. Elle se retourna en priant pour que la porte soit fermée, pour que Dharani ne soit pas venue lui dire au revoir, mais elle avait épuisé toute sa chance au bal, la nuit précédente.

Dharani tendit le cou, et Lucia savait ce qu'elle voyait : le grand lord anglais, aux yeux de la couleur du ciel et de l'océan, et avec le sourire coquin d'un pirate avant un pillage.

La vieille femme s'esclaffa et secoua la tête.

— Soyez prudente, *bhanvaraa*, les flammes prennent de l'ampleur.

7 juillet 1814. Friday Street, Cheapside, Londres.

Silas cligna des yeux, pas tout à faire sûr de ce qu'il voyait. Après une nuit agitée, peuplée de rêves d'elle, il se demanda, l'espace d'un instant, s'il n'imaginait pas des choses, mais non, elle était là. Aussi surprenant que cela puisse être, Lucia en personne se tenait devant lui, à Cheapside, plus belle que jamais. Il en eut le souffle coupé pendant quelques instants, puis la surprise laissa place à l'inquiétude lorsqu'il réalisa qu'elle était seule.

Une cape noire recouvrait sa jolie robe d'été, quelque chose que porterait une femme qui cherche à ne pas se faire remarquer en allant à des endroits où elle n'était pas censée être.

Il s'avança aussitôt vers elle, et la panique écarquilla les yeux de la jeune femme. Elle se retourna pour jeter un coup d'œil à la maison dont elle était sortie, et Silas suivi son regard. Il aperçut une vieille Indienne qui se tenait sur le seuil. C'était une vision surprenante dans les rues ternes et grisâtres de Londres, cette vieille femme au sari rose vif, on aurait dit une explosion d'été au milieu d'un jour d'hiver. Elle avait un point rouge éclatant entre les sourcils, tout en elle la désignait comme étrangère à ce pays, et il ressentit un élan de curiosité. Elle regardait droit vers lui, et un frisson de quelque chose lui traversa le corps. La vieille femme rit, puis regarda Lucia.

— Soyez prudente, *bhanvaraa*, les flammes prennent de l'ampleur.

Elle ferma la porte, et l'avertissement — car c'en était un — flotta dans l'air entre eux.

Silas se tenait devant Lucia et la regardait d'un air consterné.

— Que faites-vous ici ? demanda-t-il en sachant qu'elle détesterait cela, qu'elle détesterait qu'il fasse la moindre découverte à son sujet, mais il fallait qu'il demande.

La lueur irritée dans ses yeux le fit sourire. Elle souffla.

— Une visite, marmonna-t-elle, avant de faire une grimace, car elle savait tout aussi bien que lui que ses questions ne s'arrêteraient pas là. C'était Dharani, précisa-t-elle à contrecœur. Ma vieille ayah.

Silas fronça les sourcils en essayant de comprendre le sens du mot, puis se souvint de la famille d'un ami qui avait employé une nourrice indienne pour veiller sur leurs enfants. Une ayah.

— Votre nourrice ? demanda-t-il pour confirmer ses soupçons.

Lucia hocha la tête.

— Lorsque Anna-Marie nous a quittées, Dharani était tout ce que j'avais. Elle a trouvé du travail dans une famille à Norfolk. Elle s'occupait de leurs enfants, et s'est débrouillée pour les convaincre de me laisser être éduquée parmi eux. Je lui dois tout.

Elle avait dit cela d'une voix grave, pleine de respect, que Silas avait perçu et comprenait.

— Anna-Marie de Feria, répéta-t-il, fronçant les sourcils en se souvenant du nom de la mère portugaise de Lucia. La fameuse courtisane qui avait partagé le lit des hommes les plus puissants du pays.

Lucia ne dit rien. Silas imaginait qu'elle n'appréciait pas que son nom soit mentionné avec le sien. Telle mère, telle fille, supposeraient beaucoup d'hommes. C'est ce qu'*il* avait supposé, réalisa-t-il avec honte.

— Vous faut-il venir ici seule ? demanda-t-il en tendant le bras vers elle : si elle croyait pouvoir faire un pas de plus sans être accompagné, elle se trompait lourdement.

Elle soupira en lui jetant un regard noir, mais sembla accepter l'inévitable puisqu'elle ne protesta pas.

— Les gens en savent suffisamment sur mon sombre passé, répondit-elle d'un ton cassant. Ce que je peux garder privé, je n'en parle pas. Je n'aime pas les fouineurs qui se mêlent de ce qui ne les regarde pas.

Silas sentit l'ombre d'un sourire tirailler ses lèvres.

— Parlez-vous de moi ? demanda-t-il gentiment. Car je n'avais pas la moindre idée que vous vous trouviez ici.

— Non, admit-elle en haussant les épaules. Mais je ne suis pas assez bête pour croire que vous n'allez pas essayer de dénicher le reste. Vous êtes le genre d'homme qui remue ciel et terre lorsqu'il a une idée en tête.

— Quelle perspicacité, miss de Feria, lui dit-il en souriant. Et je suis heureux que vous acceptiez ce fait, puisque je vous ai déjà annoncé mes intentions.

Les joues de Lucia se teintèrent de rouge au souvenir de ce qu'il avait dit la veille.

— Je vous prouverai que vous pouvez me faire confiance, dit-il, juste pour s'assurer qu'elle s'en souvenait.

— La confiance se donne, elle ne se prend pas, répondit Lucia.

Il y avait quelque chose dans sa voix, quelque chose de vulnérable et d'effrayé. Cela le surprit. Il la connaissait depuis peu, mais il en était presque venu à croire que cette femme fougueuse n'avait peur de rien.

Il s'arrêta de marcher et recouvrit sa main de la sienne.

— Oui, dit-il. Je le sais, mais ne me faites-vous pas confiance, Lucia ? Je…

Il s'interrompit, se demanda si elle allait le trouver étrange de déclarer une telle chose.

— J'ai un sentiment très étrange lorsque mes yeux se posent sur vous, admit-il. J'ai peur pour vous. J'ai la sensation que vous êtes en danger et que… vous avez besoin de moi.

Lucia le contempla, les yeux noirs écarquillés. Il se sentit aspiré par ses yeux aux cils épais, si grands, si méfiants. Elle voulait lui accorder sa confiance, il en avait la certitude.

— Vous parlez comme Dharani, dit-elle en détournant le regard avec un froncement de sourcils.

— Elle vous a appelé *bhanvaraa*, dit-il.

Comme elle avait prédit, il voulait tout comprendre.

Lucia leva les yeux au ciel.

— Cela veut dire bourdon, marmonna-t-elle avec une irritation visible. Lorsque j'étais petite, je courais sans cesse à droite à gauche, *zou, zou*, fit-elle d'une manière si adorable que Silas ne put s'empêcher de rire.

— Que voulait-elle dire ? demanda-t-il, toujours un peu déconcerté par le reste de la phrase qu'avait prononcée la vieille femme. Elle vous a recommandé d'être prudente, car les flammes prenaient de l'ampleur.

Ils avaient repris leur route, et Lucia prit une grande inspiration. Sa réticence à expliquer était palpable.

— Je ne sais pas exactement, c'est juste que parfois on a l'impression qu'elle *sait* des choses, dit-elle en lui jetant un coup d'œil avec une expression qui le défiait de se moquer d'elle. Si je n'étais pas sensée, je jurerais que c'est une sorcière.

Silas secoua la tête et sourit.

— Lorsque j'étais un petit garçon, il y avait une femme dans le village qui prédisait l'avenir. Les gens disaient que c'était une sorcière. Elle m'a dit, une fois…

Il s'interrompit. Il se souvenait de la phrase à la perfection, bien qu'à l'époque, il ne l'eût pas compris.

— Elle m'a dit qu'il fallait que je regarde le caniveau pour trouver mon but.

Il frissonna, se sentant de nouveau perturbé.

— À l'époque, j'ai pris cela pour une insulte, mais trois ans plus tard, j'ai fui de chez moi. Ces rues *ont été* ma maison pendant un temps, et j'y ai trouvé mon but. J'ai découvert qui j'étais.

Lucia hocha la tête, il savait qu'elle comprenait.

— C'est l'essentiel, n'est-ce pas. Savoir qui l'on est.

Il acquiesça, mais en fronçant les sourcils. Ce n'était pas aussi simple que cela.

— Oui, mais —

— Mais quoi ? demanda-t-elle, et il sourit en voyant la curiosité briller dans son regard.

— Mais ce n'est pas toujours une prise de conscience facile, et cela peut même être… différent de ce à quoi l'on s'attendait. Cela demande du courage de regarder, non pas ce que vous-même, ou d'autres voudraient voir, mais la vérité. Cela en demande encore davantage d'*être* cette personne, quoi que l'on découvre.

Elle parut troublée, et ils marchèrent quelque temps en silence.

— Mais vous, que faites-vous là ? demanda-t-elle en le regardant avec intérêt. Une visite dans le passé ?

Silas gloussa en secouant la tête.

— Une visite dans le futur. J'ai un nouvel entrepôt, dit-il en désignant d'un geste vague l'endroit d'où ils venaient. Je m'assurais simplement que tout était en ordre.

— N'avez-vous pas du personnel pour cela ?

Il y avait quelque chose dans sa voix, qui ressemblait à un intérêt sincère, et cela lui donna de l'espoir. Il haussa les épaules.

— Bien sûr, mais je ne suis pas homme à prendre des risques sur des suppositions. J'ai bâti cette entreprise à partir de rien. Je ne la verrai pas s'effondrer simplement parce que je n'ai pas pris le temps de vérifier quelques détails.

— Ils disent que vous empestez le négoce.

Il savait qu'elle avait dit cela pour jauger sa réaction devant l'insulte ; elle n'avait pas dit cela d'un ton méprisant, simplement curieux. Il rit.

— Un vicomte qui travaille pour gagner sa vie ? Mon Dieu, quelle horreur.

Elle s'arrêta, et à sa grande surprise, lui prit la main. Elle la retourna et fit glisser ses doigts sur sa paume.

— Les mains d'un travailleur, murmura-t-elle en les contemplant.

Son contact lui provoqua un frisson de plaisir.

— Oui, dit-il en ayant l'impression de manquer d'air alors qu'un doigt ganté caressait sa peau.

Elle rougit, et lâcha sa main.

— Je dois partir.

Elle se dépêcha de s'éloigner de lui.

— Lucia !

Il la rattrapa, saisit son bras et la retint.

— Laissez-moi au moins vous trouver un fiacre.

Il fut soulagé de la voir acquiescer et de pouvoir la voir partir en sécurité ; il fit signe à une voiture, et elle s'y installa.

— Je veux vous revoir, dit-il sans détour et avec franchise.

Lucia secoua la tête, mais il parla de nouveau, l'empêchant de refuser.

— Vous savez que nous nous rencontrerons à nouveau, n'est-ce pas ? demanda-t-il.

Il savait que c'était inévitable, et elle avait probablement la même impression. Il sourit en voyant le regard têtu de Lucia qui réalisait qu'il avait raison.

— Oui, mais je ne sais pas si c'est une bonne chose ou pas, murmura-t-elle en croisant les bras.

— Lucia, dit-il d'une manière douce, semblable au regard qu'elle lui lança lorsqu'elle tourna les yeux vers lui.

Il lui prit la main, la serra gentiment avant de la relâcher.

— Prenez soin de vous, très chère Lucia.

Elle sourit et acquiesça ; il ferma la porte du carrosse et le regarda s'éloigner. Il *savait* qu'il la reverrait.

Chapitre 7

*Oh, Harriet, cessez de faire votre rabat-joie.
Quel mal y a-t-il à ce que ce soit Saint-Clair qui
organise la garden-party ? Cela sera une
journée charmante, et je veux que vous veniez !
Je suis sûre que vous parviendrez à l'éviter,
avec tout le monde qu'il y aura, bien que je ne
comprenne pas pourquoi vous y tenez tant. Je le
trouve merveilleux.*

**—Extrait d'une lettre de miss Kitty Connolly à
miss Harriet Stanhope.**

7 juillet 1814. South Audley Street, Londres.

Le temps que Lucia rentre chez elle, Matilda était déjà levée et habillée. Lucia décida d'éviter les questions sur ses occupations de la matinée en attaquant la première.

— Eh bien, miss Hunt. Expliquez-vous, dit-elle avec un air faussement sérieux.

Elle croisa les bras et s'efforça de prendre une expression sévère.

— Que vous est-il passé par la tête la nuit dernière ? Vous avez fait se déchaîner toutes les langues de la haute société, je peux vous l'assurer. Elles ont commencé à s'agiter avant même que vous ne quittiez la piste.

Lucia rit en voyant Matilda grogner et mettre la tête entre ses mains. Elle était assise à la table du petit déjeuner, une tasse de chocolat chaud devant elle. Elle était pâle, et paraissait fatiguée. Mais Lucia n'avait pas exagéré. Il était rare que le marquis danse, et qu'il choisisse Matilda en particulier…

Cela intriguait Lucia que son amie ait accepté. Bien entendu, elle était d'accord pour que l'on crache au visage de ceux qui disaient du mal d'elles, mais ne venait-elle pas, en agissant de la sorte, de leur fournir des munitions ?

— Je ne sais pas ce qu'il m'a pris, admit Matilda en jetant un coup d'œil à Lucia à travers ses doigts. Mais ce maudit homme m'a défiée, et —

— Oh ! rétorqua Lucia en secouant tristement la tête. Cette vieille ruse. Je dois admettre qu'il est difficile de refuser un défi lancé par un idiot méprisant. Cependant, j'aurais cru que —

— Oh, ne le dites pas, l'interrompit Matilda en levant la main pour l'arrêter. Je savais ce qu'il faisait, bien sûr, mais… c'est pire que cela.

Les yeux de Lucia s'écarquillèrent, et elle s'installa dans la chaise voisine de celle de Matilda, ravie de pouvoir se plonger dans les problèmes de quelqu'un d'autre, pour une fois.

— Comment ça, pire ?

Matilda ferma les yeux et prit une grande inspiration, comme si elle était sur le point d'avouer son plus noir secret.

— Ne me jugez pas, supplia-t-elle.

Lucia rit.

— Comme si j'allais faire cela, dit-elle, choquée par l'idée.

Matilda ouvrit les yeux et se mordit la lèvre.

— Je… j'avais *envie* de danser avec lui et… j'ai aimé cela.

La pauvre jeune femme avait l'air si mortifiée que Lucia faillit rire, mais elle se rendit compte à temps que ce n'était peut-être pas approprié.

— C'est… bizarre, dit-elle prudemment.

Matilda se pinça l'arête du nez en grimaçant.

— Oh, croyez-moi, bizarre est un mot bien faible pour décrire cela, gémit-elle. Je crois que je vais avoir une migraine.

Cette fois, Lucia s'esclaffa.

— Oui, et des bouffées de chaleur, tant que vous y êtes, la taquina-t-elle. Allons, Matilda, vous êtes plus solide que cela.

— Je sais, mais il en avait conscience, Lucia, et… il ne s'en est même pas vanté.

Matilda paraissait anxieuse et perplexe, et il semblait évident qu'elle voulait des conseils et du réconfort, mais Lucia était la dernière personne qui pouvait lui donner cela. Sa connaissance des hommes se limitait à savoir qu'il valait mieux les éviter. Ainsi, la vie était beaucoup plus simple, et moins dangereuse.

— Il vous veut, Matilda, finit-elle par dire, car c'était la simple vérité. Il a décidé de vous courtiser, au lieu de vous amener dans son lit par la menace.

À sa grande surprise, Matilda fronça les sourcils.

— Il ne m'a jamais menacée, dit-elle en semblant légèrement sur la défensive. Il s'est montré grossier, odieux, insultant et incroyablement arrogant, mais il ne m'a jamais menacée.

Lucia haussa un sourcil, et Matilda soupira.

— Non, cela ne fait pas la moindre différence. Il essaie juste de me persuader de devenir sa maîtresse.

— La moitié des femmes de l'aristocratie assassinerait leur meilleure amie pour obtenir cette place, dit Lucia qui grimaça à cette idée, bien que cela ne soit pas loin de la vérité. Vous auriez une fortune inimaginable, du pouvoir… devant cette notoriété-là, les portes s'ouvrent, elles ne se ferment pas.

— Je sais tout cela. Et je n'en ai absolument rien à faire.

Lucia laissa échapper un soupir, et sourit.

— Bon, eh bien, voilà. Problème réglé.

Matilda s'esclaffa, et Lucia fut contente de la voir se comporter un peu plus comme elle-même.

— Je suis si heureuse que vous soyez ici, Lucia, dit-elle en saisissant sa tasse de chocolat avant de froncer le nez en découvrant qu'il était devenu froid.

— Moi aussi, répondit Lucia.

Elle remarqua la correspondance que Matilda avait lue. La pile de lettres devant elle contenait visiblement une demi-douzaine d'invitations.

— Quelque chose d'intéressant ?

— Oui ! répondit Matilda, les yeux brillants de plaisir.

Elle s'empara d'une carte bordée d'or qui se trouvait dans le tas avec un sourire.

— Saint-Clair nous a invitées à une garden-party.

9 juillet 1814. Garden-party de la comtesse douairière de Saint-Clair. St James, Londres.

Bâtie au siècle dernier, la résidence londonienne du comte de Saint-Clair était un chef-d'œuvre néoclassique. Elle avait été conçue pour les divertissements, et dans l'esprit des gens de la haute société, elle était synonyme de plaisirs luxueux. Le précédent comte avait été un personnage très apprécié, un peu coquin sur les bords, un rôle que son fils n'avait eu aucun mal à endosser.

Mais aujourd'hui, la maison faisait presque pâle figure comparée au jardin : aucune dépense n'avait été refusée pour l'une des dernières grandes fêtes de cette saison.

Donnant sur Green Park, les jardins n'étaient pas immenses, mais disposés de façon charmante en une série de parterres intriqués tout autour du domaine.

Le jardin blanc de la comtesse douairière était un spectacle magnifique à contempler. Les senteurs de roses flottaient dans l'atmosphère de cette parfaite journée d'été anglais, et Lucia ne pouvait que soupirer d'émerveillement face au tableau qui se dressait devant elle. Des dames en robe estivales ajoutaient des touches de couleur ici et là, tels des papillons de soie virevoltant entre les fleurs. De la musique s'élevait d'une élégante rotonde en marbre qui protégeait les musiciens de la chaleur du soleil de l'après-midi, et les bavardages plaisants remplissaient l'air.

— C'est tellement beau, soupira Matilda.

Elles cheminaient le long de la promenade qui faisait le tour du domaine, en compagnie du comte et de sa mère. Elle saisit le bras de Lucia et ajouta sur un ton nostalgique :

— L'on peut presque s'imaginer en plein cœur de la campagne, alors que nous sommes au beau milieu de la ville.

— Je peux voir que ce compliment fait extrêmement plaisir à ma mère, miss Hunt, dit Saint-Clair avec un sourire. Ce jardin représente sa fierté et sa joie, et je me suis souvent demandé, aurais-je eu plus de tendresse de sa part si j'étais né rose, ou même groseillier ?

Sa mère leva les yeux au ciel face à cette déclaration quelque peu ironique.

— Oh, oui, dit-elle d'un ton sec en jetant à son fils le regard de quelqu'un dont la patience est mise à rude épreuve. J'imagine que vous auriez beaucoup apprécié que je fourre mon nez dans vos affaires. Vous avez joui d'une merveilleuse liberté dans votre enfance, toujours en vadrouille, à faire des bêtises. Je me suis toujours dit que, tant que vous reveniez en un seul morceau, c'était une journée réussie.

Lucia éclata de rire, et décida qu'elle aimait la comtesse douairière.

Kitty et Bonnie les rejoignirent à ce moment-là, amenant dans leur sillage une Harriet qui semblait plutôt réticente.

— Harriet, très chère, quelle joie de vous voir, déclara lady Saint-Clair avec un grand sourire, en accueillant la jeune femme avec autant de chaleur que si c'eût été sa fille aimée. J'ai demandé tant de fois à Saint-Clair pourquoi nous ne vous voyons jamais. Je suis nostalgique des jours où votre frère et vous courriez partout comme des petits chiots.

Elle soupira en secouant la tête.

— Ils étaient à peine apprivoisés, voyez-vous, mais les bruits et les rires me manquent… même les chamailleries lorsque mon maudit enfant faisait *de nouveau* quelque chose d'impardonnable.

Harriet rougit et marmonna une réponse. Elle avait l'air bizarre, et semblait vouloir se trouver n'importe où sauf là.

— Harriet pense toujours que je suis impardonnable, mère, dit Saint-Clair sur un ton léger, bien que le regard qu'il lança à Harriet fût plutôt intense. C'est la raison pour laquelle elle nous évite.

Lucia observa le trouble envahir les yeux de la mère, la tension crisper la mâchoire d'Harriet, et elle se dépêcha d'intervenir. Elle avait été témoin de l'animosité qu'Harriet éprouvait envers le comte, et n'avait aucune envie de voir le charmant après-midi être gâché par une dispute. Elle se tourna vers la comtesse douairière et tenta de relancer la conversation.

— S'attirait-il souvent des ennuis, lady Saint-Clair ? demanda-t-elle en récoltant un grognement de la part du comte.

Sa mère rit, et le trouble disparut de ses yeux. Elle lança un regard affectueux à son fils.

— Quand ne s'en attirait-il pas ? demanda-t-elle tandis que le comte étudiait ses orteils. Il serait plus simple de chercher ces moments-là, j'en ai peur. Je n'ai jamais connu de petit garçon possédant un tel goût pour les farces et les bêtises.

— Mère, murmura Saint-Clair avec une expression exaspérée qui l'implorait de changer de sujet.

— Il s'entendait comme larrons en foire avec le frère d'Harriet, Henry, bien sûr, dit-elle d'un ton joyeux en ignorant le malaise de son fils. Et ces deux-là trainaient la pauvre Harriet partout avec eux. La plupart du temps, elle finissait débraillée et couverte de boue puisqu'ils se relayaient pour la capturer et la garder prisonnière. Il y a un lac à Holbrooke et j'ai perdu le compte des fois où elle est revenue trempée, tremblante, et outrée. Pauvre enfant, dit-elle en jetant un regard affectueux à la demoiselle en question. Je suis surprise que vous ne les ayez pas assassinés tous les deux.

— Oh, l'idée m'a traversé l'esprit, marmonna Harriet avec un sourire crispé sur les lèvres. Si vous voulez bien m'excuser.

Lucia et Matilda, toutes deux légèrement choquées par le départ abrupt d'Harriet, échangèrent un regard. En regardant de nouveau le comte, Lucia remarqua qu'il suivait des yeux Harriet qui s'éloignait rapidement. Elle crut voir du chagrin, mais peut-être qu'il sentit qu'elle l'observait, car il leva les yeux, et subitement un sourire apparut sur son visage, accompagné d'une lueur malicieuse dans le regard.

— Venez, mesdemoiselles, je vais vous faire visiter.

Plus tard dans l'après-midi, des serviteurs circulèrent parmi les invités en portant des plateaux d'argent chargés de délicats hors-d'œuvre, des pâtisseries salées aussi légères que des plumes aux sucreries délicieusement décadentes.

L'attention de Lucia n'était pas sollicitée par la nourriture, mais par la présence de Mr Edgar Bindley. Son père, le comte d'Ulceby, était également présent, mais Lucia avait pris soin de l'éviter. L'homme n'aurait probablement pas eu le moindre soupçon sur son identité, mais il ne valait mieux pas tenter le diable. Edgar, en revanche, était une tentation à laquelle elle ne pouvait pas résister.

Ses doigts se glissèrent dans la poche de sa robe, et elle caressa du pouce le petit symbole de métal qui s'y trouvait avec un léger sourire, qui s'élargit lorsque Mr Bingley croisa son regard.

Bien que l'idée la révoltât, elle leva son verre à son intention, et lui adressa une moue séductrice. Il se précipita vers elle avec tant d'empressement qu'elle faillit rire.

— Miss de F-Feria, un plaisir, comme toujours.

Il porta le dos de sa main à ses lèvres, dans un geste qu'il imaginait romantique et courtois. Peut-être cela aurait-il pu l'être, si les lèvres de n'importe qui d'autre s'étaient pressées sur sa main. Elle était soulagée d'avoir des gants qui protégèrent sa peau de ce contact, mais elle dut néanmoins réprimer un frisson en remarquant une auréole légèrement humide sur la soie vert pâle.

Tout en s'efforçant de dissimuler le dégoût devant sa présence, et la façon dont il se pressait autour d'elle, Lucia passa les dix minutes qui suivirent à faire semblant de rire et d'être suspendue à ses lèvres. Elle s'obligea à garder une expression aimable en posant son verre vide sur un plateau et en déclinant à regret la proposition du valet d'en prendre un autre. Cela aurait aidé ses nerfs. Elle se redressa, reporta son attention sur l'homme qui se trouvait à ses côtés et qui racontait une histoire dont elle avait depuis longtemps perdu le fil.

— Oh, vous êtes si amusant, Mr Bindley, dit-elle en éclatant d'un rire qui sonna faux et crispé, même à ses propres oreilles.

Elle lui donna une tape espiègle sur l'épaule, avant de prétendre perdre l'équilibre. De sa main gauche, elle attrapa alors son bras pour se rattraper, tandis que la droite glissait le petit objet dans la poche de son gilet, dont le renflement supposait la présence d'une tabatière.

— Oh, dit-elle en se redressant avec un sourire timide. Je vous prie de m'excuser.

— P-Pas du tout, miss de Feria, déclara Mr Bindley qui profita de la situation pour poser la main sur sa taille, puis prit tout son temps pour la lâcher. Cela ne m-me dérange jamais lorsque les b-belles femmes me tombent dans les bras.

— Peut-être pourriez-vous cependant songer à les relâcher ensuite.

La voix venait de derrière, et l'on y décelait de la colère.

Mr Bindley la relâcha enfin, et Lucia mit un peu de distance entre elle et l'homme odieux. Elle rougit en voyant lord Cavendish les regarder tous deux avec curiosité, une lueur qu'elle n'appréciait pas brillant dans ces yeux bleus.

— Monsieur, dit Mr Bindley avec une expression de dédain sur le visage en regardant lord Cavendish. Je ne savais pas que Saint-Clair vous avait invité.

— Oh, oui, répondit Cavendish avec un sourire pas tout à fait plaisant. Contrairement à d'autres, Saint-Clair n'est pas collet monté. Tant mieux pour nous, hein ?

Mr Bindley devint rouge de colère devant l'insulte sous-entendue. Il était évident qu'il méprisait le vicomte — en dépit de son titre et de sa famille — pour avoir réussi en travaillant. C'était vraiment ridicule, quand on songeait que le père de ce dernier, le comte, était au bord de la faillite. Lucia sourit légèrement en imaginant avec impatience le jour où elle les pousserait dans ce gouffre.

— Pour vous, peut-être, ricana Bindley en relevant la tête.

Il se tourna vers Lucia, lui adressa une révérence formelle et rigide.

— Prenez garde, miss de Feria, l'on vous jugera aux gens que vous fréquentez.

Il s'immobilisa quelques instants pour lancer à Cavendish un regard appuyé, avant de s'éloigner.

Lucia patienta tandis que Cavendish le regardait partir, avant de se tourner vers elle.

— Que signifiait tout cela ? demanda-t-il avec curiosité en la regardant.

— Je ne vois pas ce que vous voulez dire, répondit Lucia en s'éloignant de lui.

Il la suivit et marcha à ses côtés.

— Vous voyez exactement ce que je veux dire. À qui ce petit spectacle était-il destiné ? Moi ? Cherchez-vous à me rendre jaloux ?

Elle poussa une exclamation de surprise devant tant d'audace, et s'arrêta pour le regarder avec colère. Outrée par la suggestion, elle déclara :

— Je ne savais même pas que vous étiez là, espèce de misérable présomptueux.

Il fronça les sourcils, mais sembla accepter l'insulte.

— J'avais d'autres engagements, je viens seulement d'arriver, admit-il à contrecœur.

Ils marchèrent en silence jusqu'à ce qu'il prenne à nouveau la parole, d'une voix qui paraissait inquiète.

— Lucia, à quoi jouez-vous avec Bindley et son père ?

Pendant un instant, le sol lui parut très instable.

Comment pouvait-il… ? Qu'est-ce que… ?

Les questions se bousculaient dans la tête de la jeune femme, et elle dut utiliser la moindre miette de contrôle de soi pour demeurer calme.

— Un jeu ? demanda-t-elle en clignant des yeux et en essayant de toutes ses forces d'avoir l'air innocente. Que voulez-vous dire ?

Il hésita, il avait l'air de vouloir parler, d'expliquer, mais ne semblait pas savoir quoi dire.

— Lucia, dit-il après un long moment.

Elle frissonna au son de sa voix grave, intime.

— Très chère, si vous avez des problèmes, pourquoi ne me laissez-vous pas vous aider ? Edgar Bindley et son père sont de mauvais bougres. Toute sa maudite famille… il s'interrompit en secouant la tête, peut-être parce qu'il était incapable de trouver un mot adéquat pour décrire la lignée des Ulceby.

Il y avait tant inquiétude dans sa voix. Lucia le contempla, ébranlée par cette sollicitude qu'une partie d'elle voulait accueillir.

— Je vous ai vue, Lucia, l'accusa-t-il d'un ton plus dur. Au bal. Je vous ai vue quitter le bureau du comte, et peu après, j'ai aperçu l'homme alors qu'il découvrait ce que vous aviez laissé là-bas. On aurait dit qu'il avait vu un fantôme.

Lucia sentit la couleur partir de son visage.

Non, non, non.

Il fallait qu'elle bluffe.

— Oh, cela, dit-elle en riant, bien que l'amusement se situât à mille lieues des émotions qu'elle ressentait à présent. C'était… eh bien c'était juste un défi idiot. Mes amies et moi jouons à ce jeu voyez-vous, et…

Elle s'efforça de prendre un air embarrassé, en essayant de toutes ses forces d'ignorer le battement sourd de son cœur.

— Et, s'il faut que vous le sachiez, mon défi était d'entrer dans le bureau d'un homme, d'y boire un verre et de fumer un cigare.

Elle le vit froncer les sourcils, l'envie de la croire brillait dans ses yeux. Ses cheveux étaient un peu décoiffés aujourd'hui, son manteau, légèrement froissé, et elle le soupçonnait d'être venu directement après ce rendez-vous qui l'avait retardé, sans repasser chez lui. Il ne faisait aucun doute que son valet serait désespéré. Il était difficile de résister à l'envie de tendre la main pour lisser son col, pour dompter la boucle récalcitrante dans ses cheveux.

— C'était la seule raison de votre présence là-bas ?

Le doute dans sa question était palpable.

— Pour quelle autre raison y serais-je allée ? dit-elle en riant et en priant pour qu'il la croie.

Ce serait merveilleux de pouvoir lui faire confiance, de pouvoir partager son fardeau, mais elle n'osait pas. Elle était sûre qu'il ne serait plus aussi sympathique lorsqu'il apprendrait la vérité. Elle estimait que c'était un homme bon, mais elle avait placé sa confiance entre les mains d'hommes bons dans le passé, et s'en était mordu les doigts. Personne ne voudrait la protéger. Personne, sauf elle.

De plus, elle l'appréciait. Elle l'appréciait trop pour l'impliquer dans une affaire qui provoquerait le plus gros scandale auquel l'aristocratie avait fait face depuis des années. Non. Il était plus sage de le laisser en dehors de cela.

Elle le regarda soupirer, et apparemment, accepter son excuse. Il lui présenta son bras et elle sourit en le saisissant. Il la guida jusqu'au bout du chemin, où Matilda et quelques autres étaient en train de bavarder. Ils rejoignirent le groupe et Lucia tenta de prendre part à la conversation joyeuse, mais son regard était attiré de l'autre côté du petit parterre, où le comte d'Ulceby parlait à son fils. Ils se disputaient au sujet de quelque chose. Edgar tressaillit alors que le visage de son père s'assombrissait. Les mots qu'il prononça firent pâlir le jeune homme.

Le cœur au bord des lèvres, Lucia vit Edgar plonger la main dans sa poche de gilet pour saisir la tabatière, et aperçu l'éclat du métal lorsque l'objet tomba. Edgar fronça les sourcils, se pencha pour le ramasser ; puis, l'objet dans sa paume, il se tourna vers son père.

Le comte poussa une exclamation, s'en empara vivement, et, les yeux écarquillés, observa l'assemblée. Lucia se sentait en dehors de la scène, comme si elle observait une scène de théâtre ; elle vit l'homme saisir sa poitrine, son visage changer de couleur alors qu'il hoquetait et haletait.

— À l'aide ! cria Edgar qui ne fit pas un geste lorsque son père s'écroula sur le sol. Que quelqu'un lui vienne en aide !

Des exclamations et des murmures horrifiés résonnèrent dans le jardin, et malgré elle, Lucia regarda lord Cavendish. Il avait les yeux braqués sur elle, comme s'il la croyait responsable de cette scène.

Incapable de détourner les yeux, elle le fixa.

Elle le regarda partir, se précipiter vers le comte et s'agenouiller à ses côtés, pendant que tout le monde ne faisait que regarder. Il défit la cravate de l'homme, donna des ordres secs pour obtenir de l'aide, pour que quelqu'un *aille chercher un docteur, bon sang.*

Inévitablement, il attrapa la main de l'homme, ouvrit les doigts qui entouraient le petit objet de métal, et le contempla.

Avant qu'il ne puisse se tourner vers elle, avant de croiser son regard accusateur, Lucia s'éloigna.

— Matilda, pensez-vous que quelqu'un d'autre puisse vous ramener à la maison ? demanda-t-elle avec une voix aux accents désespérés. Je… je me sens un peu faible. Trop de soleil, j'imagine.

Elle fit de son mieux pour sourire, paraître fatiguée et accablée de chaleur, et non pas à deux doigts de relever ses jupons pour déguerpir aussi vite que possible.

— J'aimerais prendre la voiture, et rentrer tout de suite.

— Oh, ma pauvre, dit Matilda d'un ton compatissant. Voulez-vous que je vous accompagne, très chère ? Je pense que la fête est finie, de toute façon.

— Oh, non, non. Je vais bien. J'ai juste besoin de m'allonger au calme, et je serai de nouveau fringante comme un gardon, répondit-elle en tâchant d'avoir une voix rassurante.

Matilda fronça les sourcils, et regarda en direction de l'endroit où lord Cavendish et Mr Bindley aidaient le comte à se lever. Ulceby paraissait gris et hagard, mais pas sur le point de rendre son dernier souffle. Lucia n'arrivait pas à savoir si elle était déçue ou soulagée de cela.

L'orchestre — qui s'était interrompu lorsqu'Edgar avait crié à l'aide — reprit là où il s'était arrêté, et la fête recommença, maintenant que le comte ne semblait plus sur le point de mourir.

— Eh bien, déclara Matilda, un peu sceptique. Il semblerait que personne d'autre ne parte. Peut-être le comte a-t-il lui aussi reçu trop de soleil ?

— Je suis sûre qu'il s'agit de quelque chose de la sorte, répondit Lucia en tâchant de ne pas prendre un ton impatient. Il fait affreusement chaud.

Lucia vit le regard de Matilda traverser le jardin en direction du marquis de Montagu, qui discutait avec la comtesse douairière.

— Si vous en êtes certaine, répondit Matilda en regardant de nouveau Lucia.

Avec un soupir de soulagement, Lucia embrassa la joue de son amie.

— Tout à fait certaine, répondit-elle, tout en se demandant si elle ne ferait pas mieux de convaincre Matilda de venir avec elle après tout, pour son propre bien. Amusez-vous bien, dit-elle en réprimant l'envie d'ajouter *et soyez prudente.*

Matilda était une grande fille qui pouvait prendre ses propres décisions, tout comme Lucia l'avait fait. Elle devrait vivre avec les conséquences de ces dernières, tout comme Lucia le ferait.

Chapitre 8

Ce fut un après-midi charmant. La comtesse douairière est très amusante, et Saint-Clair est un homme séduisant. Pas étonnant que les femmes lui tournent autour, comme des mouches vers le miel. Pouvez-vous imaginer devenir la comtesse de Saint-Clair, épouser un tel homme, et vivre dans un endroit aussi beau ? J'ai grand-hâte d'admirer la demeure d'Holbrooke avec Harriet cet été. Cela sera formidable.

—Extrait d'une lettre de miss Kitty Connolly à miss Bonnie Campbell.

7 juillet 1814. Garden-party de la comtesse douairière de Saint-Clair, St James, Londres.

Silas contempla le petit objet dans sa main. Il était en argent, pas plus gros qu'un souverain, et soigneusement ouvragé. Il avait la forme d'un trident court et décoré, et Silas n'avait pas la moindre idée de ce qu'il représentait. Il l'enfouit dans la poche de son veston, et ressentit une vague de soulagement en voyant le comte prendre une respiration tremblante.

L'homme était grisâtre — comme s'il avait vieilli d'une décennie en quelques secondes — mais ne paraissait pas aux portes de la mort. Dieu merci.

Cela ne faisait plus aucun doute dans l'esprit de Silas à présent. Lucia était impliquée dans cela. Imbécile qu'il était d'avoir cru à l'explication qu'elle lui avait fournie un peu plus tôt. Au plus profond de lui, il se doutait de quelque chose, mais il avait voulu la croire. C'était fini. Quand il avait croisé son regard, il y avait lu quelque chose de terrible, quelque chose comme une volonté farouche, mais emplie de remords.

Elle s'était débrouillée pour glisser cette chose dans le vêtement d'Edgar lors de cette scène ridicule un peu plus tôt, où elle avait fait semblant de flirter avec lui. À ce moment-là, Silas admettait qu'il avait ressenti des émotions comme la colère, une jalousie sans bornes, et une demi-douzaine d'autres, qu'il n'osait pas examiner. Désormais, il était terrifié. Il ne savait pas à quel jeu Lucia jouait, mais elle avait presque tué le comte d'Ulceby ce jour-là. Quoique ce fût, dangereux semblait être un mot trop faible pour le qualifier.

Il n'avait pas la moindre idée de ses motifs, mais il comptait bien les découvrir. Une partie de lui ne désirait pas savoir, ne voulait pas mener l'enquête, au cas où il découvrirait qu'elle était froide et impitoyable, que la vulnérabilité qu'il avait vue dans ses yeux n'était qu'une illusion.

Pourtant, peu importe à quoi ressemblerait la vérité, il avait besoin de la connaître. Savoir qu'il la protégerait, quel que soit ce qui la poussait à faire cela, était une vérité sur laquelle il refusait de s'attarder. Silas savait simplement qu'il ne pouvait pas la condamner pour être motivée par la cupidité, la vengeance, ou quoi que ce soit de ce genre. Il connaissait la puissance d'une telle ambition, et ne la comprenait que trop bien.

Une fois qu'il eut fini d'aider le comte à s'installer dans une pièce calme et que le docteur fut prévenu, il se mit en quête de Lucia, et découvrit qu'elle était partie depuis longtemps. Eh bien, elle ne lui échapperait pas. Pas maintenant. Il découvrirait la vérité, d'une façon ou d'une autre.

— Où est passée Lucia ?

Matilda se retourna et trouva Harriet à ses côtés. Saint-Clair venait tout juste de s'éloigner pour parler à des invités de l'autre côté du jardin. Elle ne pensait pas que c'était une coïncidence.

— Elle est partie il y a environ dix minutes. Une insolation, apparemment.

— Oh, c'est dommage, répondit Harriet en remontant les lunettes sur son nez.

Elle était rouge et paraissait elle aussi avoir trop chaud, ses cheveux châtains clairs s'échappaient de leurs pinces, et sa robe de mousseline lui collait à la peau.

— Je suis étonnée que vous ne vous soyez pas enfuie également, dit Matilda en voyant un éclair de culpabilité traverser les yeux d'Harriet. Vous avez à peine dissimulé votre animosité envers Saint-Clair.

Harriet haussa les épaules.

— Je ne peux pas me montrer grossière envers lady Saint-Clair. Elle s'est toujours montrée très gentille avec moi, donc… je supporterai, dit-elle en soufflant avec irritation pour écarter une boucle rebelle de son visage. Comment faites-vous pour toujours paraître aussi fraîche et élégante, Tilda ?

Matilda sourit

— Je reste à l'ombre.

— Trop tard pour cela, grommela Harriet en éloignant ses jupons de ses jambes avec une grimace. Il y avait un spécimen des plus fascinants là-bas. Une nouvelle variété de rose que la comtesse elle-même a créée. Elle a promis de me montrer comment procéder.

Matilda sourit devant l'enthousiasme d'Harriet. La jeune femme était souvent trop sérieuse, un peu en retrait des autres filles, mais elle rayonnait à chaque nouvelle découverte.

— Pourquoi le détestez-vous ?

Une lueur méfiante apparut dans le regard d'Harriet qui ne prit pas la peine de lui demander de qui elle parlait.

— Je ne dirais pas exactement que je le déteste, commença-t-elle, avant de se heurter aux sourcils haussés de Matilda.

Elle souffla, hésitante, et les mots sortirent d'un seul coup.

— Parce qu'il se repaît de sa propre stupidité et déteste apprendre, et se moque de quiconque plus intelligent que lui, en *le* faisant se sentir stupide.

Matilda la regarda avec surprise. Harriet avait croisé les bras, ses yeux marron étaient durs et reflétaient la colère.

— Je ne le trouve pas le moins du monde stupide, Harriet, répondit-elle doucement, consciente qu'il y avait bien plus que cela qui motivait l'animosité d'Harriet et sachant qu'elle devait œuvrer avec précaution. Il est très divertissant, et les hommes stupides ne le sont simplement pas, voyez-vous.

Les lèvres d'Harriet se serrèrent pendant un instant.

— Il est frivole, dépensier, c'est un dragueur et un coureur de jupons, et je doute qu'il ait eu une seule pensée originale depuis le jour de sa naissance, mais tout le monde le trouve merveilleux parce qu'il est si fichtrement séduisant, et qu'il fait rire tout le monde, le plus souvent aux dépens de quelqu'un d'autre.

La jeune femme rougit en réalisant que sa tirade avait été quelque peu passionnée.

— Je… je pense que Lucia avait peut-être raison. Il fait terriblement chaud, et le soleil m'a tapé sur la tête. Veuillez m'excuser, Matilda.

Surprise et légèrement désarçonnée, Matilda regarda Harriet partir. Peut-être faudrait-il qu'elle demande à Saint-Clair ce qu'il se passait, songea-t-elle en caressant cette idée. Non, en tout cas, pas aujourd'hui. Elle était trop léthargique pour se mêler des affaires des autres aujourd'hui. La chaleur de l'après-midi la rendait somnolente, et elle s'éloigna un peu plus du soleil, attirée par un chemin ombragé. Elle pouvait distinguer un banc, qui faisait face à un petit bassin d'ornement, et s'y dirigea.

Elle s'assit avec un soupir de soulagement, et prit quelques instants pour vérifier que sa coiffure tenait toujours en place, avant de se pencher en arrière et de fermer les yeux un petit moment.

Ses pensées s'envolèrent vers le bal du comte d'Ulceby, et plus précisément, sa danse avec Montagu. Il s'était montré scrupuleusement poli, un parfait gentleman en fait, ce qui l'avait plutôt irrité. Elle pensait que peut-être, elle préférait lorsqu'ils s'attaquaient l'un l'autre.

Pourtant, la danse avait été magique. Aucun d'eux n'avait émis le moindre mot, elle n'aurait pas pu si elle avait voulu essayer. Elle n'avait pas voulu rompre le charme de ce moment en disant quelque chose qui les conduirait à s'insulter mutuellement. Il y avait eu quelque chose entre eux, une espèce de connexion, de…

Elle n'avait pas la moindre idée de ce que c'était, mais les mots de Montagu lui revinrent.

Il était tombé sur elle l'après-midi qui avait suivi le mariage de son frère et d'Alice, et elle venait tout juste de se remettre d'une crise de larmes et d'apitoiement sur son sort, sur le fait qu'elle était encore — et probablement pour toujours — seule. Le marquis avait été le dernier homme sur terre qu'elle voulait voir ce jour-là, le jour où il lui avait proposé de devenir sa maîtresse. La colère ressurgit à se souvenir, mais à présent, elle se rendait compte qu'il avait eu raison dans sa déclaration.

— *Il y a quelque chose entre nous. J'aimerais bien découvrir ce dont il s'agit.*

Il avait paru médusé en disant cela, et Matilda s'était moquée de cette idée et en avait ri, bien sûr, mais à présent, elle n'était plus si sûre. Il l'avait réprimandée pour avoir nié la vérité, en l'accusant de couardise. Un sentiment de malaise la traversa alors qu'elle se demandait s'il n'avait pas eu raison.

Une vision au coin de l'œil la fit se retourner, et elle ne cligna même pas des yeux lorsque l'homme en personne apparut. Quelque part, elle s'en doutait. Il l'avait évitée toute la journée, gardant ses distances, ne lui accordant pas un regard. Elle soupçonnait que tout ceci était un jeu pour lui. Il jouait avec elle. Cette idée la mit en colère.

— Oui, oui, encore seule, et cetera, et cetera, dit-elle avec un petit mouvement impatient de la main avant qu'il puisse faire ce commentaire habituel. N'importe qui croirait que vous me surveillez, attendant le moment où je suis seule.

Il ne dit rien, et s'approcha d'elle en portant un verre qui tintait légèrement sous l'effet du mouvement.

— J'ai pensé que vous aimeriez peut-être ceci, dit-il, aussi indéchiffrable que d'habitude.

Matilda ouvrit la bouche d'étonnement, et tendit la main vers le verre, subitement assoiffée.

— Qu'est-ce que c'est ? demanda-t-elle, soudainement méfiante.

La bouche du marquis tressauta un peu.

— Eh bien, eh bien, murmura-t-il. Vous me prenez vraiment pour un monstre.

— Et cela vous surprend ? rétorqua-t-elle en le dévisageant.

Il soupira.

— C'est de l'orgeat, miss Hunt. Il n'y a rien d'autre dans votre verre, je peux vous l'assurer.

Matilda fronça les sourcils et prit une gorgée hésitante, mais fut rassurée de ne trouver sur sa langue que les arômes de fleurs d'oranger et d'amande. Cependant, il y avait de la glace dans le verre, et les parois extérieures dégoulinaient de condensation.

Jetant toute précaution aux oubliettes, elle but franchement. Le liquide glacé glissa dans sa gorge, lui faisant réaliser à quel point elle avait chaud et soif.

Avec un soupir de délice, elle posa le verre contre son cou et permit à la glace restante de la refroidir, avant d'ouvrir les yeux brusquement en se souvenant qu'elle n'était pas seule.

Le regard de Montagu était intense, et Matilda sentit sa peau rougir.

— Merci, dit-elle prudemment. Mais je suppose que je vais devoir payer pour cela. Vous ne faites jamais rien sans arrière-pensée, n'est-ce pas ?

— Non, répondit-il en conservant la même expression.

— Vous dois-je mon âme, alors ? demanda-t-elle gentiment, ou la possédez-vous déjà pour avoir sauvé Alice des intentions importunes de Mr Bindley ? Je me souviens que cette dette a été clairement énoncée.

À sa grande surprise, il secoua la tête.

— Vous avez déjà payé.

— Je… je l'ai payée ? répéta Matilda sans réussir à cacher sa surprise.

— Oui.

Elle le regarda, perplexe. Il avait l'air parfaitement à l'aise, impeccablement habillé, comme toujours, comme s'il n'était pas le moins du monde dérangé par la chaleur. Matilda avait observé, amusée, les cols et les cravates se flétrir au fil de la journée, mais Montagu était frais et impeccable. Peut-être avait-il réellement de la glace dans les veines.

Il s'appuya sur une canne d'ébène au pommeau d'argent, les yeux posés sur elle, image même du gentleman anglais raffiné.

Les apparences étaient parfois trompeuses.

— Bien, répondit-elle.

Elle savait que cela l'ennuierait qu'elle ne demande pas comment elle y était parvenue à cela.

Elle se leva, lissa sa robe et lui donna l'impression qu'elle était sur le point de partir.

— Vous avez dansé avec moi, déclara-t-il, apparemment conscient qu'elle ne lui poserait pas la question et lui donnant néanmoins la réponse.

— Ah, bien sûr, une danse, dit-elle en se tournant vers lui. Cela ne devrait pas m'étonner que vous accordiez si peu de valeur à la vertu. Vous avez détruit la mienne avec beaucoup de légèreté.

— Mais votre vertu est toujours intacte, miss Hunt, dit-il.

Soudainement l'atmosphère changea et l'air entre eux se chargea de tension.

— Cela pourrait tout aussi bien ne pas être le cas, aboya-t-elle, avant de se maudire pour cet accès de colère ; elle aurait voulu ne pas se laisser agacer par lui.

S'il avait souri, elle l'aurait giflé, mais il ne le fit pas. Il s'approcha d'un pas.

— Je ne crois pas que vous pensiez réellement cela, dit-il d'une voix basse qui provoqua un étrange frissonnement sur sa peau. Mais… si c'est *réellement* la vérité, pourquoi ne pas me la donner ? Vous êtes aussi consciente que moi de notre attirance mutuelle. Pourquoi ne pas y succomber ?

Matilda poussa une exclamation de surprise, sa respiration s'accéléra lorsqu'il franchit la distance qui les séparait. Il était si proche qu'elle sentait son odeur. Linge amidonné, un soupçon de bergamote, et la chaleur propre d'un corps d'homme emplirent ses narines. Pendant un instant déconcertant, elle l'imagina. Elle se vit accéder à sa requête, et cette idée lui donna le vertige en provoquant en elle un délicieux mélange de peur et d'excitation.

— Je vous offrirai tout ce que vous pourrez jamais désirer, dit-il.

Sa voix seule était une invitation, la tentant alors qu'il se penchait vers elle, la bouche si proche de son oreille qu'en tournant la tête, leurs bouches se rencontreraient.

— Tout ce que vous pourrez jamais désirer.

Bizarrement ce fut cela qui la sortit de sa transe et la ramena brusquement à la réalité.

Tout ce que vous pourrez jamais désirer.

Matilda ferma les yeux et émit un petit rire.

— Je suis désolée, monsieur, mais vous vous trompez lourdement. Mes rêves comportent des choses d'une telle valeur, que vous ne pourriez jamais me les offrir.

Un éclair d'arrogance apparut dans ses étranges yeux gris.

— Quels sont-ils ? Quel est votre prix ? demanda-t-il en ayant l'air étrangement à bout de souffle.

Matilda se recula en souriant, l'euphorie vibrant sous la peau.

— Vous seriez incapable de les appréhender, ils sont remplis de notions étranges pour vous, lord Montagu, remplis d'enfants, d'un foyer, et d'un homme qui m'aime et m'honore. Cela m'importe peu qu'il soit lord ou simple marchand. Je m'en moque. Je l'aimerais de tout mon cœur, et lui donnerait tout ce dont *il* peut rêver.

Avec une petite flamme de triomphe brûlant dans le cœur, Matilda éclata d'un rire fier et partit.

Toujours le 7 juillet 1814. Maison Cavendish, The Strand, Londres.

Silas s'assit, perdu dans ses pensées au sujet des événements de l'après-midi, tandis que Fred retirait ses bottes de façon théâtrale, à grand renfort de remarques indignées.

Il s'avérait que l'homme était offensé que Silas se soit présenté à la garden-party sans être tiré à quatre épingles. Silas leva les yeux au ciel, incapable de se concentrer face à la pétulance de son valet.

— Que vont penser les gens ? Ça, j'aimerais bien le savoir, grommelait-il. Je vais vous le dire — apparemment il n'avait pas besoin d'une réponse —, ils vont penser que c'est ma faute si vous êtes arrivé en ayant l'air d'avoir passé la nuit dans un fossé, voilà ce qu'ils vont penser.

Silas supportait cela en soupirant. Des brides des marmonnements de Fred atteignaient ses oreilles, à propos de « réputation en miette », et « ne plus jamais oser regarder les gens en face ».

— Avez-vous bientôt fini ? demanda Silas, impassible, alors que Fred se penchait pour récupérer la chemise qu'il venait de jeter par terre.

— Presque, monsieur, répondit Silas avec un petit reniflement.

— Dieu merci.

Silas lui lança un regard sévère.

— Bon, à présent. Vous m'avez dit un jour connaître les noirs secrets de la famille Cavendish. Était-ce vrai ?

Tout à coup, Fred se redressa en prenant un air circonspect. Il plissa les yeux en déclarant, complètement sur ses gardes :

— Oui. Pourquoi ?

Silas le regarda en réfléchissant.

— N'avez-vous jamais envisagé de faire chanter mon père, ou de vendre ses secrets ? Dieu sait que l'homme n'a rien fait pour se faire aimer de vous. Je ne vous en voudrais pas si c'était le cas.

Le regard de fierté blessée dans les yeux de Fred apprit à Silas tout ce qu'il désirait savoir.

— Monsieur ! s'exclama-t-il, un tel reproche dans la voix que Silas eut des remords d'avoir simplement posé la question. Si vous n'êtes pas satisfait de la qualité de mon travail, il suffisait simplement de le dire —

— Oh, descendez de vos grands chevaux, déclara Silas en secouant la tête. Je n'aurais pas dû douter de vous, je vous présente mes excuses pour avoir posé cette question, mais j'avais une bonne raison.

Fred se figea, confus.

— Monsieur ?

— J'ai besoin de savoir si je peux vous faire confiance, Fred, dit Silas d'un ton plus doux. J'aimerais bien, mais il faut que je sache si je dois faire preuve de prudence, ou si vous emporterez mes secrets dans la tombe.

Il regarda Fred bomber le torse et se tenir plus droit.

— Rien de ce que vous me direz ne sortira de ma bouche. Je le jure sur la tombe de ma mère, que Dieu la bénisse. Vous pouvez me faire confiance.

La sincérité brillait dans les yeux de l'homme, et Silas ne doutait pas de son honneur. Il avait rencontré des hommes qui clamaient être des gentlemen dont les serments ne valaient pas un sou, et d'autres, abjects, qui auraient préféré mourir plutôt que de revenir sur leur parole. L'honneur était quelque chose de cher à ses yeux, et il savait le reconnaître chez les autres. Fred en avait.

— Merci, Fred.

Silas laissa échapper un soupir soulagé et déplia les doigts en regardant le petit objet d'argent.

— Bon, alors. Que pensez-vous de ceci ?

Fred s'approcha de lui, et examina l'objet.

— Un trident ? dit-il, incertain.

Silas hocha la tête.

— C'en est un, mais… il est différent de tout ce que j'ai pu voir jusqu'alors.

— C'est vrai.

Fred serra les lèvres, pensif.

— Y a-t-il un lien avec Neptune ?

— Je me suis posé cette question, déclara Silas, mais je ne vois rien d'évident.

Les deux hommes le contemplèrent en réfléchissant.

— Vous savez, je l'ai déjà vu quelque part, déclara Fred d'un air songeur en fronçant les sourcils. Mais je… je n'arrive pas à me souvenir.

— Réfléchissez-y, voulez-vous ? Voyez ce que vous pouvez trouver.

— Bien entendu, répondit Fred alors que Silas glissait de nouveau l'objet dans sa poche. Puis-je demander pourquoi, monsieur ?

Silas regarda l'homme en silence.

— J'ai besoin que vous vous montriez très discret, Fred, et pas pour mon bien.

Fred leva les yeux au ciel, il parut soudain tout comprendre.

— J'en étais sûr. C'est une femme.

Silas grimaça légèrement, mais ne prit pas la peine de démentir le propos : c'était la vérité, après tout. Fred s'esclaffa et poursuivit sa tâche en ramassant le linge sale.

— J'imagine que c'est la femme pour laquelle vous avez accepté de couper vos cheveux. Celle qui est trop belle pour votre santé mentale ?

— Je suppose que oui, admit Silas en ignorant le gloussement de Fred.

— Bien, bien. Ne me dites pas qu'elle manie le trident, plaisanta-t-il en riant à cette idée. Je veux dire, je sais que je vous ai dit qu'elle avait l'air dangereuse, mais…

Fred s'interrompit en voyant le regard de Silas.

— Pas vraiment ?

— Elle a mis cet objet dans la poche d'Edgar Bindley, et son père, lord Ulceby, a failli avoir une crise cardiaque lorsqu'il l'a vu. Je crois qu'elle a également laissé un dessin de ce symbole dans son bureau, ce qui a provoqué une réaction similaire.

Les yeux de Fred, choqué, s'écarquillèrent, et cela n'aida pas Silas à se sentir mieux.

— Elle cherche à se venger, Fred. Je le sais. Croyez-moi, je sais reconnaître les signes.

Silas se leva et passa la main dans ses cheveux. Il aurait voulu que Lucia lui accorde sa confiance, qu'elle se confie à lui.

— Je veux savoir pourquoi, dit-il à son valet qui était captivé. Je veux connaître les secrets d'Ulceby, et savoir pourquoi ce trident a failli l'envoyer six pieds sous terre.

Fred soupira.

— Je l'ignore, monsieur. J'essaierai de me souvenir de l'endroit où j'ai vu cela auparavant, mais…

Il s'arrêta, et réfléchit.

— J'ai rencontré le valet d'Ulceby un jour. Un vieil ivrogne misérable, mais qui l'en blâmerait, à travailler pour un tel homme ?

Silas pouvait difficilement le contredire.

— Ne comptez pas trop là-dessus, mais… j'essaierai de le faire parler, si vous voulez.

— Oui.

Il acquiesça en regardant Fred avec attention.

— Je veux savoir tout ce qu'il y a à connaître sur le comte d'Ulceby. Je veux connaître tous ses créanciers ; tous ses secrets ; tous ses vices. N'omettez rien.

— Vous pouvez compter sur moi, monsieur.

— Vous êtes un brave homme, Fred, déclara Silas avec une gratitude sincère. Je sais que je peux.

Le plaisir et la fierté qui brillèrent sur le visage de Fred le surprirent, jusqu'à ce qu'il se souvienne de la façon dont son père l'avait traité. Fred avait mérité beaucoup mieux que cela. En gardant cela à l'esprit, Silas piocha deux souverains d'or de son porte-monnaie. Il mit le premier dans la main de Fred.

— Vous aurez peut-être besoin de ceci pour, heu… lui rafraîchir la mémoire, dit-il d'un air narquois avant de placer le second juste à côté du premier. Et celui-ci est pour votre peine.

Fred rougit et secoua la tête.

— Ce n'est pas nécessaire —

— Je sais, Dieu seul sait que vous l'avez mérité, et bien plus encore. Je sais que je ne suis pas l'homme le plus facile à vivre, Fred. Acceptez-les en gage de ma gratitude, et n'hésitez pas à me dire s'il vous en faut plus pour faire parler son personnel.

Il regarda Fred contempler les deux pièces d'or quelques instants de plus, avant de sourire, et de les glisser dans la poche de son veston.

— Il se trouve que vous avez tort. Comparé à votre père, vous êtes très facile à vivre, bien que je puisse réfuter cette déclaration la prochaine fois que vous me ferez honte en vous montrant en public avec l'allure de quelqu'un qui serait tombé dans une embuscade tendue par des voleurs de grand chemin.

— Comme il vous plaira, répondit Silas avec gravité, avec un air convenablement contrit.

Il sourit tout seul et Fred quitta la pièce en sifflotant un air gai.

Chapitre 9

Ma très chère Dharani,

*J'aurais aimé que vous puissiez voir sa tête
lorsqu'il a aperçu le trishula de Kali. Je pouvais
presque voir le pied sur sa poitrine, exactement
comme vous me l'aviez décrit, expulsant l'air de
ses poumons. Il a cru que votre malédiction
était désormais sur lui, et qu'il en soit ainsi,
mais c'est moi qui porterai le coup de grâce.*

**—Extrait d'une lettre de miss Lucia de Feria à
Shrimati Dharani Das.**

**9 juillet 1814. Résidence du comte d'Ulceby, Hyde Park,
Londres.**

— Si vous voulez bien vous donner la peine d'attendre ici,
monsieur, je vais informer lord Ulceby de votre venue. Il reçoit
rarement de visites avant dix heures.

Silas acquiesça, et le majordome peu souriant le laissa seul
dans un somptueux salon. Chaque surface était recouverte de
dorures, et des ornements luxueux décoraient les dessus de
cheminées, les tables, et chaque autre surface disponible. C'était la
grandeur à un niveau épique, un étalage de richesses et de pouvoir
tel, que Silas avait la chair de poule devant la vulgarité de ce
spectacle. Pas étonnant que l'imbécile soit au bord de la ruine.

Il secoua la tête, regarda autour de lui, et observa un objet de
bronze inhabituel quelques instants. Cela semblait d'origine

indienne, et représentait ce qu'il croyait être une divinité. Le personnage masculin avait quatre bras, et il y avait un objet dans chacune de ses mains : une conque, une massue, un petit disque, et une fleur de lotus.

La vision du châle aux couleurs vives de l'ayah de Lucia, contrastant avec l'ambiance grisâtre de la rue de Londres refit surface dans son esprit, les yeux perçant de la vieille dame semblant le regarder avec un sentiment d'inévitable, comme si elle avait su qu'il viendrait ici. Un frisson lui parcourut l'échine, et il sursauta lorsqu'une voix transperça ses pensées.

— Barbare, n'est-ce pas ? J'ignore pourquoi je la garde. Une vilaine représentation païenne, mais elle vaut une jolie somme.

Silas se retourna et vit le comte entrer dans la pièce. Ses yeux étaient lourds, des cercles sombres en dessous laissaient penser qu'il dormait mal, mais il se tenait droit, c'était une présence imposante. Grand et fin, il avait les cheveux couleur d'acier, et le genre de visage qui suggérait qu'il avait mérité l'expression de cynisme désabusé qu'il arborait. Rien de doux ni de bon n'avait jamais émané de cet homme, et cela se voyait clairement dans ses yeux.

— Je suis heureux de voir que vous êtes rétabli, déclara Silas en s'asseyant à l'invitation du comte.

— Je le suis, répondit l'homme avec un léger sourire sur les lèvres. Grâce à personne d'autre que vous, semble-t-il. J'ai une dette envers vous.

— Pas du tout, dit Silas avec aisance, en faisant de son mieux pour rester aimable alors que son instinct lui disait de ne pas faire confiance à cet homme. Je suis content d'avoir pu apporter mon aide, et votre fils aussi était là, bien sûr.

Ulceby ricana, une expression de dégoût sur le visage.

— Il n'y a rien de pire que d'atteindre mon âge et de réaliser que les deux fils que vous avez engendrés ne sont bons à rien. Inutiles, tous les deux.

Il contempla Silas avec un air calculateur.

— Votre père vous méprisait pour ce que vous avez fait, le savez-vous ? dit-il, chaque mot soigneusement choisi pour frapper au bon endroit, mais Silas demeura impassible. Moi, je ne vous aurais pas méprisé. Je vous admire. Vous n'avez pas peur de vous salir les mains lorsque la situation l'exige. Cela demande du courage. Je pense que nous sommes peut-être semblables en cela.

Secrètement, Silas se dit que s'il avait la moindre similitude avec cet homme, il irait se noyer dans la mer sur-le-champ, mais il tint sa langue et fit de son mieux pour paraître flatté par la remarque.

— C'est aimable à vous de dire cela. J'ai bien peur que mon père n'eût point été un homme possédant votre… sagesse des choses du monde. Il n'a jamais quitté l'Angleterre de toute sa vie, il n'en a jamais ressenti le besoin. Mais vous, en revanche, avez beaucoup voyagé, il me semble ?

Ulceby haussa les épaules, sans se mouiller.

— J'en ai vu plus que la plupart des hommes, j'imagine.

— Y compris l'Inde, je suppose ? demanda Silas en faisant un geste pour désigner la statue posée sur la cheminée.

Il y eut un silence.

— Oui, je suis resté quelque temps là-bas.

— Cela a dû être fascinant.

Silas se pencha en avant en espérant que son intérêt amènerait l'homme à s'ouvrir, et à laisser échapper un détail.

— Je dois admettre que j'ai toujours eu le goût de l'aventure, l'envie de découvrir des contrées lointaines comme celle-ci. C'est un pays si vaste et remarquable. Comment était-ce ?

Silas le regarda avec curiosité, et l'homme grimaça.

— D'une chaleur étouffante, et rempli de païens. C'est un pays sans Dieu. Je vous conseille de ne pas y aller. Une fois que vous avez vu un éléphant, vous les avez tous vus, ajouta-t-il d'un ton sarcastique.

Silas ravala sa colère devant la capacité de l'homme à rejeter de la sorte un pays et une culture dont les descriptions l'avaient émerveillé. Le comte paraissait de plus en plus détestable à chaque seconde, mais il essaya à nouveau.

— Quand était-ce ?

Le comte agita la main, l'air assez irrité.

— Je n'en sais rien. Il y a quinze ans, peut-être ? Pourquoi cela vous intéresse-t-il ?

Il avait un air soupçonneux, et Silas répondit avec prudence, sachant qu'il devrait manœuvrer finement.

— Sans raison, seulement… le petit objet que vous teniez dans la main hier semblait d'origine indienne à mes yeux de novice.

Il avait dit ça complètement au hasard, l'idée venait seulement de surgir dans son esprit, mais avant même que le comte eût répondu, il sut qu'il avait visé juste.

— C'est le cas, répondit doucement le comte. C'est un porte-bonheur, un objet que j'ai trouvé là-bas, et que j'ai gardé pour des raisons sentimentales. C'est le trishula de Kali, l'un de leurs dieux païens.

C'était un mensonge. Au fond de lui, Silas en était convaincu. Oh, la description était sans doute correcte, et peut-être était-ce réellement un porte-bonheur, pour Lucia, pas pour cet homme. Pour le comte d'Ulceby, celui ou celle qui brandissait ce trident, ou trishula, ou peu importe son nom… était son ennemi.

— L'avez-vous ? demanda Ulceby en tendant la main.

Silas hésita, il sentait le petit objet d'argent niché dans la poche de son gilet.

— Non, dit-il en présentant les paumes de ses mains avec un air désolé. J'ai bien peur de n'avoir pas réalisé son importance. Je ne parviens pas à me souvenir de ce que j'en ai fait. Je l'ai peut-être laissé chez Saint-Clair. Voudriez-vous que j'aille le lui demander ?

Le comte fit un geste vague de la main pour rejeter l'offre.

— Cela n'a pas d'importance, dit-il, bien que l'on puisse lire le contraire dans ses yeux. Mais si jamais vous tombez dessus —

— Bien sûr, répondit Silas en se levant.

L'envie de s'éloigner de cet homme était violente, toutes ces dorures et l'atmosphère hostile qui régnait dans la maison le mettaient si mal à l'aise qu'il en frissonnait.

— Je suis content de voir que vous êtes en bonne santé, Ulceby. N'hésitez pas à me contacter si je peux vous aider de quelque manière que ce soit.

Cette remarque avait été choisie avec soin. Tout le monde croyait que Silas était un homme riche, et jusqu'à présent, aucune rumeur n'avait circulé au sujet des finances chaotiques de son père. Aux yeux d'Ulceby, il était riche comme Crésus. Ce qui était peut-être le cas, si jamais il trouvait le temps de mettre en ordre tout cela.

Ils se serrèrent la main, Ulceby lui présentant ses doigts fins comme s'il faisait un grand honneur à Silas, et ce dernier put enfin s'échapper.

Lucia s'agrippa à ses couvertures, haletante, la poitrine serrée par le cauchemar qui s'agrippait encore à elle, l'attirant dans l'abîme.

Elle avait dormi cette nuit-là sur le lit à baldaquin sculpté, recouvert d'un voile pour empêcher les moustiques de venir, le parfum de l'encens l'accompagnant doucement au pays des rêves… jusqu'à ce qu'elle soit réveillée au beau milieu de la nuit avec l'ordre de s'enfuir.

— *Dharani… Nani maa,* appela-t-elle avec une voix qui n'était plus la sienne, mais celle, haut perchée, d'une enfant terrifiée.

— Sauve-toi Aashini. Fuis et cache toi. Va dans les champs d'indigo, et ne te retourne pas.

— Non, *Nani maa,* criait-elle en s'agrippant au sari de la femme, l'étoffe serrée dans ses petits poings. Je ne peux pas. J'ai peur. Vous devez venir avec moi.

Un sanglot lui échappa alors que sa bien-aimée Dharani la poussait, l'incitant à partir seule.

— Je viendrai, Aashini, je viendrai dès que le danger sera écarté. Mais vous devez partir. Je vous en prie, *bhanvaraa.* Maintenant ! *Fuyez* !

Une poussée dans le bas de son dos la fit trébucher en avant et hoqueter de surprise, mais elle courut, courut jusqu'à ce qu'elle perçoive des voix en colère derrière elle, elle se retourna, entendit la voix de Dharani, forte et pleine de colère, et le bruit d'une empoignade, d'une main claquant sur la chair. Elle hésita pendant un instant, prise du désir de faire demi-tour, mais c'est alors que la voix de Dharani, jurant vengeance envers l'homme qui menaçait la vie d'une enfant, avait résonné dans le couloir plongé dans la pénombre, si puissante qu'elle sentit les poils se hérisser au bas de sa nuque.

Fuis, Aashini.

Les mots retentirent dans sa tête, et la petite fille du nom d'Aashini, qui *était* Lucia, courut de toutes ses forces. Elle s'enfuit dans la nuit, en serrant dans ses mains sa poupée de chiffon bien-aimée aussi fort qu'elle le pouvait, courant en direction des champs, où d'autres angoisses attendaient la jeune enfant.

L'obscurité lui avait paru vivante, l'oppressant, lui murmurant qu'il y avait des serpents qui jonchaient le sol poussiéreux, et des tigres tapis à chaque tournant. Trop effrayée pour se retourner, elle n'avait d'autre choix que de fuir, de fuir et se cacher, de se recroqueviller dans un champ de fleurs bleues, et de serrer la petite poupée de chiffon contre son cœur dans cette nuit qui dura une éternité.

Lucia se redressa dans son lit, un hurlement coincé dans la gorge, la peau glacée et moite de terreur. Elle prit une inspiration tremblotante en essayant de calmer les battements de son cœur tandis que l'atmosphère oppressante du cauchemar demeurait présente dans la pénombre de la pièce. Elle pouvait même sentir les fleurs d'indigo dont le parfum âcre flottait dans la nuit chaude, et son estomac se serra.

Elle rejeta les couvertures, se leva et se dirigea précipitamment vers la fenêtre. Elle tira les lourds rideaux pour permettre au soleil de chasser l'obscurité. Elle s'appuya sur le rebord de la fenêtre, le front pressé contre le verre froid de la vitre, en essayant de se ressaisir.

— Courage, Aashini, murmura-t-elle.

Elle sursauta en entendant des coups frappés à la porte.

— Oui ? répondit-elle en s'efforçant de retrouver son calme.

Elle entendit Matilda lui dire :

— C'est moi, Lucia. Puis-je entrer ?

Elle passa une main sur son visage et prit quelques secondes pour lisser ses cheveux, puis courut vers son peignoir et l'enfila.

— Oui, bien sûr, répondit-elle en faisant de son mieux pour prendre un ton enjoué et insouciant.

Matilda entra précipitamment, une lueur joyeuse dans le regard.

— Lord Cavendish est en bas, annonça-t-elle avec une excitation palpable. Il veut vous voir.

Oh, non.

Voir ce maudit homme était la dernière chose dont elle avait besoin. Elle savait qu'il se doutait qu'elle avait un rapport avec l'attaque du comte. Il avait vu le trishula de Kali, elle en était certaine, et à présent, il ne trouverait pas de repos avant de savoir ce que c'était, et ce qu'il signifiait.

Qu'il aille au diable.

— Eh bien, ma chère ?

Matilda lui lança un regard curieux en réalisant que Lucia n'avait pas envie de le voir.

— Que dois-je dire ? Allez-vous descendre ?

Lucia leva la tête en se rendant compte qu'elle était restée silencieuse, le regard perdu dans le vide.

— Je…

L'envie de le renvoyer, de dire qu'elle n'irait pas à sa rencontre, était étourdissante. Elle ne voulait pas lui faire face, lui mentir, mais elle ne voulait pas lui dire la vérité non plus. Il ne la laisserait pas tranquille. Elle le savait.

— Oui, dit-elle avec une assurance qu'elle ne ressentait pas tout à fait, mais il valait mieux en finir avec cela. Oui, je vais descendre, mais il doit patienter, le temps que je m'habille.

— Bien entendu, je lui ai déjà dit cela, ce qui n'a pas eu l'air de le déranger, lui dit Matilda avec un clin d'œil, avant de sortir rapidement en ajoutant :

— Je vous enverrai Sarah pour vous aider.

Lucia s'obligea à afficher un sourire et à réprimer son envie de s'échapper par la fenêtre. Il fallait régler cela. Peut-être pouvait-elle trouver un moyen de l'énerver au point qu'il parte, qu'il soit révulsé par elle et qu'il l'oublie. L'idée avait un certain mérite, se dit-elle, bien que le sentiment de regret qui l'envahissait à l'idée de faire en sorte qu'il éprouve du dégoût pour elle la déstabilisât.

Idiote, se gronda-t-elle, *il n'est pas pour toi.*

Lucia s'habilla avec soin, en prenant son temps, refusant de se presser. S'il voulait la voir, il allait attendre qu'elle soit prête. L'éventualité qu'elle cherchait juste à retarder l'inévitable lui traversa l'esprit, mais elle refusa d'y accorder de l'attention. Elle restait maîtresse des événements, voilà tout, et le remettait à sa place.

C'est ce qu'elle faisait.

Au moment où elle pénétra dans le salon principal, son estomac faisait des nœuds, mais ses nerfs furent quelque peu apaisés par l'expression sur le visage de Cavendish : il avait l'air hébété d'un homme qui serait prêt à se plier à ses moindres désirs, à se laisser manipuler et à obéir si elle le souhaitait, peu importe ce qu'elle lui demanderait. Si cette expression avait figuré sur le visage de n'importe quel autre homme de sa connaissance, elle y aurait cru.

Avec lord Cavendish, en revanche, c'était une autre histoire.

Elle avait enfilé l'une de ses plus belles robes, sachant qu'elle aurait besoin de toute l'aide qu'elle pouvait trouver. Elle était d'un vert vibrant, qui la faisait penser aux printemps anglais, aux premières feuilles des arbres, et au chant du coucou qui résonnait encore et encore dans les forêts remplies de chênes ancestraux.

Des sons qui lui avaient paru si exotiques, et qui maintenant, en revanche, lui semblaient si familiers.

— Miss de Feria, dit-il.

Ses yeux bleus étaient remplis d'affection, et sa voix reflétait leur intimité, en dépit de l'usage formel de son nom.

— Eh bien, lord Cavendish, vous êtes si sérieux aujourd'hui. J'avais quelque peu pris l'habitude de vous voir prendre des libertés avec mon nom.

Il esquissa un sourire, ce sourire de pirate qui faisait chavirer son cœur comme un bateau tourmenté par la tempête.

— J'essayais de me comporter au mieux, dit-il avec un air légèrement penaud, mais avec une petite lueur dans les yeux. Je serai ravi de continuer à prendre des libertés, Lucia, croyez-moi. Je n'ai pas besoin de beaucoup d'encouragements.

— Vous n'avez pas besoin d'encouragement du tout, répondit-elle avec un rictus acide, ce qui le fit sourire encore plus.

— C'est vrai.

Il rit et traversa la pièce, se positionna devant elle, et lui prit la main. Soudain, Lucia n'était plus tellement persuadée d'avoir eu raison de vouloir s'échapper par la fenêtre. Ses larges mains entouraient la sienne, prise au piège entre ses paumes. Elles étaient chaudes et rêches, calleuses de ses nombreuses années de dur labeur, et elles provoquèrent un frisson de pur plaisir qui parcourut la peau de Lucia.

Soufflée, elle leva les yeux vers lui, à la recherche d'un commentaire acerbe, quelque chose pour le rabaisser, le faire paraître idiot et grossier, mais… mais elle fut emportée par ses yeux de la couleur des fleurs d'indigo dont elle avait souvent rêvé.

— Lucia, souffla-t-il, son nom traversant ses lèvres comme une brise légère.

Espace d'un instant, elle voulut le corriger, lui donner le nom qu'on lui avait donné lorsqu'elle était petite fille, mais elle ne le fit pas. Elle ne pouvait pas.

Il leva l'une de ces mains vers son visage, et traça du doigt la courbe de sa mâchoire, un effleurement qui la fit frissonner à nouveau, tandis qu'un désir l'envahissait.

Arrêtez cela, se dit-elle. *Arrêtez de vouloir ce que vous ne pouvez pas avoir. C'est impossible.*

Et pourtant, cela ne semblait pas impossible, pas avec lui devant elle, si proche, la touchant avec tant de déférence. Cela semblait inévitable, inéluctable, et elle leva la tête en réponse à la question muette dans ses yeux.

Il baissa la tête et un gémissement lui échappa au premier contact de ses lèvres contre les siennes. Elle se sentait enivrée, ses sens virevoltaient, cette caresse fugace suffit pour faire voler en éclats ses pensées, ses ambitions, pour qu'elle imagine à quoi sa vie aurait ressemblé si elle avait choisi une autre voie.

Ses mains descendirent sur sa taille, et glissèrent dans son dos pour la faire avancer vers lui, ce qu'elle fit sans protester. Elle s'agrippa à sa veste, n'étant plus tout à fait sûre de réussir à garder l'équilibre avec ses genoux qui semblaient tout à coup moins enclins à l'aider à rester debout.

— Magnifique Lucia, murmura-t-il.

Il déposa des baisers au coin de sa bouche et de sa mâchoire, les petites pressions chaudes de ses lèvres contre sa gorge provoquèrent des soubresauts dans la respiration de Lucia. Ses lèvres retournèrent sur les siennes ; la langue de Silas pénétra dans sa bouche et lui parut étonnamment chaude contre la sienne.

Elle poussa un petit gémissement surpris, mais ne le repoussa pas, trop intriguée pour l'arrêter, pour lui demander ce qu'il faisait. Il lui montrerait, se dit-elle, tandis qu'en elle résonnait un rire déchaîné.

Il lui montra bel et bien, la couvrant de caresses délicieuses qu'elle fit de son mieux pour imiter tout en sentant son corps se réveiller. Voilà, c'était le danger contre lequel Dharani l'avait mise en garde. Elle avait dit qu'Anna-Marie vivait pour cela, pour ce sentiment.

— C'est dangereux, Aashini. Les hommes font trop de promesses qu'ils ne peuvent pas tenir.

Une fois, elle avait ignoré les avertissements de Dharani, pour finalement réaliser à quel point la vieille dame avait raison, mais ce moment-là ne ressemblait en rien à celui-ci…

Ces baisers avaient été ternes, insipides comparés à ceux de Silas.

C'était comme comparer une chaude journée à Norfolk, à la chaleur torride de Calcutta, une chaleur si intense qu'on avait l'impression qu'elle pouvait décoller la peau du corps, comme la chair d'un poisson rôti.

Peut-être qu'Anna-Marie avait raison.

Il l'embrassa à l'étourdir, puis il la tint, sans dire un mot, simplement la gardant contre lui, comme s'il pouvait faire ça toute la journée. Toute l'éternité. Elle en avait tellement envie !

Se trouver dans ses bras provoquait la plus étrange des sensations. Elle avait la tête contre sa poitrine, le tissu fin de son manteau était doux sur sa joue. L'une des mains de Lucia était encore accrochée à son col, l'autre reposait contre son torse, et traçait des formes sur le veston de soie. L'espace d'un instant, elle se sentit en sécurité, aimée, au lieu d'avoir l'impression d'être une feuille morte ballottée par la brise, toujours à la merci des autres, toujours en mouvement, sans rien de solide à quoi se raccrocher, sans racines pour s'ancrer.

— Je voudrais que vous me fassiez confiance, Lucia.

La sincérité de ses mots lui fit fermer les yeux, pour résister au tourment qui y brûlait, et pour empêcher les larmes chaudes qui lui piquaient les yeux de couler.

L'instant de paix et de bonheur était terminé, comme elle l'avait prédit. Elle ne pourrait pas le retrouver. Il était temps de passer à autre chose.

— Vous faire confiance, à quel sujet ? lui dit-elle avec un petit rire faux.

Elle le gratifia d'un sourcil haussé en essayant de s'éloigner de lui, comme s'il ne faisait que flirter, et ne lui proposait pas en réalité beaucoup plus.

Ses bras se resserrèrent autour d'elle, son regard était fixé sur la jeune femme, la mettant au défi de prendre à la légère ce qu'il disait.

Imbécile, bien sûr qu'elle allait relever ce défi.

— Avec mon cœur, peut-être ? lui dit-elle d'un ton taquin. Ou peut-être pensiez-vous à ma virginité ? Quel prix me proposez-vous ?

Un éclair de souffrance et de colère réchauffa le bleu de ses yeux.

— Ne faites pas cela, dit-il.

Les doigts étaient durs contre sa peau à présent.

— Ne faites pas semblant de croire que je vous insulte quand vous savez que je ne le fais pas, que je ne le *ferai* pas. J'admets que j'avais tort, affreusement tort, et je souhaite ne jamais avoir parlé comme cela.

— Peut-être n'aviez-vous pas tort, monsieur, déclara Lucia en se détestant de dire ceci. Les offres que l'on me fait sont si élevées que je serais idiote de ne pas les envisager.

Il la dévisagea avec un regard si intense qu'il lui brûla la peau. Sa mâchoire était serrée. Il finit par relâcher son souffle.

— Vous mentez. Vous n'envisageriez pas cela un seul instant. Vous ne vous soumettrez pas à un homme, à moins que —

— À moins que je sois désespérée ? demanda-t-elle avec un sourire doux.

Il s'approcha, ses mains encadrèrent son visage, le contact était délicat, respectueux.

— Est-ce la vérité ?

Elle essaya de détourner le regard, furieuse envers elle-même : les larmes lui étaient montées aux yeux, des larmes qu'il avait vues. *Qu'il aille au diable.* Il la rendait faible, il l'emplissait de doute. Elle ne pouvait pas se le permettre.

Il lui caressait les joues avec ses pouces, un geste si tendre qu'une larme déborda et coula le long de son visage.

— Lucia, dit-il en réchauffant ses lèvres de son souffle. Laissez-moi vous protéger. Épousez-moi, mon amour. Je sais que vous avez des problèmes, et je sais que cela concerne Ulceby. C'est un homme dangereux, ma chère, qui sans nul doute mérite d'être puni. Laissez-moi vous aider. Peu importe ce dont il s'agit, je le jure… *je vous aiderai*, et je vous protégerai.

Lucia, le souffle coupé, était déchirée entre le choc de sa demande, et la terreur qu'elle ressentait au fait qu'il eût compris qu'elle voulait se venger du comte.

Si la tentation de lui faire confiance avait été forte, ce n'était rien en comparaison de celle d'accepter son offre. Elle serait protégée derrière son nom, sa fortune. Même si elle n'arrivait pas à atteindre son but, il y aurait cette sécurité. Sauf que non, pas lorsqu'il connaîtrait la vérité. Il la détesterait pour ses mensonges, et l'on se moquerait de lui. Il ferait probablement annuler le mariage, cela lui serait facile, et elle aurait cette honte à porter aussi. Non. Elle ne pouvait pas leur faire subir ça à tous les deux.

Elle le contempla, enroula ses doigts autour des poignets de Silas.

— Vous ne me connaissez pas, monsieur, et vous ne pouvez pas me protéger.

Elle écarta les mains de son visage en remarquant la frustration que cela provoquait en lui.

— Vous me sous-estimez, dit-il d'un air agacé tandis qu'elle mettait de la distance entre eux.

Elle laissa échapper un petit rire, et lui sourit.

— Non, dit-elle doucement. Vous me sous-estimez, ainsi que la situation dans laquelle vous seriez impliqué.

— Je m'en moque !

Les mots avaient été tranchants, lancés avec imprudence, et elle ressentit un coup de poignard en entendant ces mots : elle les avait déjà entendus, prononcés sur le même ton.

Elle vit dans ses yeux qu'il disait la vérité, mais elle avait déjà vu cette expression aussi.

Il se mentait à lui-même, et également à elle.

Il ne s'en moquerait plus, lorsqu'il saurait.

Lucia attendit, sans savoir ce qu'il allait faire, et ne fut pas tout à fait étonnée de le voir sortir le petit trishula d'argent de sa poche. Il le lui tendit.

— Je sais que c'est indien. C'est une représentation du trishula de Kali. Vous l'avez mis dans la poche d'Edgar Bindley, et lorsque'Ulceby l'a vu, il a eu une attaque. Vous avez dessiné la même chose dans son bureau le soir du bal. Cela représente quelque chose pour vous, et pour lui. Vous voulez vous venger de lui, mais pour quelle raison, Lucia ?

Sa voix était dure et en colère à présent, mais pleine d'inquiétude, et Lucia déglutit avec difficulté, consternée qu'il ait déjà compris autant de choses.

— Vous étiez au bal, et à la garden-party, vous avez flirté avec son fils, mais aucun des deux ne vous connaît, donc, bon sang, que se passe-t-il ?

Lucia se détourna de lui. Elle marcha jusqu'à la fenêtre et contempla l'extérieur. Elle tremblait, la sueur sur sa peau était semblable à de la glace.

— J'aimerais que vous partiez à présent, déclara-t-elle en luttant pour garder un ton calme et égal.

— Vous rêvez !

Il traversa la pièce, saisit son bras, et l'obligea à se tourner vers lui une fois encore. Elle poussa une exclamation en voyant la lueur dans ses yeux.

— Il vous détruira, Lucia, dit-il avec tant de douleur que la gorge de la jeune femme se serra. Je vous en prie… *je vous en prie*, ma douce. Dites-moi, confiez-vous à moi. Je ne vous laisserai pas tomber si vous me faites confiance.

Lucia laissa échapper un petit rire et ferma les yeux.

— Les hommes font de telles promesses, murmura-t-elle. Des promesses lancées avec tant de ferveur, avec un tel amour. Elles sont si tentantes. Elles donnent envie d'y croire.

Elle ouvrit les yeux. Il avait le regard fixé sur elle. Lorsqu'elle parla de nouveau, ses mots étaient durs et froids.

— Tout ceci n'est qu'illusion. Il n'y a pas de sécurité, personne pour me protéger. Il n'y a que moi. Je ne répéterai pas les mêmes erreurs, lord Cavendish. Ce serait idiot.

Elle se dirigea à grands pas vers la porte sans se retourner.

— Vous saurez trouver la sortie, j'espère, déclara-t-elle avant de fermer la porte derrière elle.

Chapitre 10

Chère Matilda,

Nate a fait une liste des meilleurs partis parmi ses connaissances. Venez nous rendre visite et jeter un coup d'œil à cette liste, puis nous pourrons organiser une série de dîners pour vous les présenter. Je suis sûre que nous pouvons vous trouver un homme bien si nous y mettons du nôtre !

— Extrait d'une lettre de Mrs Alice Hunt à miss Matilda Hunt.

12 juillet 1814. Bond Street, Londres.

— Lord Cavendish ! Lord Cavendish… c'est vous !

Silas fronça les sourcils, il réduisit l'allure soutenue à laquelle il marchait pour se retourner, irrité d'être interpellé dans la rue. En vérité, cela faisait des jours qu'il était irrité et de mauvaise humeur ; depuis que la belle et exaspérante miss de Feria avait rejeté sa demande.

La vue de Mrs Edwina Manning, organisatrice d'événements mondains et veuve coquette, qui lui faisait signe avec enthousiasme, n'améliorera pas son humeur. Il afficha un sourire et s'efforça d'être poli. En vérité, il appréciait Edwina. Elle pouvait se montrer garce, mais ne supportait pas les imbéciles et avait tendance à se montrer brutalement honnête, des qualités que Silas appréciait.

Ils avaient fricoté ensemble ici et là au fil des années. Rien de sérieux, un simple interlude physique occasionnel qui les satisfaisait tous les deux. C'était une femme expérimentée, un peu plus vieille que lui ; elle savait ce qu'elle voulait, et comment l'obtenir.

— Silas, très cher, ronronna-t-elle lorsqu'elle eut attiré son attention. Quelle charmante rencontre. Vous avez l'air en forme.

— Edwina, répondit-il avec un sourire. Et vous êtes aussi belle que jamais, mais cela va sans dire.

— Charmeur, dit-elle alors qu'un rire plaisant, grave, vibrait dans sa gorge. À présent, espèce de diablotin, je vous ai invité à deux réceptions dînatoires, que vous avez toutes deux déclinées. Je vous mets en garde, vous êtes sur le point de recevoir une troisième invitation, et je ne souffrirai pas un nouveau refus de votre part.

Silas soupira en secouant la tête.

— Vous savez aussi bien que moi que je ne supporte pas les futilités et les conversations polies. Je risque tout bonnement de dire quelque chose d'outrageant et d'offenser tout le monde.

Les sourcils noirs d'Edwina se haussèrent.

— Et pourquoi diable croyez-vous que je vous invite ? demanda-t-elle en le faisant rire. J'adore l'outrage, comme vous le savez. Oh, venez donc, Silas ? Je vous autorise à amener vos propres invités.

Silas fronça les sourcils en réfléchissant à cela. Lucia l'évitait, elle ne s'était pas montrée à un bal où il savait qu'elle devait aller, ainsi qu'à plusieurs autres réceptions.

— Très bien, dit-il tout en sachant qu'il allait lui donner une information juteuse qui ferait beaucoup parler. Je viendrai si vous invitez miss de Feria et miss Hunt.

Un sourire complice se dessina sur son visage tandis qu'elle levait les yeux vers lui.

— Ah, c'est donc de cela qu'il s'agit ? Et sur laquelle de ces deux charmantes jeunes femmes avez-vous jeté votre dévolu ? Les deux, peut-être ?

— Je suis sûr que vous n'aurez pas de mal à le découvrir, répondit-il en lui adressant un clin d'œil.

— Misérable, dit-elle en secouant la tête avec une expression morose. Vous mériteriez mon mépris, pour me faire inviter de jeunes beautés, car alors, comment pourrais-je rivaliser ?

Il rit devant cette tentative manifeste d'obtenir un compliment.

— Allons, Edwina, vous avez des galants bien plus séduisants et plus dévoués. Je ne pense pas qu'il soit nécessaire qu'absolument tous les hommes de l'aristocratie soient à vos pieds.

— Vraiment ? demanda-t-elle avec un petit reniflement, mais avec une lueur amusée dans le regard. Ça montre que vous n'y connaissez rien.

Elle lui adressa un clin d'œil éhonté, et commença à s'éloigner.

— Très bien, considérez cela chose faite, odieux personnage. J'enverrai les invitations, et je compte sur votre présence.

Silas poussa un soupir en la regardant partir, puis poursuivit son chemin.

12 juillet 1814. Réunion des Demoiselles Surprenantes, Upper Walpole Street, Londres.

— Est-ce que tout va bien, Lucia ? Vous êtes très silencieuse.

Lucia leva la tête et vit Ruth la contempler avec inquiétude.

— Oh, oui, très bien, répondit aussitôt Lucia, en s'efforçant d'afficher un sourire. Je… je ne dors pas très bien, voilà tout.

C'était un euphémisme, se dit-elle en soupirant. Elle était hantée par lord Cavendish, qui peuplait nuit et jour ses pensées, par les souvenirs de son baiser, de sa demande en mariage, de son serment de la protéger. Elle s'était ordonnée d'oublier cela et de l'oublier lui, mais c'était un échec dans les deux cas.

— Ma pauvre chérie, dit Ruth en fronçant les sourcils et en saisissant sa main. Ne vous inquiétez pas, j'ai exactement ce qu'il vous faut dans l'armoire à pharmacie.

Lucia sourit, et Ruth partit énergiquement. C'était une fille capable, qui avait la tête sur les épaules. Elle semblait gérer le vaste domaine de son père avec l'aisance de quelqu'un de beaucoup plus expérimenté. Rien ne semblait pouvoir la décourager. Elle ferait une parfaite épouse d'aristocrate, si l'on oubliait le fait que son père appartenait à la classe marchande. Ce fait seul, la rendait aussi inépousable que Matilda, ou que n'importe quelle autre fille du groupe.

Elle reporta son attention sur les jeunes femmes, les regardant tour à tour. Exceptionnellement, les deux membres mariées, Alice et Prue, étaient absentes aujourd'hui, ce qui réduisait leur nombre sans pour autant qu'un manque d'entrain ne soit à déplorer dans la conversation. En les observant, elle ressentit une bouffée d'affection envers ces femmes. Elles avaient toutes leurs problèmes et leurs particularités, mais les liens d'amitié qui les unissaient les rendaient plus fortes.

Matilda était présente, bien sûr, et Lucia connaissait suffisamment bien son histoire. Kitty, avec son héritage irlandais, était un mélange bizarre de manque d'assurance et de courage outrageant. La cousine de Prue, Minerva, lui avait semblé être une créature plutôt superficielle lors de leur première rencontre, mais Lucia sentait que sous cette apparence coquette et frivole, se cachait un cœur bon et romantique. Harriet, dotée d'une intelligence féroce et d'un regard sur le monde plutôt prosaïque, avait semblé être une fille difficile à apprécier. Elle était un peu solitaire et se tenait en retrait, mais ses tentatives pour se lier d'amitié avec Kitty avaient révélé en elle un désir d'intégration et l'envie de tisser des liens avec les autres.

Bonnie était tout l'inverse : une boule d'énergie, et bien trop vivace pour tourner sept fois sa langue dans sa bouche avant d'ouvrir cette dernière pour dire ce qu'elle pensait, ce qu'elle faisait avec une régularité étonnante. Elle était capable de faire preuve d'erreurs de jugement assez choquantes, mais aussi de chaleur et d'une grande bonté ; il était impossible de ne pas l'aimer.

Miss Jemima Fernside était des leurs aujourd'hui, et Lucia l'étudia attentivement. Elle venait aux réunions de façon occasionnelle, et Ruth lui avait confié que la famille de la jeune femme avait une réputation miteuse, ne s'accrochant que du bout des doigts à la classe des aristocrates. Sa robe était défraîchie, et avait manifestement été reprisée plusieurs fois.

Elles formaient un groupe tellement disparate, et pourtant les amitiés et les liens entre elles semblaient, selon Lucia, de ceux qui résistent à l'épreuve du temps.

Elle se demanda ce qu'il se passerait si elle se levait et leur révélait son vrai nom, son véritable héritage. La couvriraient-elles d'insultes, ou l'accepteraient-elles ? Elle n'en avait pas la moindre idée. Croire en elles et en Silas était trop dangereux ; c'était le chemin vers un cœur brisé, la déception, et même la disgrâce.

Elle avait trop peur pour prendre ce risque. Pas une nouvelle fois.

Lucia soupira et s'efforça de s'intéresser à la conversation. Harriet s'animait en parlant d'un livre qu'elle avait acheté plus tôt dans la semaine. Il avait pour titre *Waverly* ; écrit par un tout nouvel auteur anonyme, il décrivait la vie d'un jeune homme durant la rébellion jacobite. Bien qu'elle n'eût lu qu'une petite partie du roman, Harriet était visiblement sous le charme de l'histoire, et préparée à chanter ses louanges indéfiniment.

— Donc, dit Matilda en se penchant en avant pour lui murmurer à l'oreille. Devrions-nous accepter l'invitation de Mrs Manning ?

Lucia haussa les épaules. Il fallait qu'elle s'occupe, c'était vrai. C'était bien joli de faire tout son possible pour éviter lord Cavendish, mais rester assise à la maison la rendait malheureuse, et lui laissait trop d'heures libres. Quel était l'intérêt de l'éviter si c'était pour passer des heures à rêvasser à son sujet, son baiser, sa gentillesse… son désir ardent de la protéger ?

Elle soupira.

— Qu'en pensez-vous ? demanda-t-elle.

Matilda sourit.

— Eh bien, c'est une femme assez audacieuse, et la liste d'invités promet d'être intéressante. Ses invitations sont très recherchées, donc… je pense que nous devrions y aller. Cela vaut mieux que de se morfondre et de soupirer pour lord Cavendish, ajouta-t-elle avec compassion.

— Je ne me morfonds pas à cause de lord Cavendish, murmura Lucia en lançant un regard outré à Matilda, bien que cette dernière eût raison.

— Non, bien sûr, très chère, dit Matilda en tapotant sa main avec une telle condescendance qu'il était évident qu'elle n'en croyait pas un mot, avant d'ajouter :

— J'accepte, alors ?

Lucia souffla et tendit la main vers un scone à la crème, l'un des nombreux délices que Ruth leur offrait toujours lors de leur réunion.

— Oh, très bien, répondit-elle en ayant conscience d'être désagréable.

— Excellent, dit Matilda en lui adressant un grand sourire. C'est l'excuse dont j'avais besoin pour justifier l'achat d'une nouvelle robe. Voilà qui occupera mon après-midi.

En ayant l'air plus que satisfaite par ces arrangements, Matilda examina la table basse, qui était chargée de gâteaux et de biscuits de toutes sortes. Elle saisit une tartelette à la confiture entre le pouce et l'index.

— Qu'en pensez-vous, Lucia ? demanda Harriet en remontant les lunettes sur son nez, le regard sérieux braqué sur elle.

Lucia se figea avec le scone à la crème dans la bouche, et ne perdit pas une seconde de plus pour mordre dedans. Elle haussa les épaules d'un air désolé, en montrant sa bouche pleine pour s'excuser de ne pas répondre ; elle n'avait pas la moindre idée de ce dont il s'agissait.

— Oh, très bien. Vous, alors, Matilda, continua Harriet.

Lucia faillit s'étrangler avec son scone lorsque Matilda la pinça pour se venger. Malgré tout, elle sourit ; elle savait combien tout ceci lui manquerait, ce sentiment d'appartenance — celui d'être accepté — qu'elle n'avait jamais connu auparavant. Excepté qu'il était bâti sur une illusion, une façade qui s'appelait Lucia de Feria, et elle ferait mieux de ne pas oublier cela.

14 juillet 1814. Demeure de Mrs Edwina Manning, Old Burlington Street, Londres.

Lucia jeta un regard à Matilda à travers le carrosse et sourit.

— Vous aviez tout à fait raison à propos de cette robe. Elle est époustouflante sur vous.

Matilda lui adressa un sourire rayonnant.

— Je sais, répondit-elle.

Lucia s'esclaffa. Matilda protesta en prenant un air faussement indigné :

— Eh bien, c'est la vérité. Je ne vais pas faire preuve de fausse modestie.

— De toute évidence, répliqua Lucia en secouant la tête avec un sourire.

Elle avait eu des doutes lorsqu'elle avait vu la robe. La soie était grise, une couleur qu'elle n'aurait choisie pour aucune occasion, mais elle devait bien admettre que ce gris glacial, et la coupe sévère, allaient parfaitement avec la beauté de Matilda, ses cheveux blonds et ses yeux bleus. Bien que cela soit totalement fortuit, sa propre robe couleur saphir complétait très bien celle de Matilda, et elle se dit qu'elles allaient faire une entrée fracassante ensemble.

— Avez-vous déjà rencontré Mrs Manning ? demanda Lucia alors que le carrosse tournait sur Burton Street.

En réalité, Mrs Manning ne vivait qu'à quinze minutes à pied de South Audley Street, mais il aurait été malvenu d'y aller en marchant.

Matilda hocha la tête.

— Une fois. C'est un sacré personnage. Je n'aimerais pas faire partie de ses ennemis, car elle a la langue aiguisée, et un certain talent pour l'utiliser à bon escient.

Devant cette réponse, Lucia resta songeuse quelques instants. Le carrosse poursuivait sa progression en résonnant sur les pavés. Elle demanda :

— Je me demande qui d'autre est invité.

— Nous n'allons pas tarder à le découvrir, répondit Matilda en souriant alors qu'elles atteignaient leur destination.

La maison comportait six étages, c'était une construction impressionnante qui suggérait que Mr Manning avait laissé une belle somme d'argent à sa femme en quittant ce monde. L'intérieur impressionnant était recouvert de panneaux de chêne, de sculptures et de moulures décoratives ; et la rampe d'escalier sculpté à la main était majestueuse.

Mrs Manning vint à leur rencontre, tout sourire. C'était une femme voluptueuse, avec des boucles acajou tombant sur les épaules ; elle dégageait une assurance impressionnante, et la confiance d'une femme à l'aise dans sa peau et qui sait ce qu'elle vaut.

Lucia réprima une soudaine pointe de jalousie et fit de son mieux pour paraître détendue.

— Mon Dieu, mais ne faites-vous pas là un tableau ravissant, s'exclama Mrs Manning en secouant la tête et en se reculant un peu pour les contempler toutes les deux. Ah, je me souviens de ce que c'est d'avoir le monde à mes pieds de cette façon.

Matilda et Lucia échangèrent des regards. Lucia savait pertinemment qu'aucune d'entre elles ne pensait avoir quelque chose dans ce genre. Mrs Manning aperçut leur échange muet et s'esclaffa doucement.

— Mes chéries, vous surmonterez n'importe quelle difficulté si vous possédez la beauté et l'intelligence. Faites en sorte qu'un homme vous désire suffisamment, et il remuera ciel et terre pour répondre à vos désirs… même celui d'une bague.

Elle leur fit un clin d'œil et récolta le rire de Matilda.

— Je garderai cela en tête, Mrs Manning, je vous remercie, dit-elle tandis que la femme en question les conduisait vers le reste des invités.

Lucia fut soulagée de constater qu'il s'agissait apparemment d'un petit d'un dîner intime, mais sa joie fut de courte durée.

— Je crois que vous connaissez lord Cavendish, déclara Mrs Manning d'une telle façon que Lucia sut immédiatement qu'elle était parfaitement consciente d'avoir jeté le pavé dans la mare.

— Bien entendu, déclara Matilda en l'accueillant avec un sourire chaleureux. Quel plaisir de vous revoir, monsieur.

Lucia hocha la tête pour le saluer, et essayer de calmer les battements de son cœur, qui tambourinait désagréablement dans sa poitrine. *Oh, Dieu du ciel*. Maintenant, il fallait qu'elle supporte une soirée entière en sa compagnie. Elle ne savait pas pourquoi, mais elle avait le pressentiment qu'il serait assis à côté d'elle.

— Ce séduisant jeune homme meurt d'envie de faire votre connaissance également, dit Mrs Manning en faisant s'approcher un gentleman souriant aux cheveux châtains et aux yeux noisette.

Il était effectivement séduisant, et paraissait avenant.

— Voilà Mr David Burton. C'est un homme tellement intéressant ! Il possède la moitié des usines du pays, savez-vous, déclara Mrs Manning en lui lançant un regard qui le fit rougir légèrement. Oh, veuillez m'excuser, je crois que d'autres invités viennent d'arriver.

— Burton, dit Cavendish.

Lucia fut soulagée de ne plus sentir le poids de son regard, alors qu'il parlait à Burton.

— Comment allez-vous ? Cela doit faire une année, au moins ?

— En effet, monsieur, répondit Mr Burton en souriant. Mais je suis heureux que nos affaires semblent aller bon train.

— Je suis également, répondit sèchement le vicomte. Mais nous ne devrions pas parler affaires, au risque de voir ces dames partir à la recherche d'une conversation plus conviviale.

— Vous pensez que les affaires ne nous intéressent pas ? demanda Lucia sur un ton tranchant, qui, elle le savait, n'échapperait à aucun des deux hommes.

Bien sûr, elle était *censée* ne pas s'intéresser à de tels sujets. N'importe quelle femme savait que la première règle à adopter pour trouver un bon parti, était de feindre la stupidité.

— Non, miss de Feria, répondit Cavendish.

Il lui lança un sourire qui provoqua en elle une bouffée de chaleur, avant de poursuivre :

— Mais je crois que vous n'êtes pas intéressé par *mes* affaires.

— Mr Burton, dit précipitamment Matilda alors que la tension montait entre eux. Parlez-moi de vos usines…

Lucia ne put réprimer son sourire : l'homme la regardait comme s'il se trouvait en présence d'une divinité.

— Je… je serais enchanté de vous expliquer tout ce que vous voudriez savoir, dit-il d'un ton un peu étranglé.

Il présenta son bras à Matilda, et Lucia le regarda l'escorter dans la grande salle.

— Une conquête vient d'être faite, je crois, déclara lord Cavendish en souriant.

— Comment est-il ? demanda Lucia, en partie pour que la conversation se cantonne à des sujets sans danger, et également parce que l'homme se comportait comme un chiot dévoué, et qu'elle espérait que Matilda ait rencontré l'homme bon qu'elle avait recherché.

— Décent, répondit-il en la gratifiant d'un hochement de tête rassurant. Intelligent, avec un bon cœur. Riche. Votre amie pourrait tomber sur bien pire, bien qu'il soit un homme qui ait bâti sa fortune lui-même, et que ceci ferait s'enfuir en hurlant la plupart des femmes de ma connaissance.

— Alors ce sont des idiotes, déclara Lucia en le pensant.

Elle ne se rendit pas compte qu'elle provoquait lord Cavendish avant de voir l'éclair de jalousie dans ses yeux.

— Êtes-vous intéressée ? demanda-t-il en tachant de paraître nonchalant, mais Lucia n'était pas dupe.

Elle caressa l'idée de le tourmenter, mais elle ne pouvait pas faire cela.

— Non, dit-elle doucement. Je veux simplement voir Matilda heureuse.

Il y eut un silence tendu, puis Silas reprit la parole.

— Et vous, Lucia ? demanda-t-il à voix basse. Avez-vous réfléchi à ma proposition ?

Les mots se bousculaient dans sa gorge. L'envie de lui dire qu'elle avait pensé qu'à cela était presque insurmontable, mais cela aurait été presque aussi cruel de le lui dire, que de prétendre être intéressée par quelqu'un d'autre.

— Non, dit-elle sans parvenir à dissimuler la tristesse dans sa voix.

Elle se détourna de lui pour parcourir des yeux la salle, juste au moment où Mrs Manning revenait avec le dernier de ses invités… le marquis de Montagu.

Chapitre 11

Pourquoi faut-il toujours que je veuille plus que ce qui est bon pour moi ? J'ai détruit un foyer parfaitement heureux en tombant amoureuse d'un homme qui, j'aurais dû le savoir, n'était pas pour moi.

Ses promesses d'amour, de me garder en sécurité en toutes circonstances, sont parties en fumée dès l'instant où il a appris la vérité. Il ne pouvait alors pas se débarrasser de moi assez vite à son goût. Pourquoi devrais-je faire confiance à un homme qui me promet exactement la même chose ?

Pourquoi suis-je assez bête pour envisager de répéter cette même erreur ? En tout cas, cela ne m'empêche pas d'en rêver.

— Extrait du journal de señorita Lucia de Feria.

14 juillet 1814. Demeure de Mrs Edwina Manning, Old Burlington Street, Londres.

Il y avait douze participants, et les pires craintes de Lucia se confirmèrent lorsque le marquis escorta Mrs Manning à table.

Elle s'assit à l'extrémité, et son frère — un homme rougeaud d'une quarantaine d'années, d'un tempérament jovial — s'installa à l'autre bout, assumant le rôle d'hôte. Naturellement, le marquis prit la place de l'invité d'honneur, à droite de l'hôtesse, et la comtesse de Culpepper — l'épouse du comte de Culpepper — s'installa face à lui, à gauche de Mrs Manning. Apparemment, son mari voyageait dans le pays pour affaires. Elle n'avait pas l'air d'en être affectée.

Lord Cavendish prit place à côté d'elle, puis venait la place de Lucia. La pauvre Matilda n'était guère mieux lotie, et se retrouvait coincée, rougissante, comme une poule entre deux renards : entre Montagu, et les regards énamourés de Burton.

Eh bien, cela promet d'être intéressant, se dit Lucia, l'estomac noué à cette pensée.

Elle fut surprise de reconnaître Mr Henshaw à sa gauche, l'oncle de Kitty, et Kitty en personne, qui s'installa à droite de Mr Burton. La pauvre fille paraissait anxieuse et complètement perdue, et avait l'air de vouloir crier de joie tant son soulagement était grand d'apercevoir deux visages familiers.

Enfin, les deux dernières places furent occupées par un Mr Richards très souriant — celui qui avait si gentiment sauvé Matilda lorsqu'elle s'était blessé la cheville — et une miss Craven à l'expression amère.

Héritière, en quelque sorte, miss Craven avait été annoncée comme l'un des diamants de la saison, et était habituellement une jeune femme pleine de vie, mais Lucia avait entendu dire qu'elle avait pour projet d'attraper un titre pompeux — comme peut-être, un marquisat. Cela devait lui rester en travers de la gorge de voir Montagu à l'autre bout de la table, en compagnie de Matilda.

Mais ce n'était pas un accident. L'on avait entendu la jeune femme prononcer une remarque désinvolte et incroyablement stupide au sujet de Mrs Manning. Elle avait insulté la femme en la qualifiant de vieille et d'usée, disant qu'elle ne pouvait en aucun cas rivaliser avec sa jeunesse et sa beauté.

Sans doute la tentation d'assister à un dîner où le marquis serait présent avait été trop forte pour qu'elle décline l'invitation.

Se voir installée aussi loin que possible du marquis, et à côté du frère jovial et ennuyeux de Mrs Manning — qui monopoliserait la conversation toute la soirée — n'était probablement pas ce qu'elle avait imaginé. Miss Craven avait un air boudeur, et paraissait gênée, ayant compris trop tard les intentions de l'hôtesse.

Mrs Manning, en revanche, semblait follement apprécier cette soirée.

C'était une vengeance assez subtile, mais efficace. Lucia avait un peu de compassion pour la jeune femme, qui, habituellement trop gâtée et trop facilement pardonnée, n'avait pas compris qu'il puisse y avoir une conséquence à ses paroles ; mais qui, sans aucun doute, saurait rebondir, et peut-être, réfléchirait avant de parler à l'avenir. De plus, Mr Richard était de charmante compagnie, et — si elle avait un peu de bon sens — elle pourrait l'apprécier.

Le repas commença, et la table — qui croulait déjà sous le poids des verres en cristal éblouissants, de l'argenterie, et de la plus belle porcelaine de Limoges — sembla bientôt prête à plier sous l'étourdissant défilé de plats qui y furent posés. De la soupe aux herbes, de la langue et des navets accompagnaient de la poitrine de veau, un plateau de poulets rôtis, du cou de chevreuil, du mouton, du chou rouge mijoté, et une truite bouillie.

Lucia, qui ne s'était pas sentie en mesure d'avaler quoi que ce soit depuis qu'elle avait aperçu lord Cavendish, réprima un soupir consterné. Elle prit une petite portion de soupe en priant pour ne pas être accusée de grossièreté envers l'hôtesse si elle ne parvenait à la finir, et croisa les doigts pour que tout se passe pour le mieux.

— Comment allez-vous ?

Lucia se retourna, et vit que lord Cavendish l'observait.

— Bien répondit-elle avec un sourire crispé et en souhaitant que son talent naturel pour la conversation mondaine lui revienne. Habituellement, elle s'était toujours montrée capable de rire, de flirter, et de feindre l'amusement même lorsqu'elle s'ennuyait à mourir. Cette capacité semblait s'être envolée depuis qu'elle avait rencontré l'homme énervant qui se trouvait à ses côtés.

— Vous m'avez évité.

En dépit de ses meilleures intentions, Lucia leva les yeux au ciel.

— Évidemment, chuchota-t-elle, avant de soupirer et d'ajouter d'un ton plus doux : c'est pour le mieux.

— Pour qui ? demanda-t-il avec une frustration manifeste, malgré le ton suffisamment mesuré qu'il avait employé.

— Pour nous deux.

— Je n'abandonnerai pas, Lucia.

Ces mots s'infiltrèrent en elle, la réchauffant, soulageant la douleur dans son cœur, ce qui était ridicule. C'était lui, la cause de cette douleur. Elle avait un plan parfaitement réfléchi. Laisser sa marque au sein de l'aristocratie, pour qu'elle puisse être trop connue pour disparaître sans qu'on le remarque, et survivre jusqu'à son vingt et unième anniversaire. Et ce jour-là, un scandale comme la haute société n'en avait connu depuis des générations éclaterait, et tous ceux que l'on associerait à elle s'en trouveraient brûlés.

Elle avait essayé de se convaincre que cela lui était égal, que cela ne concernait qu'elle, et personne d'autre, mais les gens s'immisçaient dans sa vie et dans son cœur, et ce, en dépit de ses efforts pour les garder à distance.

Matilda devrait s'en sortir, mais seulement parce que sa réputation était déjà entachée. Donc cela ne lui serait pas favorable, mais n'aurait pas de conséquences sérieuses. Lord Cavendish, en revanche… les gens se moqueraient de lui pour avoir voulu l'épouser si cela s'ébruitait, et elle tenait trop à lui pour laisser cela se produire.

Donc, elle ferait en sorte que cela n'arrive jamais.

Matilda étouffait.

Mr David Burton n'avait pas perdu de temps pour lui faire part de son admiration. Il semblait posséder toutes les qualités qu'elle avait espéré trouver chez un homme, comme si Dieu en personne avait pris des notes.

Il était beau, intéressant, intelligent, riche, et par-dessus tout… gentil. Cela se devinait à son regard lorsqu'il parlait, s'était-elle dit, à la façon respectueuse qu'il avait de demander son opinion, et de réellement écouter sa réponse. Non seulement cela, mais il semblait intéressé par son avis. Il n'était pas avare de compliments, mais il les lui disait de façon si attendrissante qu'elle ne se sentait pas étouffée par eux. Charmeur, courtois, il ferait pour n'importe quelle femme — n'importe quelle femme avec une once de bon sens — un mari dont elle pouvait être fière. Bien sûr, cela excluait la plupart des femmes de la haute société, qui ne pourrait pas dépasser le fait qu'il travaille pour gagner sa vie.

Pourtant, pour Matilda, cela jouait en sa faveur.

Elle avait souffert, dans le monde des aristocrates, tout comme il y souffrirait. Peut-être se sentirait-elle libérée en leur tournant le dos définitivement, ce qu'elle ferait si elle envisageait de l'épouser.

Non pas qu'il eût fait sa demande, mais à en juger par les commentaires qu'il avait dits jusqu'alors, il était apparemment à la recherche d'une épouse — et il connaissait parfaitement les circonstances de la disgrâce de Matilda.

Mais ce n'était pas ce charmant jeune homme, ce bon parti qui l'empêchait de respirer convenablement.

Le fait que le responsable de sa disgrâce soit assis à sa gauche…

Oui. Voilà la cause.

Elle avait fait de son mieux pour l'ignorer, mais dès l'instant où il avait pénétré dans la pièce, elle avait été consciente de sa présence. Aussi ridicule que cela lui semble, c'était la vérité. Le soudain frisson d'impatience qui parcourut sa peau, le battement d'un millier de papillons dans son ventre : Matilda avait reconnu la sensation avant même de se retourner et de le voir arriver.

Il lui coupait le souffle.

Grand et fin, aussi inaccessible que la lune, il ne ressemblait à aucun autre homme dans la pièce. La haute société parlait tout bas du pouvoir qu'il avait, de l'influence qu'il exerçait, de l'aura qui émanait de sa personne. Il n'y avait aucune chaleur dans son expression, et une sensation indéfinissable de danger flottait autour de lui, il était comme un magnifique félin que l'on ne pouvait admirer que de loin. Peut-être un tigre blanc, aux allures domestiquées. Approchez-vous-en, et il y a de bonnes chances pour qu'il vous égorge d'un coup de griffe.

Ses cheveux blond pâle, et ses pupilles d'un gris argenté inhabituel ne faisaient qu'ajouter à cette impression d'inaccessibilité, comme si une telle beauté n'était réservée qu'aux Dieux, et trop dangereuse pour les simples mortels. Il avait un port gracieux, avec une autorité naturelle qui attirait les regards vers lui lorsqu'il pénétrait dans une pièce, et faisait s'éteindre des conversations.

Depuis qu'ils s'étaient tous assis, le marquis avait été en grande conversation avec Mrs Manning et la comtesse Culpepper, quoique « conversation » eût peut-être été un mot exagéré pour décrire leurs échanges : les deux femmes rivalisaient pour flirter avec lui, tandis que le marquis prononçait rarement une parole pour les encourager.

Il n'en avait pas besoin.

Matilda s'efforça de ne pas y prêter attention, et de se concentrer entièrement sur Mr Burton. Ce qui aurait dû être beaucoup plus simple que cela ne l'était réellement.

— Si je comprends bien, miss de Feria et vous vivez ensemble pour le moment, miss Hunt ?

— Oui, tout à fait, et je suis enchantée d'avoir sa compagnie. Mon frère, dont je gérais la maison, s'est marié récemment, et j'ai juré de ne pas être cette relation dont personne n'arrive à se débarrasser, peu importe les efforts que l'on fait.

Mr Burton s'esclaffa, un son chaud et joyeux qui la fit sourire.

— Je doute qu'un jour on vous attribue une telle description. Je suis persuadé que vous leur manquez.

— Oh, oui, déclara Matilda avec un petit geste de la main. Parce que tous les jeunes mariés sont si désireux d'avoir leur sœur dans les pattes à chaque instant de la journée.

— Très bien, je vous accorde cela, mais maintenant, osez me dire que votre frère ne vous a pas supplié de revenir chez eux.

Matilda lui offrit un sourire désabusé.

— En effet, mais c'est le meilleur des frères, et je l'aime trop pour accepter.

— C'est le propriétaire du *Hunter's*, si je ne m'abuse ?

— Oui, acquiesça Matilda en attrapant son verre de vin, dont elle but une petite gorgée, malgré une très forte envie de le boire cul sec. Êtes-vous membre du club ?

Un autre éclat de rire s'ensuivit, et elle sentit les coins de sa bouche se relever.

— Non. J'ai bien peur que le fait d'avoir travaillé aussi dur pour amasser cette fortune ne me rende pas désireux de m'en séparer sur un mauvais lancer de dés, si je puis dire.

— Vous faites preuve de beaucoup de bon sens, déclara Matilda avec une admiration non feinte.

Comme son père avait provoqué la ruine de sa famille en s'endettant aux jeux, c'était une qualité admirable à ses yeux.

— Oh, pas la peine de prendre ce ton admiratif, dit-il en secouant la tête avec un air sombre. Cela signifie que vous me trouvez ennuyeux comme la pluie.

— Non, protesta Matilda en riant. Je vous assure que non. Si vous connaissez un tant soit peu mon histoire, comme cela semble être le cas, alors vous saurez que je suis sincère.

Il lui sourit en la regardant droit dans les yeux d'un air chaleureux et déterminé, tandis qu'il baissait la voix :

— Tout comme moi, miss Hunt.

Il avait dit ça d'un ton intime et sincère, et elle comprit qu'il la courtiserait si elle répondait favorablement à ses avances. La sensation de ne pas pouvoir respirer s'accrut alors que la panique montait en elle.

La soirée se continua, et, le vin coulant à flots, les conversations devenaient encore plus animées.

Sauf si vous étiez le marquis de Montagu.

En dépit de ses efforts pour tenter de l'ignorer complètement, Matilda ne put empêcher de remarquer qu'il buvait peu, et parlait encore moins. Il ne faisait que contribuer ponctuellement à la conversation, pour maintenir son flot et ne pas se montrer grossier envers son hôtesse. Lorsqu'il parlait, il se montrait courtois et aimable, mais il n'accorda aucune attention à Matilda, ce dont elle lui fut reconnaissante. Sauf qu'elle avait la sensation désagréable qu'il écoutait attentivement la conversation qu'elle entretenait avec Mr Burton.

Ce dernier se révéla être un formidable compagnon de repas. Il regorgeait d'histoires amusantes, mais ne dominait jamais la conversation ; dès que c'était possible, il ne parlait qu'à Matilda, lui posant une série interminable de questions sur elle, ses centres d'intérêt, ses espoirs pour l'avenir. Ses attentions la flattaient et l'attendrissaient, et elle appréciait sa compagnie, tout en se détestant, car elle appréciait davantage le fait que le marquis en soit témoin.

Mrs Manning avait suggéré que leur petit groupe convivial —
enfin, du moins, ceux qui se trouvaient de son côté de la table —
devrait visiter Green Park, pour admirer le Temple de la Concorde.
L'impressionnante structure, bien que temporaire, avait été
construite pour célébrer la victoire de Napoléon, et serait mise en
lumière par un énorme feu d'artifice le premier août. Comme la
plupart des aristocrates échapperaient à la chaleur de la ville durant
les prochaines semaines en se retirant dans leurs résidences de
campagne, Mrs Manning déclarait que ce serait un moyen tout à
fait charmant de clore la saison.

— Qu'en dites-vous, lord Cavendish , demanda-t-elle en
dirigeant toute la force de son charisme magnétique vers lui.

— Je suis à votre disposition, naturellement, répondit-il avec
un sourire charmeur, bien que personne autour de la table ne doute
que ses attentions soient entièrement dédiées à Lucia.

— Cela me semble être une merveilleuse idée, acquiesça
Mr Burton avec un sourire agréable lorsque Mrs Manning lui
demanda son avis.

Mais au même moment, Matilda perdit complètement le fil de
la conversation.

Elle venait de poser sa fourchette, sa main gauche reposait
encore sur la table, lorsque la main de Montagu frôla la sienne.

Elle cessa de respirer.

Elle jeta un coup d'œil. La main du marquis était enroulée
autour du pied de son verre de vin, et il était concentré sur la
conversation. Pourtant son petit doigt se déplaça, juste assez pour
caresser très légèrement le sien.

Le contact fut si bref que cela n'aurait pas dû avoir la moindre
importance, et pourtant tous ses sens se mirent en alerte, une vague
de chaleur parcourut sa peau.

Sa chair semblait s'être resserrée autour de ses os, comme si
elle n'était plus sur mesure, ses sensations semblaient décuplées et

chaque centimètre de son corps avait une conscience exacerbée de sa présence. Il réitéra la délicate caresse, et elle fut mortifiée de sentir un tiraillement de désir dans un endroit qui n'aurait pas dû être émoustillé par un tel homme.

Elle remarqua vaguement qu'il éloignait sa main alors que les yeux des convives se tournaient vers eux.

— Miss Hunt ?

Non. Pas vers eux.

Vers elle.

Matilda sortit de la transe dans laquelle se trouvait et sentit le rouge lui brûler les joues.

— Je-je vous prie de m'excuser, bredouilla-t-elle en se tournant vers Mr Burton qui la regardait avec un air curieux. J'ai bien peur d'avoir eu la tête dans les nuages.

Elle avait horriblement conscience du marquis, qui savait pertinemment qu'il avait accaparé son attention — sans parler de son esprit —, la détournant de Mr Burton avec une facilité déconcertante.

Mr Burton sourit.

— J'étais simplement en train de demander si miss de Feria et vous, nous ferez l'honneur, à lord Cavendish et moi-même, de nous accompagner pour assister au feu d'artifice de Green Park.

— J'ai bien peur que nous ayons déjà pris des dispositions concernant cela.

Matilda sursauta et se retourna pour contempler Montagu, choquée.

Il n'oserait pas —

Il regardait Mr Burton avec une expression placide qui ne laissait rien transparaître du fait qu'il était en train de mentir comme un arracheur de dents.

— J'ai déjà demandé à ces demoiselles de m'accompagner, et je serai celui qui escortera miss Hunt et miss de Feria. À moins que vous ne souhaitiez modifier notre arrangement, peut-être ?

À la consternation de Matilda, il ne lui avait pas posé la question, mais s'adressait à Lucia pour confirmer son mensonge scandaleux, et elle comprit qu'elle était perdue.

Lucia était au trente-sixième dessous.

Oh, elle riait et affichait des sourires, et quiconque ne la connaissant pas aurait pensé qu'elle était de bonne humeur, mais il se passait quelque chose entre elle et lord Cavendish, et elle désirait échapper à cela, Matilda pouvait le lire dans ses yeux.

Visiblement, le marquis aussi.

Lucia croisa le regard de Matilda un bref instant, avec un air qui l'implorait de la pardonner, mais c'était inutile. Une femme comme Lucia n'oserait pas contredire Montagu en public. Cela provoquerait une scène, et elle ne pouvait pas se le permettre, et puis, qui savait comment il le prendrait ?

— Bien sûr que non, lord Montagu, répondit Lucia, pas alors que nous avons déjà tout arrangé.

Exception faite du marquis, Matilda se dit qu'elle n'avait jamais vu quelqu'un débiter un mensonge en public avec autant d'aisance. Elle aurait voulu se trouver n'importe où, sauf là, mais le diable assis à ses côtés se tourna vers elle avec une lueur de défi et d'amusement dans les yeux.

— Et vous, miss Hunt ? Souhaitez-vous modifier nos arrangements ?

Elle déglutit, se demandant pourquoi elle avait envie de rire alors qu'elle aurait dû être outrée.

— Loin de moi l'idée de bouleverser des plans déjà parfaitement établis, déclara-t-elle.

Sa voix n'avait pas tremblé malgré l'agitation intérieure qu'elle ressentait, ce dont elle fut soulagée. Elle se détourna du marquis pour regarder Mr Burton en lui souriant chaleureusement pour apaiser quelque peu sa déception — et aussi pour faire enrager le marquis, s'il fallait qu'elle soit honnête.

— Une autre fois, je l'espère, Mr Burton.

Il leva son verre dans sa direction.

— Vous pouvez compter là-dessus, miss Hunt, et j'espère vous croiser toutes les deux là-bas.

— Bien entendu, acquiesça Matilda.

Elle évita le regard perçant de Mrs Manning. La femme voyait clairement qu'il se tramait plus de choses entre les différents partis qu'ils ne le laissaient paraître, mais Matilda était déterminée à ne pas illustrer davantage ce fait. Ils furent sauvés de cet examen par la tension manifeste qui émanait de l'autre bout de la table.

Les domestiques débarrassaient la table pour qu'elle puisse accueillir les prochains plats, et Matilda pouvait voir que Lucia regardait Kitty avec inquiétude. Elle se pencha en avant pour pouvoir voir au-delà de Mr Burton, et elle distingua deux taches écarlates sur le visage de Kitty, ainsi qu'une lueur furieuse dans son regard. À en juger par l'expression dédaigneuse et quelque peu méprisante de miss Craven, et l'irritation qui agitait Mr Henshaw, une parole malheureuse avait dû être prononcée.

La voix douce de miss Craven résonna autour de la table :

— Oh, attendez. Peut-être devriez-vous laisser les pommes de terre pour miss Connolly. En avez-vous eu assez, très chère ?

Matilda inspira brusquement, choquée de l'insulte manifeste concernant les racines irlandaises de Kitty. Les joues de Kitty flamboyaient à présent, et Mr Henshaw jeta sa serviette sur la table, en arborant une expression qui laissait penser qu'il allait tordre le joli cou de miss Craven.

— Miss Craven.

Tout le monde se figea, y compris la jeune femme, en entendant le marquis s'adresser à elle.

— Allez-vous participer à la sortie de Green Park ? demanda-t-il d'un ton doux.

Tout le monde savait que ceux qui étaient assis à l'autre bout de la table n'avaient pas été inclus dans le petit groupe exclusif qui avait organisé la sortie.

La jeune femme prit un air coquet en rougissant légèrement.

— Non, monsieur, mais j'éprouverais un plaisir extrême à y prendre part.

— Dommage, murmura Montagu.

Tout le monde frémit, impatient de ce qui allait suivre, tout en ayant une petite idée d'où comptait en venir le marquis. Il braqua son regard glacial sur Kitty.

— Miss Connolly. Je crois que miss Hunt et miss de Feria seraient enchantées que vous vous joigniez à nous, si vous en avez l'envie ?

Kitty déglutit en dévisageant le marquis avec un air paniqué, mais manifestement consciente de l'immense honneur qu'il venait de lui faire.

— Je — Oui, monsieur, balbutia-t-elle avec les yeux écarquillés d'étonnement. Je-J'en serais ravie.

Montagu hocha la tête et fit signe à un domestique qui passait de remettre du vin dans son verre, et ce moment fut terminé, remplacé par les murmures d'extase de rigueur devant l'arrivée des nouveaux mets.

Matilda se tourna pour le regarder, et lorsqu'il pivota légèrement pour croiser son regard, sa bouche fut soudainement sèche.

— Merci, dit-elle doucement.

Montagu fronça légèrement les sourcils.

— Miss Craven est une sainte enquiquineuse, dit-il avec un haussement d'épaules dédaigneux. Sa détermination à vouloir obtenir un titre de noblesse n'est surpassée que par sa conviction agaçante de n'avoir qu'à battre des cils pour mettre un homme à ses pieds. J'attendais l'opportunité de pouvoir lui donner une leçon sans pour autant la faire tomber en disgrâce. Votre amie n'a fait que me fournir cette occasion.

Elle le regarda quelques instants, étonnée qu'il n'en profite pas pour déclarer qu'elle lui était redevable pour cet acte de gentillesse, qui n'était pas du tout un acte de gentillesse, comme il venait de lui rappeler. Elle avait sur le bout de la langue une remarque acide concernant le soin qu'il avait pris de ne pas faire tomber en disgrâce *une autre* femme, mais se révéla incapable de la formuler, trop reconnaissante de son intervention.

Il y avait une chose, en revanche, qui méritait d'être soulignée.

— Vous avez ma gratitude pour avoir fait preuve de cette soudaine et inhabituelle bonté, mais je dois vous prévenir que cela ne change rien.

Matilda sentit son cœur s'accélérer lorsqu'il croisa de nouveau son regard. Il leva son verre, but tranquillement une gorgée en la fixant par-dessus le rebord. Puis il le baissa en faisant tourner le pied du verre entre ses longs doigts élégants, et Matilda sentit son regard irrésistiblement attiré par eux.

— Je pourrais dire la même chose, dit-il après un long moment.

Elle inspira lentement, trouva le courage de croiser son regard à nouveau.

— Je vous aurai, lui dit-il d'une voix douce. Vous le savez aussi bien que moi.

— Jamais.

Son indignation lui avait fait prononcer ce refus avec plus de passion qu'elle n'aurait dû en laisser paraître, et elle jeta des coups d'œil autour d'elle pour voir si quelqu'un l'avait remarqué. Homme détestable et arrogant.

Comment osait-il ?

Même si elle était forcée d'admettre qu'elle ressentait une attirance étrange et indéfinissable envers lui, elle ne permettrait jamais à cette dernière de prendre le dessus sur son bon sens.

Elle émit un rire étonnamment amer.

— L'espace d'un instant je me suis presque autorisé la pensée qu'il existait quelque chose ressemblant à un cœur qui battait derrière le mur de glace. Je vous suis reconnaissante de me remettre en mémoire la vérité.

— Vous seriez en effet bien idiote de croire une telle chose, murmura-t-il. Presque aussi idiote que de penser que tout ceci se finira ailleurs que dans mon lit.

Matilda poussa une exclamation de surprise en le dévisageant, tandis que le sang bouillonnait dans ses veines dans une valse mêlant désir et rage. La tête lui tournait, elle se sentait en colère, et l'envie de le gifler était si violente que la paume de sa main la brûlait.

Mais pourquoi ?

Parce qu'il avait affreusement tort ?

Ou parce qu'il avait raison ?

— Tôt ou tard, dit-il.

Elle ne sut pas si c'était une promesse ou une question.

Un sourire lent se dessina sur le visage du marquis et Matilda ne put s'empêcher de le contempler. Cette bouche si sensuelle, douce et vicieuse, à la fois capable de crucifier par les mots, et d'apaiser la brûlure par les baisers. La promesse de plaisirs interdits flamboyait dans ses yeux, et elle détourna le regard, avant que le rouge sur ses joues ne devienne trop vif.

Elle sentit la chaleur de son corps à ses côtés, le murmure léger de son haleine chaude contre sa peau lorsqu'il se pencha pour lui chuchoter dans l'oreille :

— tic-tac, miss Hunt.

Toute tentative de réponse lui fut impossible, puisque lady Culpepper réclama l'attention de Montagu, et Matilda demeura ainsi à ses côtés, bouillonnante et troublée.

Chapitre 12

Green Park, avec Montagu ?

Mais qu'est-ce qui m'a pris ?

—Extrait d'une lettre de miss Matilda Hunt à Sa Grâce, Prunella Adolphus, duchesse de Lorny.

14 juillet 1814. Demeure de Mrs Edwina Manning, Old Burlington Street, Londres.

Après le repas, les femmes laissèrent les hommes à leurs verres, et se regroupèrent pour discuter entre elles.

— Je suis tellement désolée, déclara Lucia en prenant le bras de Matilda.

Elle s'était sentie terriblement mal dès l'instant où elle avait corroboré le mensonge de Montagu.

— J'ai paniqué. Je ne pouvais pas vraiment nier sa version sans l'accuser d'être un menteur, et provoquer une scène ; et cela aurait été très grossier de ma part de vouloir modifier les arrangements… et j'ai juste —

— Ne vous inquiétez pas, dit Matilda en lui offrant un sourire affectueux que Lucia ne se sentait pas en droit de mériter. Montagu savait pertinemment qu'il nous mettait dans une situation impossible, et manipuler les gens est ce qu'il sait faire de mieux. Bon sang, l'air suffisant qu'il affichait lorsqu'il m'a demandé si je voulais changer d'avis. J'ai eu envie de lui planter ma fourchette dans le bras.

Cependant, Lucia ne put s'empêcher de remarquer une note étrange dans la voix de Matilda, et se demanda si elle était aussi ennuyée qu'elle le prétendait. Mais Lucia se sentait mal. Il était évident que Montagu voulait Matilda, et le mariage ne rentrait pas en compte dans ses projets. Elle voyait bien que Matilda était attirée par l'homme en dépit de ce que la raison lui dictait.

Mr Burton, c'était une autre histoire. C'était un homme honorable, qui avait dévoilé ses intentions sans ambiguïté. Sans doute, Matilda pourrait être heureuse avec un homme comme lui ? Il lui offrirait la sécurité, un foyer, une famille, il *pouvait* la rendre heureuse. Peut-être perdrait-elle son statut au sein de la société, mais l'aristocratie avait déjà révélé ce qu'elle pensait de la réputation ternie de la jeune femme. Aux yeux de Lucia, elle avait peu à perdre, et beaucoup à gagner.

Si seulement sa propre situation était aussi claire et nette.

— Que vient-il de se passer ? demanda Kitty en se dépêchant de les rejoindre.

— Ne me le demandez pas, répondit Matilda en souriant. Montagu se sert de nous toutes, de toute évidence.

— Il me terrifie, admit Kitty. Je n'aurais jamais accepté si cela n'avait pas cloué le bec à cette odieuse créature.

— Que s'est-il passé, Kitty ? demanda Lucia. Vous aviez l'air de tous vous entendre à merveille.

— C'était le cas, acquiesça Kitty en haussant les épaules. Je trouvais que miss Craven était assez gentille, jusqu'à ce que Mr Richards…

Elle rougit légèrement, s'interrompit, et Lucia déclara avec un grand sourire :

— jusqu'à ce que Mr Richards décide qu'il vous appréciait davantage que miss Craven et flirte avec vous un peu trop ouvertement ?

Les lèvres de Kitty tressaillirent et elle haussa légèrement les épaules.

— Peut-être pas exactement, mais… eh bien, oui, répondit-elle en rougissant et en souriant en même temps.

— C'est un jeune homme très agréable, déclara Lucia en approuvant l'idée.

Matilda, à côté d'elle, opina du chef.

— Un très bon parti.

Kitty, mal à l'aise, haussa les épaules et changea promptement de sujet.

— Lord Cavendish semble très épris de vous, Lucia.

Lucia afficha un sourire neutre et s'éloigna de ses amies pour admirer un tableau un peu plus loin dans la pièce. Comme si Kitty l'avait invoqué en prononçant son nom, les hommes revinrent après avoir fini leur porto, et lord Cavendish la rejoignit immédiatement.

— Monsieur, vous devez arrêter cela, dit-elle à voix basse en décidant d'être franche avec lui. Les gens sont déjà en train de parler de l'attention que vous me portez. Vous avez peut-être découvert un lien entre le comte et moi-même, mais vous ne connaissez pas mes projets, et je n'ai aucunement l'intention de les partager. Je peux vous dire, en revanche, que lorsqu'ils deviendront publics, vous allez regretter d'être associé à moi.

Il la contempla avec un sourire si serein et confiant que le cœur de Lucia se serra dans sa poitrine.

— Non, répondit-il simplement.

Lucia prit une inspiration.

— Un autre homme m'a dit cela une fois.

Elle vit l'éclair de jalousie traverser son regard et s'autorisa à s'en réjouir l'espace d'un instant.

— Il disait que son amour pouvait surmonter n'importe quel problème, n'importe quelle épreuve, et qu'il ne me laisserait jamais tomber.

— Qui ? demanda-t-il d'un ton rauque qui la fit frissonner de plaisir.

On aurait dit qu'il voulait traquer n'importe quel homme l'ayant blessée pour exiger réparation.

— Il n'a plus d'importance à présent, dit-elle en souriant légèrement. Il m'a laissé tomber comme s'il tenait une brique brûlante entre ses mains à la seconde où il a su la vérité, et il ne connaissait pas l'existence du scandale que je m'apprête à faire éclater sur lord Ulceby.

Même s'ils n'étaient pas seuls, et que Lucia pouvait sentir le regard des autres convives posé sur eux, il se rapprocha d'elle, et répondit d'un ton aussi bas que le sien :

— N'importe quel idiot ayant fait une telle promesse pour ensuite la briser est un homme sur lequel vous n'auriez *jamais* pu compter. Un béjaune, peut-être, aux rêves idiots et aux idées bancales, mais pas un homme. Je vous épouserais maintenant, Lucia, sans même connaître vos secrets. J'ai une licence prête, dès l'instant où vous accepterez, vous n'avez qu'à me dire oui. Vous pouvez me faire confiance, peu importe les circonstances, peu importe le scandale, peu importe l'ampleur de la disgrâce qui s'abattra sur nous.

— Vous êtes un idiot, murmura-t-elle en le dévisageant, choquée, trop ébranlée pour dissimuler ses sentiments, ou le tremblement que ses mots avaient provoqué en elle. Pourquoi feriez-vous cela ?

Elle se retourna et s'éloigna de lui, feignant de vouloir examiner la peinture suivante, tout en essayant de calmer le tumulte de ses émotions. Il la suivit de près. Ses mots la pénétraient et faisaient vaciller sa détermination à s'occuper de cela toute seule, à ne plus jamais faire confiance à personne d'autre qu'à Dharani.

— Vous avez besoin de moi, dit-il si doucement qu'elle sentit sa gorge se serrer. Je vois à quel point vous êtes perdue. Je peux le voir, parce que je sais que cela fait. Vous êtes à la dérive et vous avez besoin d'une ancre, quelqu'un qui vous tienne et vous aide à rentrer à bon port. Je peux être cette ancre, Lucia. J'en ai terriblement envie. Je sais que vous ne m'aimez pas, mais… je pense que vous pourriez, si vous vous en accordiez le droit.

Elle se tourna pour le regarder, prisonnière de ce regard indigo, des promesses qu'il lui faisait.

C'est dangereux, Aashini. Les hommes font trop de promesses qu'ils ne peuvent pas tenir.

— Vous pourriez m'aimer, répéta-t-il en ne lui laissant aucune possibilité de détourner le regard, de fuir, ou de mentir.

— Oui, murmura-t-elle en sentant la brûlure des larmes lui piquer les yeux. Mais je ne peux pas vous faire confiance. Je dois… je ne peux…

Elle s'éloigna précipitamment pour rejoindre Matilda avant de faire une scène devant toute l'assemblée.

Silas la regarda s'éloigner, le cœur débordant de bonheur, même s'il savait qu'il restait un long chemin à parcourir avant de la convaincre d'être sienne. Mais elle avait avoué qu'il y avait quelque chose entre eux, qu'elle *pourrait* l'aimer, si elle se l'autorisait. Pour le moment, cette victoire, aussi minime fût-elle, lui donnait des ailes. Cependant, ses peurs remplacèrent rapidement la sensation divine. Quels projets avait-elle concernant Ulceby ? Quel était le lien qui les unissait ?

Lucia les jugeait suffisamment condamnables pour jeter la disgrâce sur elle et sur quiconque serait associé à elle ; il ne doutait pas de la véracité de cette déclaration. C'était une femme intelligente, et il savait qu'elle détestait qu'il interfère avec ses plans, mais il ne pouvait pas s'en empêcher. Son instinct lui criait que c'était la bonne. Il le regretterait pour le restant de ses jours, s'il la laissait partir. Elle était celle qui emplirait son cœur jusqu'au dernier de ses battements, s'il parvenait à gagner sa confiance, et à l'épouser.

Il n'abandonnerait pas.

Le trishula de Kali l'avait mené à Ulceby et à l'Inde, et il n'y avait qu'une seule personne qui savait qui était réellement Lucia, qui l'avait connue toute sa vie : son ayah, la femme indienne qu'il avait vue sur Friday Street. Il ne faisait aucun doute que Lucia serait furieuse contre lui, mais il avait l'impression que le temps pressait. Quoi qu'il puisse arriver, cela se produirait bientôt, et il avait très peu de temps pour obtenir la confiance de Lucia.

14 juillet 1814. Friday Street, Cheapside, Londres.

Silas fut immensément frustré de voir ses plans tomber à l'eau. Personne ne répondit à Friday Street le jour qui suivit, et il fut tellement occupé par son travail et ses rendez-vous, qu'il s'écoula quatre jours avant qu'il ne puisse voir l'ayah de Lucia.

Shrimati Dharani était une petite femme au regard incroyablement intense. Ayant soudainement l'impression d'être relégué au rang de jeune homme sans expérience, et non plus vicomte, il la salua poliment et s'assit lorsqu'elle lui ordonna de le faire.

Elle le dévisagea avec une façon de sourire qui le mit mal à l'aise. Comme la dernière fois, ses vêtements arboraient des couleurs inattendues dans la lumière tamisée du salon : un vert émeraude intense qui lui faisait penser à Lucia, et tout ce qui était frais et ravissant. La couleur était surprenante sur une femme assez âgée, et lui donnait une aura de vitalité qui démentait le nombre de ses années. Une natte épaisse d'épais cheveux blancs reposait sur l'une de ses épaules et elle joua avec, la faisant glisser entre ses doigts noueux, rongés par l'arthrite, tout en l'étudiant.

Son regard fut attiré par le point de peinture rouge entre ses sourcils. Il avait la sensation étrange que la femme découvrirait bien plus qu'il ne le voulait s'il ne se tenait pas sur ses gardes. Cette femme, tout comme Lucia, détenait des secrets, se dit-il, en faisant de son mieux pour soutenir l'intensité de son regard.

— Donc, finit-elle par dire. Quelles sont les réponses, refusées par Lucia, que vous souhaiteriez obtenir de moi ?

Silas émit un petit rire, soulagé par son approche directe.

— Je ne sais pas, admit-il en souriant légèrement. Je sais seulement que la jeune femme est pleine de secrets, et j'ai peur pour elle.

— Pourquoi, demanda-t-elle, une lueur d'intérêt brillant dans ses yeux noirs. Vous pensez qu'elle n'a pas assez de courage ? Vous pensez qu'elle a besoin d'un homme pour la protéger ?

Il y avait tellement de mépris dans ses paroles qu'il tressaillit légèrement, et réfléchit soigneusement à ce qu'il allait dire.

— Je n'ai aucun doute concernant son courage, madame, je peux vous l'assurer. Elle en a beaucoup trop pour son propre bien, ajouta-t-il avec un sourire désabusé. Mais je pense que nous avons tout besoin de quelqu'un qui veille sur nous, de savoir que quelqu'un assure nos arrières, peu importe la situation. Je voudrais me montrer présent pour miss de Feria, si elle le veut bien. Et j'aimerais pouvoir compter sur elle en retour.

— Et qu'attendez-vous d'elle, on échange de votre… *protection*, le railla-t-elle, et il n'était pas difficile de deviner à quoi elle pensait.

— Je n'ai aucunement insulté la jeune femme, répondit Silas d'une voix ferme, légèrement irrité que Lucia n'ait même pas parlé de sa demande à la vieille femme. Je lui ai demandé de m'épouser.

Elle ne parut nullement surprise, et il se demanda si elle n'était pas au courant après tout, et qu'elle ne faisait que jouer avec lui.

— Vous n'êtes pas le premier, répondit-elle d'un ton neutre.

La jalousie qui avait fait s'enflammer son cœur lorsque Lucia avait fait mention de l'homme qui l'avait laissé tomber dans le passé refit douloureusement surface.

— Je sais qu'il y a eu quelqu'un, quelqu'un qui lui a fait du mal.

Dharani hocha la tête sans dire un mot. Une bonne apparut avec un plateau de thé. Lorsqu'elle l'eut déposé, Dharani, d'un geste impatient, lui fit signe de partir.

— Cela vous dérangerait-il ? demanda-t-elle en désignant les tasses avec un sourire malicieux. Mes poignets ne sont plus aussi fort qu'avant.

Silas ravala un sourire. Il savait très bien qu'elle aurait pu demander à la bonne de verser le liquide, et qu'elle appréciait le fait d'avoir un vicomte pour la servir.

— Connaissez-vous Anna-Marie de Feria ? lui demanda-t-elle alors qu'il soulevait la théière.

— Sa mère, répondit Silas en hochant la tête. Oui, j'ai entendu parler d'elle.

— Une créature belle, mais peu fiable, déclara Dharani en soupirant. Le père de Lucia lui a laissé assez d'argent pour vivre confortablement, mais cette irresponsable l'a dépensé en un rien de temps. Puis elle nous a abandonnées pour un homme quelconque, en nous laissant nous débrouiller du mieux que nous pouvions, et j'ai trouvé une place dans une famille à Norfolk. C'était des gens bien, une famille respectable, et ils ont autorisé Lucia à grandir auprès de leurs propres enfants. Deux filles et un garçon.

Silas leva le pot de sucre avec un air interrogateur, tandis qu'un mauvais pressentiment grandissait dans sa poitrine en écoutant le récit de Dharani. Elle secoua la tête, saisit la tasse qu'il lui tendait.

C'est une histoire assez vieille, bien sûr, et vous avez constaté la beauté de Lucia. Les enfants grandirent ensemble, heureux comme des chiots insouciants. Je l'avais prévenue, dit-elle avec un lourd soupir. Mais elle était moins prudente avec son cœur à l'époque. Le garçon grandit, et développa une passion pour Lucia. Il lui promit de l'épouser.

Elle hocha la tête, les yeux remplis de tristesse, fixés sur un souvenir lointain.

— Il lui promit qu'il s'opposerait à ses parents s'ils refusaient l'union, que rien ne pourrait les séparer.

Silas se rassit dans le fond de son siège. Il avait mal au cœur pour la jeune fille romantique qu'elle avait dû être, en dépit de la jalousie foudroyante qu'il éprouvait envers l'imbécile qui l'avait abandonnée, déclenchant en elle une telle méfiance des hommes.

— Que s'est-il passé ?

Dharani haussa les épaules et prit une gorgée de thé.

— Il n'y eut aucun déchirement familial. Ses parents lui expliquèrent la vérité sur la naissance de Lucia, qu'elle était une enfant illégitime et ne ferait jamais une épouse convenable, et il se hâta de s'en débarrasser. Il partit à l'université, et Lucia ne le revit plus jamais.

Silas fronça les sourcils. Anna–Marie de Feria était un personnage connu. Ses amants comptaient parmi les hommes les plus puissants du pays, et elle ne s'était jamais mariée. Même un idiot de jeune bouseux aurait su que Lucia était une enfant illégitime dès le départ.

— Ce n'est pas cela qui l'a fait changer d'avis, déclara-t-il en dévisageant Dharani. Pourquoi ne voulez-vous pas me le dire ?

Elle sourit légèrement, puis baissa les yeux vers sa tasse.

— Il ne m'appartient pas de vous le révéler, c'est à Lucia de le faire, si elle le décide. Si elle vous accorde sa confiance. Mais ce garçon lui a brisé le cœur, lord Cavendish. Non seulement cela, mais il lui a fait réaliser que les gens la traiteront toujours différemment. Elle a l'impression de n'avoir sa place nulle part en ce monde.

— Elle est à la dérive, murmura Silas en se souvenant des mots qu'il avait employés lors du dîner de Mr Manning, de sa promesse d'être son ancre.

— *Haan*, dit Dharani en hochant la tête.

L'expression de la vieille femme exprimait combien elle souhaitait le bonheur de Lucia. Elle se pencha en avant, ses yeux perçants cherchèrent le visage de Silas.

— Oui, c'est exactement cela. Elle est à la dérive, et il lui faudrait un homme fort pour changer cela, mais… peut-être qu'un homme à l'honneur infaillible, qui resterait imperturbable, inébranlable face à un scandale, pourrait gagner sa confiance. Peut-être même son cœur.

— Je ne suis pas un jeune homme idiot avec la tête remplie de poésie et de rêves romantiques, déclara-t-il en soutenant son regard. J'ai eu ma part de scandale, et de dur labeur. Je me fiche éperdument de ce que l'on peut dire de moi, ou de ce que pensent les gens. Je connais la différence entre le bien et le mal. Je sais ce que c'est de vivre avec honneur même lorsque l'on est à la rue. Je protégerai miss de Feria par tous les moyens, que cela soit avec mon nom, ou ma vie. Je ne la laisserai pas tomber. Je ne vous laisserai pas tomber.

Elle le dévisagea pendant si longtemps qu'il eut du mal à ne pas frémir sous son examen, mais elle finit par se rasseoir en arrière, visiblement satisfaite.

— Je vous aime bien, lui dit-elle avec un sourire qui rida son visage.

Silas laissa échapper un soupir, réalisant à l'instant même à quel point il avait été important pour lui d'entendre la vieille femme dire cela.

— Dieu merci, dit-il avec un petit rire. J'avais l'impression d'être petit garçon sur le point de se faire réprimander.

Elle gloussa en hochant la tête.

— N'allez pas croire que je ne peux pas faire cela.

— Oh, je vous assure que je n'en doute pas, dit-il aussitôt, avant de reprendre un air sérieux. N'y a-t-il rien d'autre que vous puissiez me dire ? Je sais que cela a un rapport avec le comte d'Ulceby. Je sais qu'elle a pour projet de se venger, mais de quoi ?

Silas hésita, ne voulant pas en demander plus, mais Dharani s'était montrée franche dès le début, et il ne pensait pas qu'elle s'en offenserait.

— Est-il son père ?

Il patienta. Elle soupira, puis secoua la tête.

— Je suis désolée. C'est à Lucia de vous dévoiler ses secrets, pas à moi.

Déçu, mais pas entièrement étonné, Silas hocha la tête et se leva.

— Merci d'avoir pris le temps de parler avec moi, et de m'expliquer un peu la situation.

Dharani lui sourit, et il crut voir une lueur chaleureuse dans son regard, et peut-être un peu d'espoir aussi.

— *Apna dhyaan rakhna*, lord Cavendish, déclara-t-elle. Prenez soin de vous, et de cette jeune femme. Elle a besoin d'un homme bien, quelqu'un de fort, qui a le sens de l'honneur, et qui se tiendra à ses côtés. J'aimerais croire que vous êtes cet homme.

Silas s'inclina, et la vit sourire d'un air amusé.

— Pas autant que moi, je peux vous l'assurer, dit-il doucement, avant de lui souhaiter une bonne journée.

Chapitre 13

Mon très cher ami. Vous me manquez tant. Même maintenant, après tant d'années, c'est votre opinion que je cherche, votre voix que je voudrais entendre. Votre rire hante mes rêves, tout comme la promesse que vous m'avez faite.

Je me souviens lorsque nous jouions à cache-cache, les chasses au trésor lors des chaudes journées d'été resplendissent dans ma mémoire. Oh, j'aimerais tant que nous vivions davantage d'aventures ensemble, qu'il y ait plus de trésors à chasser. J'aimerais que le futur dont nous rêvions ne soit pas juste une belle illusion.

Où êtes-vous, Luke ? Où êtes-vous parti ? Je vois votre visage partout, disparaissant au milieu des foules, des éclats de vos cheveux, brillants comme le cuivre.

Je vous retrouverai. C'est certain. Vous avez ma parole.

—Extrait d'une lettre de miss Kitty Connolly à Mr Luke Baxter… jamais envoyée.

20 juillet 1814. Hyde Park, Londres.

— Maudite chaleur, déclara Matilda en soupirant et en agitant un joli éventail au manche d'ivoire d'un air distrait. Je ne pense pas être capable de supporter cela jusqu'au 1er août.

Lucia cacha son sourire et répondit par un grognement compatissant. Elle se demandait, en regardant la peau pâle de son amie, et ses joues rouges, comment Matilda réussirait à supporter un été en Inde.

Matilda était susceptible et énervée, et Lucia avait dû négocier pour réussir à la faire sortir de la maison. Matilda n'avait accepté de se balader à Hyde Park qu'à la condition de passer par le *Gunter's* sur le chemin du retour, et d'y manger des glaces aromatisées pour leur donner des forces pour finir la promenade.

Il n'y avait pas beaucoup de monde dans la capitale, à présent qu'était arrivée la saison chaude. La tentation du spectacle promis à Green Park était suffisante pour que quelques aristocrates restent sur place, mais beaucoup s'étaient avoués vaincus, et s'étaient retirés vers la fraîcheur de la campagne.

En dépit des protestations de Matilda, Lucia la suspectait de ne pas vouloir rater une autre occasion de voir Montagu. Elle soupira légèrement. La jeune femme aurait bien aimé pouvoir garder un certain vicomte hors de ses pensées plus de cinq minutes. Mais c'était impossible, et même si l'aveu qu'elle lui avait fait cette nuit-là avait été irréfléchi, elle ne pouvait pas le regretter.

Elle pouvait tomber amoureuse de lui, ce serait si facile. C'était la raison pour laquelle elle aurait dû être heureuse de ne pas l'avoir croisé de toute la semaine. Il représentait des complications qu'elle ne pouvait pas se permettre d'avoir.

Lucia savait que, pour que son plan fonctionne, il fallait qu'elle garde une certaine distance avec les autres, pas tant pour son propre bien, mais pour protéger ceux qui seraient brûlés par ces révélations. Ce qu'elle n'avait pas su, c'était à quel point cela serait difficile.

Les Demoiselles Surprenantes étaient devenues ses amies, et cela lui brisait le cœur de songer qu'un jour il était possible qu'elles lui tournent le dos, mais elle ne pouvait pas ignorer cette possibilité. Au début de cette aventure, elle avait cru que cela serait inévitable. Mais plus elle connaissait ces femmes, et constatait la façon dont elles se serraient les coudes face à l'adversité, plus elle avait l'espoir que…

Arrêtez, se réprimanda-t-elle.

Elle avait déjà rêvé de choses impossibles avant, et avait eu le cœur brisé. Cette fois elle était plus âgée, et plus sage. Mais en dépit de toutes ces années et de toute cette sagesse, le visage de lord Cavendish flottait devant ses yeux. Ses promesses et ses déclarations résonnaient dans ses oreilles, et emplissaient son cœur ; elle avait tellement envie de le croire que cela en devenait douloureux.

C'était la raison pour laquelle elle avait obligé Matilda à sortir de la maison aujourd'hui, malgré ses protestations. Un autre jour à flâner, à lire des livres, et à essayer de s'occuper durant les heures interminables pendant que Tilda ronchonnait au sujet de la chaleur, aurait pu l'encourager à faire quelque chose de drastique… comme, aller voir lord Cavendish, et s'abandonner à l'envie de lui faire confiance.

Idiote, n'apprendrez-vous donc jamais ?

Apparemment, la réponse était non. Elle détourna le regard des eaux scintillantes de la Serpentine pour regarder le chemin qui s'étalait devant elle, et vit l'homme en question se diriger vers elle.

Le cœur de Lucia bondit dans sa poitrine, elle ressentit une joie si intense qu'elle comprit qu'il était déjà trop tard.

— Eh bien eh bien. Maintenant je vois pourquoi vous étiez si enthousiaste à l'idée d'affronter cette chaleur horrible, murmura Matilda d'un ton légèrement suffisant.

— Tsss. Je ne savais pas qu'il serait là, protesta Lucia.

Elle souffla devant l'expression sceptique de son amie.

— C'est la vérité !

Elles le saluèrent poliment, et Lucia réprimanda sérieusement son cœur irrationnel, mais en vain. Cet organe idiot dansait comme une feuille dans la brise.

— Je suis venue chez vous, expliqua-t-il en souriant à Lucia avec une telle tendresse qu'elle crut que ses genoux allaient se dérober sous elle. Mais votre gouvernante m'a expliqué que vous alliez au *Gunter's* en passant par le parc. L'idée m'a paru si délicieuse que j'ai eu envie de vous imposer ma compagnie, gentleman que je suis, ajouta-t-il en leur faisant un clin d'œil avec sur le visage ce sourire de pirate qui lui faisait tourner la tête.

— Mais vous êtes le bienvenu, monsieur, déclara Matilda avec aisance alors qu'il leur emboîtait le pas. C'est un plaisir de vous voir.

Ils marchèrent quelques instants ensemble. Un silence tendu commençait à s'installer lorsque Tilda, avec un soulagement manifeste, s'écria :

— Oh, regardez, voilà Kitty. Avancez, je vous rattraperai.

— *Matilda* ! protesta Lucia en jetant un regard noir à la jeune femme, qui se contenta de lui lancer un sourire dénué du moindre remords, avant de partir rapidement vers Kitty.

— Les amis sont des créatures peu fiables, murmura lord Cavendish, amusé.

Lucia souffla. Elle aurait aimé se sentir plus ennuyée qu'elle ne l'était réellement.

— Vous n'avez pas idée.

— Oh, mais si. Les maris sont la seule chose sur laquelle on puisse compter. Un homme gentil, docile, malléable. C'est cela, dont vous avez besoin.

Malgré ses résolutions de se montrer polie, mais distante, Lucia laissa échapper un rire peu gracieux.

— Et où pourrais-je bien dégoter un tel parangon, je vous prie ?

— Allons, miss de Feria, dit-il en posant la main sur son cœur. Je suis blessé. Ne suis-je point l'essence même de l'époux parfait ?

Elle ne put s'en empêcher. Elle regarda, et éclata de rire. La joie qu'elle put lire dans ses yeux, pour avoir réussi à l'amuser, la réchauffa de l'intérieur.

— Malléable ? répéta-t-elle lorsqu'elle eut repris suffisamment le contrôle d'elle-même pour pouvoir dire le mot. *Vous* ?

Il lui lança un regard à couper le souffle. La façon dont il attrapa sa main pour la placer fermement sur son bras n'améliora pas les choses.

— Vous pourriez me mener par le bout du nez en un rien de temps, et vous le savez très bien, dit-il d'une voix dont la douceur égalait la chaleur de son regard. Pour être honnête, c'est déjà le cas. Bon sang, Lucia, donnez-moi un peu d'espoir au moins.

Souvenez-vous du plan, murmura une voix dans sa tête. *Souvenez-vous de tout ce que vous voulez accomplir.*

Mais la voix qui avait crié et l'avait réprimandée pendant tant d'années n'était plus aussi féroce qu'elle l'avait été. Elle était adoucie par les espoirs et les désirs d'un avenir qu'elle n'avait jamais osé envisager.

Mais les espoirs et les rêves étaient dangereux, et elle ne pouvait pas laisser le comte s'en tirer impunément. Si elle ne faisait pas ce qu'il fallait au moment voulu, les projets de son père pour elle n'auraient servi à rien. Elle faisait cela pour lui, pour honorer sa mémoire. Si lord Cavendish voulait toujours d'elle après cela…

Elle déglutit et se tourna pour le regarder.

— J'aimerais vous… vous donner de l'espoir, déclara-t-elle tout en se sentant ridicule.

Les joues rouges, elle dut se détourner de lui. Elle reprit :

— Mais —

— Mais ? La pressa-t-il d'un ton lourd d'impatience.

— Mais vous changerez d'avis, et ensuite —

— Non, dit-il en posant la main sur la sienne. *Je ne changerai pas d'avis.*

Lucia le dévisagea. Elle voyait la force et la détermination briller dans son regard.

— Pourquoi désirez-vous m'épouser à ce point ? Je n'ai pas de nom, aucune lignée, je suis pauvre et sans connexion. Je ne peux que vous fermer des portes. Pourquoi vous montrez-vous si déterminé ? Vous êtes tombé amoureux de mon joli minois, c'est cela ?

Elle détesta le ton moqueur qu'elle avait employé pour poser cette question, dans lequel elle parvenait à discerner sa peur, l'angoisse que cela ne soit que du désir, une quelconque émotion superficielle qui s'évanouirait à la minute où il se lasserait d'elle au lit.

— L'on a baptisé des milliers de navires en l'honneur de visages qui ne peuvent tout simplement pas égaler la beauté de celui sur lequel je pose mes yeux à présent, dit-il avec un petit sourire. Mais non, ce n'est pas cela.

— Qu'est-ce, dans ce cas ? demanda-t-elle en s'inquiétant des accents désespérés de sa question. Dites-moi, et convainquez-moi. Je *veux* y croire.

Elle eut honte de sentir les larmes monter, et elle cligna des yeux pour les retenir.

Il s'arrêta, jeta un coup d'œil autour d'eux pour voir si quelqu'un les observait, avant de se tourner à nouveau vers elle.

— Je me vois en vous. Un paquet brut d'espoir et de haine, d'envie et de détermination. Je vois votre désir d'être intégrée, et la façon dont vous gardez tout le monde à distance. Vous pensez qu'en les rejetant la première, ils ne pourront pas vous blesser, mais vous vous trompez. Nous sommes des âmes sœurs, vous et moi, et je sais du plus profond de mon cœur… de mon âme, que je pourrais être heureux avec vous, et que je me démènerais pour vous rendre heureuse aussi, Lucia.

Lucia cligna des yeux avec force et se remit à marcher. Elle prit une grande inspiration pour retenir le flot d'émotions, tandis qu'il cheminait à ses côtés.

— Ouvrez-moi votre cœur, ma bien-aimée. Ou laissez-moi au moins une chance de vous prouver ma sincérité.

Elle laissa échapper un cri de douleur, de désespoir, avant de plaquer la main sur sa bouche en secouant la tête.

— Lucia, dit-il d'une voix si inquiète et si tendre qu'elle ne put retenir les larmes. Ma bien-aimée, je vous en supplie.

— J'ai peur, dit-elle en plongeant les yeux dans ce regard si bleu qu'elle voyait les champs qui avaient bercé son enfance, cette couleur indigo intense sous un soleil ardent.

— Je sais, dit-il en soutenant son regard. Je sais ce que c'est d'avoir peur et de ne pas savoir à qui l'on peut faire confiance. Je sais que vous avez été blessée auparavant, mais pas par moi. Vous ne le serez jamais par moi.

Lucia hocha la tête, elle ne savait plus ce qui était le mieux pour elle. Elle prit une autre inspiration profonde, et s'essuya les yeux de la main tout en espérant que personne n'ait vu son petit débordement d'émotions.

— Le comte d'Ulceby est-il votre père, Lucia ? demanda-t-il.

Elle s'esclaffa.

— J'ai bien peur que cela ne soit pas aussi simple que cela, répondit-elle en lui souriant.

Elle n'était pas surprise qu'il lui ait posé cette question. C'était la conclusion logique. Il fronça les sourcils et lui adressa un sourire contrit.

— Vous êtes déterminée à demeurer un mystère, n'est-ce pas ?

— Non, dit-elle en réalisant que c'était la vérité. Plus maintenant. C'est juste que… je ne sais pas quoi vous dire. Par où commencer, et —

— Et vous n'êtes pas sûre de pouvoir me faire confiance.

Il n'y avait aucune colère dans son regard lorsqu'elle haussa les épaules au lieu de lui répondre.

— Peut-être pourrait-on commencer par quelque chose d'insignifiant ? Une petite révélation qu'il ne vous coûterait pas trop de dévoiler ?

Lucia lui lança un regard étrange, et il se demanda s'il existait une seule partie de son histoire qu'il ne lui coûterait pas de dévoiler.

— Un échange, alors ? demanda-t-il, comme s'il sentait sa réticence. Laissez-moi réfléchir…

Il resta songeur quelques instants, puis claqua des doigts.

— Je sais !

Il lui lança un sourire éclatant, et Lucia sentit le sol se dérober sous ses pieds. Qu'il soit maudit, lui et son sourire diabolique qui faisait des choses ridicules à son cœur.

— Vous savez, je pense, que je me suis enfui de chez moi, et que j'ai vécu dans la rue quelque temps ?

Elle hocha la tête en se demandant où il voulait en venir.

— Mon père m'avait réprimandé toute ma vie, me disant que j'étais stupide, que je ne méritais pas d'hériter de son titre. À présent, je me demande s'il est possible que… eh bien s'il est possible qu'il n'eût pas été mon vrai père. Je sais qu'il a essayé désespérément d'avoir un autre enfant avec ma mère, sans succès. Donc, il était coincé avec moi, qu'il le veuille ou non. Il n'a pas aimé cela, ajouta-t-il avec un sourire en coin.

Lucia écoutait, le cœur serré, tandis qu'il dépeignait une vie où il était à la merci de la haine et du tempérament colérique de son père. Un monde où il n'était jamais assez bien, un monde fait pour qu'il ait l'impression de ne rien valoir. La dernière et terrible dispute qu'il avait eue avec son père avait abouti à une promesse de la part de Silas. Il n'accepterait rien de sa part, pas le moindre sou. Il ne réclamerait jamais son héritage.

Pas avant que sa propre fortune soit deux fois plus importante que celle de son père.

Le fait qu'il ait réussi amenait Lucia à regarder l'homme qui se trouvait à ses côtés avec un élan de compassion et de fierté pour tout ce qu'il avait accompli. Pourtant, alors qu'il lui dépeignait les premiers jours qui avaient suivi cette déclaration à son père, il était évident qu'il avait vécu des moments très difficiles.

La fierté est une chose terrible, et la fierté d'un jeune homme est la plus féroce de toutes, dit-il avec un ton de regrets. J'avais faim, froid et peur, mais plutôt mourir que de laisser mes vieux amis me voir dans un tel… eh bien, vous pouvez imaginer.

— Je suis tellement navrée, monsieur, déclara-t-elle, incapable de dissimuler la profondeur de l'émotion dans sa voix.

Il s'interrompit, l'air légèrement surpris, une touche de couleur sur ses joues. Cela la fit sourire ; elle était contente de voir qu'elle aussi, pouvait l'affecter.

— Pensez-vous que vous pourriez m'appeler Silas ? demanda-t-il en la contemplant.

— Silas, répéta-t-elle.

Elle appréciait la sonorité — et l'intimité de ce moment — beaucoup trop pour son propre bien.

— Enfin bref. Une nuit, je… je n'étais plus capable de supporter cela une minute de plus. Je suis allé devant une maison que j'avais visitée de nombreuses fois dans le passé. Elle appartenait à la famille d'un garçon avec lequel j'étais ami.

Il s'interrompit, et Lucia leva les yeux vers lui. Elle le regarda reprendre une contenance et inspirer profondément.

— J'ai pénétré par effraction à l'intérieur, admit-il, et je leur ai volé des choses.

Le cœur de Lucia se serra dans sa poitrine lorsqu'il la regarda avec inquiétude.

— Ce n'était pas grand-chose, ajouta-t-il précipitamment. Surtout de la nourriture, mais… j'ai pris de l'argenterie. Juste quelques objets, des choses que je pouvais facilement transporter et vendre.

Il passa une main dans ses cheveux et se racla la gorge nerveusement.

— Je n'en suis pas fier, et… et si cette histoire venait à se savoir…

— Personne ne l'entendra de ma bouche, Silas, déclara-t-elle d'un ton déterminé, renforcé par la sincérité de ses sentiments. Je ne vous trahirai *jamais*, et quiconque ne ressent pas de compassion en entendant cette histoire… eh bien, vous n'avez pas besoin de sa bonne opinion.

Elle fut soufflée par la façon dont il la regardait, et elle sut que s'ils ne se trouvaient pas dans un lieu public, il l'aurait prise dans ses bras et l'aurait embrassée. L'idée la rendit tremblante de désir.

— Eh bien, dans ce cas, dit-il tandis qu'elle luttait contre l'envie de se jeter à son cou et de le supplier de ne jamais la lâcher. Vous êtes la gardienne de l'un de mes plus noirs secrets, ma bien-aimée. Me ferez-vous confiance avec l'un des vôtres ?

Lucia se mordit la lèvre, puis, avant qu'elle ne change d'avis, hocha brièvement la tête.

— Oui, dit-elle. Seulement… pas ici. Venez à la maison demain, nous serons seuls, et… nous parlerons.

Elle le regarda soupirer ; il y avait un tel soulagement dans son expression qu'elle ne put s'empêcher de sourire.

— Je crois avoir été terrible avec vous, dit-elle.

Elle était triste d'avoir provoqué en lui une telle inquiétude, mais il se contenta de secouer la tête.

— Mes angoisses et mes peurs sont pour vous, mon amour, déclara-t-il en conservant une voix basse, la rue devant le *Gunter's* étant plus fréquentée que le parc. Et je ne regrette rien.

Chapitre 14

Kitty, où êtes-vous allée la nuit dernière ?
Pourquoi avez-vous disparu de la sorte ? Vous
étiez là, puis tout à coup, vous vous étiez
volatilisée !

—Extrait d'une lettre de miss Harriet
Stanhope à miss Kitty Connolly.

20 juillet 1814. ***Gunter's*, Berkeley Square, Londres.**

— À votre avis, de quoi parlent-ils ? demanda Kitty.

Matilda et elle suivaient Lucia et lord Cavendish à bonne distance. Ils paraissaient en grande conversation.

— Il fait son possible pour conquérir son cœur, déclara Matilda avec un soupir rêveur. Et elle serait insensée de ne pas le lui offrir.

— L'appréciez-vous ? demanda Kitty en jetant un coup d'œil interrogateur à Matilda.

— Oui, répondit cette dernière en hochant la tête. Les hommes bons, qui possèdent un vrai sens de l'honneur, sont rares, et il est l'un d'entre eux.

— Vous avez raison, répondit Kitty sur un ton quelque peu découragé qui fit se tourner Matilda vers elle. Ce sont ceux auxquels il faut s'accrocher de toutes ses forces, quoi qu'il arrive.

— Parlez-vous d'expérience ? demanda Matilda, un peu surprise.

Kitty était l'une des plus jeunes membres de leur groupe, d'après Matilda, elle devait n'avoir que vingt et un ans.

Elle rougit légèrement, puis hocha la tête.

— Oui, mais vous allez sans doute trouver cela idiot.

Matilda fronça les sourcils, consternée.

— Pourquoi diable dites-vous une chose pareille ?

— C'était mon amour de jeunesse, dit-elle. Nous avons grandi ensemble. Sa maison était proche de la mienne, et nous nous voyions presque tous les jours. Nous avons toujours su que nous finirions mari et femme, mais…

— Mais ? demanda Matilda en s'interrogeant sur ce qui leur était arrivé.

— Mais il a simplement… disparu.

— Que voulez-vous dire ?

Les gens ne disparaissaient pas comme cela, après tout.

— Juste cela, répondit Kitty en haussant les épaules. J'ai attendu qu'il vienne dans le jardin, pour que nous puissions partir à l'aventure, comme d'habitude, et il n'est jamais arrivé, donc je suis allée chez lui.

Kitty prit une profonde inspiration et Matilda se rendit compte que c'était quelque chose qui affectait beaucoup la jeune femme, une douleur qu'elle ressentait encore.

— Sa maison était vide, comme s'il n'avait jamais habité là.

— Mais quelqu'un a probablement su —

Kitty secoua la tête.

— Ils vivaient avec sa mère qui était veuve. C'était une famille anglaise, et ils n'avaient pas beaucoup d'argent, même si à en juger par les airs et les manières qu'elle avait, on aurait dit des descendants de la famille royale. Mais elle était discrète, et personne ne semblait savoir où ils étaient partis ni s'en soucier. Mais Luke… il n'était pas comme cela. Il m'aimait, et je l'aimais.

Matilda hésita.

— Mais… ne vous aurait-il pas écrit, Kitty ? Ne serait-il pas venu vous chercher, une fois en âge de le faire ?

Kitty secoua la tête.

— Ma mère mourut l'année qui suivit, et j'ai dû partir vivre chez mon oncle et ma tante. Sa famille ne l'aurait jamais accepté, de toute façon. Ils pensaient que je n'étais pas assez bien pour lui.

Elle jeta un regard sceptique à Matilda.

— J'imagine que vous trouvez cela stupide, une simple amourette. C'est ce que pense ma famille, et je sais que nous étions jeunes. Il avait treize ans lorsqu'il a disparu, et j'en avais onze, mais c'était réel, Matilda. Je l'ai senti ici.

Elle mit la main sur son cœur, les yeux un peu trop brillants.

— Oh, Kitty, dit Matilda, qui avait mal au cœur pour la jeune femme. Non, je ne trouve pas cela stupide. Comment le pourrais-je ? L'amour est une chose précieuse, peu importe où et quand nous le trouvons, et je suis sincèrement désolée de vous voir souffrir.

Kitty laissa échapper un léger rire, et tenta de sourire.

— Merci. Cela faisait si longtemps que je n'avais pas parlé de lui, et parfois… parfois j'ai l'impression de l'avoir rêvé, comme si j'avais tout inventé, mais non, Tilda. *Non.*

— Non, bien sûr que non, dit Matilda d'une voix apaisante en mettant son bras autour de la taille de Kitty. Avez-vous essayé de le retrouver ?

Kitty acquiesça.

— Oui, mais je n'ai aucun contact qui puisse retrouver sa trace, et j'ai l'impression que personne ne veut que je le retrouve.

Ma famille n'a jamais apprécié la sienne, donc ils ne m'aideront pas.

Elle laissa échapper un soupir tremblotant.

— J'ai peur de ne jamais le revoir, et mon oncle veut me voir mariée bientôt. Il en a assez de m'avoir à sa charge. Mais comment puis-je tomber amoureuse de quelqu'un d'autre, alors que je l'aime toujours ? Et si je me marie, et qu'ensuite —

Elle s'interrompit, visiblement bouleversée.

— Je le vois, vous savez, avoua-t-elle en ayant l'air mortifiée. Je l'aperçois brièvement au milieu de la foule, un éclair de cheveux roux, j'ai l'impression que c'est lui. Parfois, je décide de le suivre, désespérée de découvrir que peut-être…

Elle s'arrêta là. Elle avait l'air si misérable, qu'il n'y avait pas à hésiter. Matilda ressentit une vague de détermination ; elle serra férocement son amie et déclara en souriant :

— Je vais vous aider. Nate connaît tout le monde à Londres. S'il est ici, nous le trouverons, et…

Elle prit une inspiration, en se demandant ce qu'il allait lui coûter de poser cette question ; mais elle savait qu'elle ne pouvait pas laisser tomber Kitty, pas quand tout son avenir était en jeu.

— … et il y a Montagu. Il doit être l'homme le plus influent du pays. Lorsqu'il veut retrouver quelqu'un, je parie que cette personne refait surface très rapidement.

Kitty la contempla avec des yeux ronds.

— Montagu ? Oh, non, Matilda. Il ne ferait jamais cela pour moi, et s'il le fait pour vous, vous lui serez redevable, et vous savez qu'il se montrera abject à ce propos. Non. Non, je ne peux pas vous laisser faire cela, mais si vous *pouviez* interroger Nate, ce serait merveilleux.

— Très bien, répondit Matilda en souriant. D'abord Nate, et nous croiserons les doigts pour qu'il réussisse à trouver quelque chose.

Matilda ressentit une bouffée de plaisir en voyant l'espoir ravivé dans les yeux joyeux de Kitty. Il n'y avait pas de prix à cela, se dit-elle, aider ses amies à trouver le bonheur.

Kitty faillit l'étouffer tant elle la serra fort.

— Vous êtes la meilleure, *meilleure* amie que l'on puisse avoir, Matilda. Nous avons toutes tellement de chance de vous avoir.

Rougissant sous le compliment, Matilda eut l'impression que son cœur allait exploser d'affection, pas seulement pour Kitty, mais pour Lucia et Alice et Prue et toutes les Demoiselles Surprenantes. Leur bonheur était devenu aussi important à ses yeux que le sien. Peut-être même plus, puisqu'elle n'entretenait quasiment aucun espoir concernant son avenir.

— À présent, déclara Kitty avec une lueur malicieuse dans le regard. Qu'en est-il de Mr Burton ?

— Quoi, Mr Burton ? répondit Matilda d'un ton acide, mais en souriant, car elle savait exactement où Kitty voulait en venir.

— Il est très séduisant.

— Oui, admit Matilda. En effet, il est aussi intelligent, plein d'esprit, gentil, et n'oublions pas… richissime.

— Oooh, souffla Kitty d'un air excité. Donc vous l'appréciez *vraiment* ?

Matilda réfléchit à cela quelques instants.

— Oui, dit-elle en hochant la tête.

— Et donc ?

— Que voulez-vous dire ? demanda Matilda en riant, bien qu'elle sût parfaitement ce qu'elle voulait dire.

— Allez-vous le laisser vous courtiser ? Pensez-vous que vous pourriez l'épouser ?

Matilda prit une grande inspiration, un peu déstabilisée par la question, même si elle se l'était déjà posée plusieurs fois.

— Je ne sais pas, avoua-t-elle en toute honnêteté. Peut-être, mais il est trop tôt pour le dire. Mais je vais apprendre à le connaître un peu mieux, admit-elle en provoquant un cri d'excitation chez Kitty. Mais je ne fais aucune promesse, donc n'allez pas planifier le mariage tout de suite.

— Non, je ne le ferai pas, soupira Kitty. Mais j'espère sincèrement que vous l'épouserez, Tilda. Il m'a semblé charmant.

— Je vais certainement lui laisser une chance, et bien y réfléchir, Kitty, je peux au moins promettre cela.

— Formidable. Oh, nous y sommes, s'exclama Kitty alors que l'on apercevait le *Gunter's*. Seigneur, quelle foule !

Matilda regarda la douzaine de voitures décapotées stationnées sous les arbres. D'autres gens élégants flânaient à l'ombre, et discutaient tout en dégustant les glaces aromatisées du *Gunter's*.

Berkeley Square était un mélange intéressant de maisons à la mode et de commerces, avec en son centre un large parc bordé d'arbres. Les serveurs allaient et venaient à une vitesse vertigineuse en transportant des petites coupes de glace aux clients avant qu'elles ne fondent sous l'effet de la chaleur.

Kitty et Matilda suivirent Lucia et lord Cavendish dans le magasin en poussant des murmures de satisfaction, soulagées d'échapper au soleil. Matilda observa avec amusement Kitty qui poussait des soupirs de ravissement en découvrant les délicieuses friandises si magnifiquement disposées devant eux. L'air était chargé des odeurs de gâteaux frais et de fruits, et de toutes sortes de choses sucrées et succulentes. Des pâtisseries aux formes somptueuses, recouvertes d'ingrédients décadents côtoyaient des biscuits et autres sucreries de toutes les couleurs et parfums imaginables, et tout ceci était présenté au client avant même de pouvoir regarder la liste des glaces.

Matilda prit un certain temps avant d'arrêter son choix sur celle parfumée aux fleurs de sureau, pendant que Kitty se décidait pour la fraise, Lucia pour la cannelle, et même lord Cavendish s'autorisa à prendre une glace parfumée à l'érable.

Comme la boutique était encore plus remplie, bondée de gens qui allaient, venaient et faisaient leur choix, le petit groupe suivit l'exemple de tous les autres et se dirigèrent vers le parc au centre de la place.

— C'est divin, déclara Kitty en soupirant de plaisir.

Elle s'adossa contre un platane pour déguster sa friandise.

Matilda ne pouvait qu'acquiescer : la glace fondait sur sa langue dans une explosion de douceur et de fraîcheur, apaisant légèrement de chaleur irritante dont elle subissait les assauts dans l'atmosphère étouffante de la ville. Elle s'éloigna un peu de Kitty, profitant avec délices de la fraîcheur de l'ombre de l'arbre. Elle ferma les yeux, savourant la glace sucrée, et poussa un cri lorsqu'elle faillit tomber à la renverse.

— *Oh* !

— Oh, mince !

Matilda baissa les yeux. Devant elle se trouvait une petite fille d'environ huit ans, qui la dévisageait. Ses cheveux étaient du plus pâle des blonds, ses yeux étaient bleu clair, et son visage avait quelque chose de terriblement familier.

— Je suis vraiment désolée, couina la petite fille.

Elle contemplait d'un air mortifié la tâche collante, que ses mains tout aussi collantes avaient laissée sur la mousseline délicate de la robe de Matilda.

— C'était un accident, ajouta-t-elle en regardant Matilda avec de grands yeux effrayés.

Elle se tourna alors, en se tordant les mains.

— Je suis désolée, oncle Monty.

Matilda tourna violemment la tête en réalisant pourquoi la petite fille avait un air si familier.

Le marquis poussa un soupir en regardant la fillette, une main posée sur le pommeau d'argent de sa canne.

— Je crois vous avoir demandé d'aller voir votre bonne pour qu'elle vous nettoie, pas d'utiliser la robe de cette dame comme serviette.

— Je suis désolée, répéta-t-elle en se mordant la lèvre.

— Bon.

Montagu regarda alors Matilda avec l'ombre d'un sourire sur le visage.

— J'ai bien peur que notre sort soit entre vos mains, miss Hunt. Quelle est votre sentence pour un crime aussi odieux ?

Matilda s'esclaffa en voyant le regard paniqué de la petite fille aller de l'un à l'autre.

— Oh, je ne crois pas qu'il soit nécessaire d'envoyer chercher un magistrat, dit-elle en s'agenouillant à hauteur de la fillette.

— Bonjour, vous. Je suis miss Hunt. Quel est votre nom ?

— M-Miss Phœbe Barrington, balbutia l'enfant.

— Je suis enchantée de faire votre connaissance, miss Barrington. Bon, alors, je pense que vous avez pris…

Matilda examina les traces de doigts marron sur sa robe avec intérêt.

— … une glace au chocolat ?

Miss Barrington hocha la tête.

— Était-elle délicieuse ?

— Oui, admit-elle avec un sourire timide. Mais elle a fondu très vite.

— Je suis d'accord, dit Matilda en tendant sa propre petite coupe de glace. Celle-ci est parfumée aux fleurs de sureau. Aimeriez-vous la goûter ?

Les yeux de la fillette brillèrent de joie, mais elle se tourna d'abord vers le marquis.

— Puis-je, oncle Monty ?

Pour la première fois, et à sa grande surprise, Matilda vit une expression plus douce dans le regard de l'homme qui répondit avec un sourire :

— Allez-y, créature terrible. Si miss Hunt n'y voit pas d'inconvénient.

La fillette saisit la cuillère de Matilda et mit une généreuse quantité de glace dans sa bouche, avant de sourire.

— Délicieuse, dit-elle avec enthousiasme. Mais celle au chocolat était meilleure.

— À présent, filez retrouver nanny Johnson, et insistez pour qu'elle vous fasse de nouveau ressembler à une jeune demoiselle, et non à une petite polissonne, déclara Montagu d'un ton assez sévère, mais la petite fille se contenta de lui adresser un sourire espiègle.

— Oui mon oncle, dit-elle avant de repartir au pas de course.

Montagu soupira en secouant la tête.

— Je désespère de réussir un jour à lui enseigner les bonnes manières, dit-il.

— C'est absurde, répliqua Matilda en se relevant. C'est une enfant délicieuse, et les bonnes manières sont surfaites.

Il haussa un sourcil.

— Je ne partage pas cet avis, mais venant de vous, cela ne me surprend pas le moins du monde.

Matilda s'étonna sur le plaisir qu'elle ressentit à ce commentaire qui était en réalité une insulte, mais son intuition lui disait qu'il n'avait pas voulu qu'elle se sente insultée. Elle le regarda avec une pointe d'irritation en voyant qu'il ne semblait toujours pas affecté par la chaleur. Contrairement aux autres hommes qui se trouvaient autour d'eux, sa cravate et son col étaient encore impeccablement mis, et il avait l'air aussi frais et aussi immaculé qu'à l'accoutumée.

— J'avais raison, n'est-ce pas ? demanda-t-elle.

Sa bouche tressauta légèrement lorsqu'il lui lança un regard interrogateur.

— Eh bien, cette accablante chaleur ne semble aucunement vous affecter, donc vous devez bel et bien avoir de la glace dans les veines.

Il la regardait intensément de ses yeux pâles.

— Uniquement dans le cœur, miss Hunt.

Il avait répondu avec air tellement sincère qu'elle se sentit un peu déstabilisée. Elle se détourna de lui, mais ne put résister à l'envie de le taquiner davantage.

— Je vous crois, et j'admets être étonnée de vous voir en compagnie d'une petite fille. J'imaginais que le tout-puissant marquis de Montagu était beaucoup trop froid et fier pour emmener les jeunes enfants manger des glaces.

Montagu plissa les yeux et la regarda avec un air résigné et légèrement irrité.

— Même moi, je ne peux pas supporter le harcèlement d'une fillette de huit ans lorsqu'elle s'est mis en tête d'aller au *Gunter's*. Ou du moins, pas celui de miss Barrington, dit-il avec dignité. Elle a une volonté de fer.

— Je me demande bien de qui elle peut tenir cela, murmura Matilda.

Montagu rit, et Matilda fit tout son possible pour supprimer le frisson de plaisir que ce son produisait en elle.

— La voyez-vous souvent ? demanda-t-elle, avant de réaliser que sa remarque pouvait amener la conversation en eaux dangereuses.

— Comme elle vit avec moi, oui.

— Oh ?

Le marquis lui lança un regard sceptique.

— Mon frère est mort, miss Hunt. Vous étiez surement au courant ?

Matilda le regarda en rougissant légèrement.

— Je l'ignorais, dit-elle en se sentant légèrement coupable sans bien comprendre pourquoi. Je suis désolée que votre frère ne soit plus parmi nous.

Montagu hocha la tête, l'expression d'indifférence reprit place sur son visage comme un masque.

— Nous sommes tout ce qui reste de notre lignée. Imaginez un peu, ajouta-t-il avec un rictus. Je suis la seule personne qui lui reste au monde. À présent votre cœur tendre pleure pour elle, n'est-ce pas ?

Matilda le contempla, un peu choquée par son ton, et par la lueur de défi dans ses yeux. Pendant un instant elle fut presque d'accord avec lui, puis elle se souvint de la confiance qui brillait dans le regard de l'enfant lorsqu'elle avait demandé pardon à son oncle Monty, et l'expression affectueuse qu'il avait affichée, peut-être sans s'en rendre compte.

— Non, répondit-elle en se surprenant elle-même. Je pense que cette petite fille a de la chance. Car il n'existe probablement personne dans toute l'Angleterre qui défende sa famille avec autant d'ardeur, lord Montagu.

Il y eut un long silence, et, bien qu'elle ne puisse rien déchiffrer de son expression, elle le soupçonnait d'être surpris par son commentaire. Finalement, il émit un petit rire doux.

— Eh bien, miss Hunt, vous êtes bien placée pour le savoir.

Il inclina légèrement la tête avant de s'éloigner, la laissant seule.

Chapitre 15

Pardonnez ma disparition, Harriet, j'ai cru apercevoir quelqu'un que je connaissais, voilà tout. Je m'étais malheureusement trompée, mais peu importe. Je ne comprends pas, comment pouvez-vous ne pas être excitée de partir à la campagne et d'aller au bal de Saint-Clair ? Je sais que vous y êtes allée de nombreuses fois, mais même si vous n'arrivez pas à le supporter (cela reste un mystère pour moi), ce sera tellement amusant.

Au moins, vous pouvez vous consoler à l'idée de pouvoir profiter de ma scintillante compagnie !

—Extrait d'une lettre de miss Kitty Connolly à miss Harriet Stanhope.

21 juillet 1814. South Audley Street, Londres.

Silas ne savait pas expliquer pourquoi il se sentait si nerveux en toquant à la porte. Lucia lui avait promis de lui livrer ses secrets aujourd'hui. Il s'était creusé la cervelle, mais avait été incapable de trouver la moindre chose qui pourrait le faire changer d'avis à propos d'elle, à l'exception d'un meurtre ou d'une trahison. Il savait au fond de lui qu'elle n'était capable ni de l'un ni de l'autre, donc il ne comprenait vraiment pas pourquoi il avait tant d'appréhension.

Un majordome le laissa patienter dans le salon le temps qu'il informe Lucia de son arrivée. L'excitation et l'impatience bouillonnaient dans ses veines. Il n'eut pas à attendre très longtemps.

Elle avait l'air, sans avoir à faire le moindre effort pour cela, fraîche et charmante, en dépit de la chaleur torride qui régnait ce jour-là. Elle portait une robe de mousseline crème, qui flottait autour d'elle comme un délicat nuage. La couleur mettait en valeur sa peau dorée et les épaisses tresses noires dans ses cheveux, et il arrêta tout simplement de respirer, à nouveau époustouflé.

— Je ne m'y habituerai jamais, dit-il en lui saisissant la main pour y déposer un baiser très léger.

— Quoi donc ? demanda-t-elle.

Il pouvait voir à quel point elle était nerveuse à sa posture crispée, à la tension dans sa voix.

— À votre beauté.

Elle lui sourit, mais semblait encore mal à l'aise.

— Vous devez en avoir assez d'entendre les hommes vous dire des absurdités à tout bout de champ.

Elle haussa légèrement les épaules en guise de réponse.

— Cela dépend des raisons qui les motivent, et s'ils attendent ou non quelque chose en retour.

Elle s'assit sur un élégant canapé capitonné en soie et lui fit signe de la rejoindre. Silas s'exécuta en observant la façon dont ses mains menues s'entremêlaient, l'une serrant l'autre si fort que ses jointures étaient blanches.

— Vous avez peur, dit-il d'une voix basse.

Elle hocha la tête sans le regarder. Silas se pencha pour poser sa main sur les siennes.

— Je ne changerai pas d'avis, Lucia. Je n'arrive pas à imaginer la moindre chose qui puisse changer ce que je ressens pour vous.

Lucia prit une grande inspiration.

— Eh bien, j'imagine que nous verrons bien, répondit-elle d'un ton légèrement acide. Vous m'avez demandé si le comte d'Ulceby était mon père, et je vous ai répondu que ce n'était pas le cas.

Silas pouvait voir le mouvement rapide de sa poitrine tandis qu'elle se forçait à lui raconter cela. Elle poursuivit :

— Ce n'est pas l'entière vérité.

Silas fronça légèrement les sourcils, perplexe, mais elle se dépêcha de continuer :

— Le comte actuel n'est pas mon père, mais celui qui l'a précédé… si.

Elle lui jeta un regard provocateur avant d'expliquer :

— Mon père m'aimait en dépit de mon illégitimité, et m'a reconnue en tant que son enfant naturelle. Juste avant de mourir de la malaria, il a changé son testament. Bien qu'il ne puisse pas changer l'entail sur le domaine, il m'a laissé une belle somme d'argent qui deviendrait mienne à mon vingt et unième anniversaire. Il a aussi donné à ma… à Anna-Marie assez d'argent pour que nous puissions vivre confortablement en attendant ce jour.

Elle baissa les yeux vers la grande main de Silas qui entourait les siennes lorsqu'il la serra légèrement pour l'encourager.

— Il n'y a rien là qui change mon opinion à votre sujet, ma bien-aimée. Je ne peux pas croire que vous ayez cru que cela serait le cas. Pas avec moi.

Lucia déglutit et se tourna pour le regarder.

— J'ai promis de vous révéler une partie de mon histoire, Silas, pas la totalité.

— Très bien, dit-il en souriant. Mais ayez un peu foi en moi, hm ?

Cette remarque put enfin arracher un sourire hésitant à Lucia.

— J'essaierai. Mon père est resté malade très longtemps, et son héritier, l'actuel détenteur du titre de comte, a eu vent de son état. Un espion l'a probablement prévenu que mon père comptait modifier son testament et me léguer une grande partie de sa fortune.

— J'imagine qu'il n'a pas très bien accueilli la nouvelle ?

Lucia émit un rire amer.

— Quoi donc, le fait que le défunt comte d'Ulceby décide d'ignorer les convenances au point d'offrir à sa bâtarde de fille une petite fortune ? Non, dit-elle avec dégoût. La nouvelle n'a pas été très bien accueillie.

— Que s'est-il passé, Lucia ? demanda Silas avec chaleur, pour encourager gentiment la jeune femme, à présent silencieuse, à continuer.

— Mon père savait qu'il allait mourir, et que son héritier était un homme sans pitié qui ne reculerait devant rien pour mettre la main sur mon argent, malgré tout ce dont il allait déjà hériter. Il craignait pour ma vie. Donc, il s'est arrangé pour qu'Anna-Marie puisse me faire quitter l'Inde en toute discrétion, mais… l'homme est arrivé plus tôt que prévu.

— Votre père pensait qu'Ulceby était capable d'assassiner une enfant ? demanda Silas, parcouru par un frisson de dégoût à cette idée.

— C'est ce qu'il pensait, et il avait raison, déclara Lucia d'une voix de plus en plus instable à mesure que son émotion grandissait. J'ai dû fuir. Dharani m'a réveillée au beau milieu de la nuit en me disant de courir me cacher dans les champs d'indigo non loin de chez nous. Elle m'a raconté que… cet homme diabolique avait saccagé la maison à la recherche du testament, mais que père l'avait déjà mis en sécurité, ainsi que plusieurs autres copies, auprès de ses notaires, en Inde et en Angleterre. Lorsqu'il a réalisé qu'il ne pourrait pas détruire le testament, il a voulu mettre la main sur moi. Il y avait d'autres hommes avec lui, et ils se sont montrés brutaux, ils ont terrorisé les domestiques. Aucun d'entre eux ne m'a trahi. Il a battu Dharani, en exigeant qu'elle lui révèle où je me trouvais. Il lui a fait tellement de mal, Silas, mais… mais elle a quand même trouvé le courage de mentir pour moi. Elle lui a dit que j'étais partie la semaine précédente, et qu'elle ne savait pas où je me trouvais, mais que c'était un endroit où il ne me trouverait jamais.

— Mon Dieu, souffla Silas, incapable de supporter l'horreur.

Il savait que le comte actuel était un homme méprisable, mais, tuer une enfant… !

— Lucia, mon amour, je suis tellement désolé.

Bien qu'elle fût crispée par le chagrin, il la prit dans ses bras, et la tint contre lui.

— Pauvre enfant. Ma douce.

Il la berça comme si elle était toujours une petite fille, en murmurant des mots doux et en lui caressant les cheveux, elle se laissa enfin aller et se mit à sangloter sur son épaule. Elle pleura de tout son cœur et il crut que le sien allait se briser en entendant cela.

Lorsqu'elle fut plus calme, il lui demanda :

— Quand est-ce arrivé ? Quel âge aviez-vous ?

— J'avais six ans, dit-elle d'une voix rauque. J'ai passé la nuit toute seule, dans le champ d'indigo, terrifiée qu'il me trouve, ou que des serpents se cachent parmi les fleurs. Un tigre avait été aperçu non loin de là quelques jours plus tôt et donc —

Elle laissa échapper un sanglot étouffé, secoua la tête.

— J'étais morte de peur. Lorsque Dharani est venue me chercher le lendemain matin, j'étais si terrifiée que je n'arrivais plus à parler.

— Et donc, votre mère et Dharani vous ont amenée en Angleterre ?

Lucia hocha la tête.

— Mon père souhaitait que je sois éduquée ici, et il s'est dit que je serais plus en sécurité juste sous son nez. Il disait que l'homme était un idiot et ne penserait jamais à me chercher en Angleterre. Qu'il l'ait fait ou non, je l'ignore, mais il ne nous a jamais trouvées. Personne n'était au courant pour Anna-Marie, voyez-vous. Elle n'était restée que très peu de temps avec mon père, et personne ne connaissait leur liaison, de sorte qu'il n'a jamais pu faire le lien entre elle et moi. Nous étions supposées vivre discrètement jusqu'à mon anniversaire, où je prendrai ma place dans le monde comme il l'avait souhaité.

Silas la tenait dans ses bras, trop ému pour parler tout de suite. Il avait envie d'assassiner Ulceby à mains nues, mais il savait et comprenait que Lucia avait besoin de lui faire face, de regarder l'homme qui avait essayé de la tuer et qui lui avait pris tout ce qui lui appartenait lorsqu'elle viendrait réclamer son dû. Il prit une inspiration en essayant d'apaiser ses désirs de vengeance.

— Dharani m'a raconté que votre mère a dilapidé votre argent et vous a abandonnée, dit-il en comprenant enfin pourquoi Lucia avait tant de difficultés à accorder sa confiance à qui que ce soit.

Elle sursauta dans ses bras, le regarda.

— Vous avez parlé à Dharani, dit-elle, en essayant de se lever, visiblement outrée.

Silas la relâcha, mais soutint son regard, en restant impassible devant sa colère.

— Je suis désolé, ma bien-aimée. Peut-être n'aurais-je pas dû faire cela, mais j'étais prêt à tout pour vous aider. De plus, elle a refusé de m'en dire plus. Mais… elle a dit qu'elle m'aimait bien, pour ce que cela vaut.

Lucia le regarda quelques instants de plus, les yeux brillants de colère et de confusion, puis sembla abandonner. Elle rit.

— Quelque part, cela ne me surprend pas. Elle a toujours eu un faible pour les diamants bruts.

— C'est tout moi, lui dit-il avec un grand sourire. Suis-je pardonné ?

Il la regarda froncer les sourcils en réfléchissant, puis elle hocha la tête.

— Dans ce cas, venez ici, dit-il en tendant la main vers elle.

Lucia serra les bras autour de sa taille, en ayant l'air de nouveau timide.

— Je ne devrais pas, murmura-t-elle en rougissant légèrement. C'est scandaleux.

— Les meilleures choses le sont souvent, répondit Silas en lui lançant un clin d'œil.

Elle soupira en levant les yeux au ciel puis s'avança vers Silas qui la tira vers le bas, en l'installant sur ses genoux, la tête contre son épaule.

— C'est mieux ? demanda-t-il doucement.

Lucia opina du chef, mais resta silencieuse.

Il la tint ainsi un long moment, en se disant que c'était la chose la plus proche du paradis qu'un homme comme lui aurait le droit d'obtenir.

— Il a tué mon père.

— Quoi ? dit Silas, abasourdi, même si après tout ce qu'elle lui avait déjà raconté, il n'aurait pas dû être surpris.

Lucia enfonça légèrement son visage contre son manteau, il parvenait à sentir les efforts qu'elle faisait pour rester calme afin de poursuivre son récit.

— Mon père était gravement atteint par la malaria, et il était très faible. Nous savions qu'il ne lui restait pas beaucoup de temps à vivre, mais il n'aurait pas dû mourir cette nuit-là… pourtant c'est ce qui est arrivé. Quand cet homme abject est entré dans sa chambre, il était en vie, lorsqu'il en est sorti, il était le nouveau comte d'Ulceby, et mon père était mort.

Lucia ferma les yeux en savourant la force tranquille des bras de Silas, le battement de son cœur contre son oreille, blottie contre lui.

En dépit de ses craintes, elle se sentait plus heureuse de lui avoir dit. Elle savait qu'elle pouvait lui faire confiance avec ceci, mais elle ne lui avait pas tout dit. Il lui restait un secret, celui qu'Ulceby utiliserait contre elle, pour lui refuser le droit à l'héritage, et pour prouver que le testament de son père n'avait aucune valeur.

— Merci de m'avoir raconté cela, de m'avoir fait confiance. Je sais qu'il vous a fallu beaucoup de courage, Lucia, et je suis honoré de la foi que vous avez en moi.

Il embrassa le dessus de sa tête et Lucia soupira, elle se sentait lasse, mais bien plus apaisée qu'elle ne l'aurait cru, comme si le poids de son passé et de son futur s'était allégé.

— Je sais que ce n'est pas tout, ajouta-t-il en la faisant sourire avec son attitude de chien ayant flairé un os.

Il n'abandonnerait jamais, jusqu'à ce qu'il ait percé tous ses secrets.

— Mais je peux attendre. Vous me les direz lorsque vous serez prête. N'est-ce pas ?

Lucia hocha la tête en sachant qu'elle le ferait. C'était la seule chose à faire. Si elle voulait être avec lui — et cela ne servait à rien de dire le contraire à présent —, il fallait qu'elle lui raconte tout.

— Lucia, dit-il.

Elle put entendre la note d'inquiétude dans sa voix.

— Quelle est la date de votre anniversaire, ma bien-aimée ?

Elle prit une grande inspiration avant de lever les yeux vers lui.

— Le 2 août.

— Ah, dit-il doucement.

— C'est la raison pour laquelle j'ai cessé de me cacher cette année, dit-elle en faisant glisser sa main sur son torse. Voyez-vous, Dharani possède un bijou. Un rubis, quelque chose qui lui a été offert lorsqu'elle s'est mariée. Elle l'a caché durant toutes ses années. Elle disait qu'elle avait toujours su qu'il devait servir à quelque chose, et qu'elle connaîtrait son utilité le moment venu. Nous l'avons vendu à l'automne dernier, et je suis venue à Londres. Nous avons dépensé l'argent récolté pour nous loger et me fournir les toilettes d'une vraie lady. Dharani m'avait dit que si j'apparaissais simplement le jour de mon anniversaire, je ne serais qu'une inconnue, et le comte trouverait un moyen de se débarrasser de moi. Elle m'a conseillé de me faire un nom, de faire en sorte que l'on me remarque, et ainsi… il serait incapable de dissimuler ce qu'il avait fait.

— Une femme avisée.

Elle fut interloquée par le ton de sa voix et leva les yeux.

Ses yeux brillaient un peu trop, adoucis par la tristesse et l'amour. Lucia sentit son cœur faire un bond dans sa poitrine. En dehors de Dharani, personne ne s'était jamais réellement soucié d'elle, mais… mais *lui*, si. N'est-ce pas ?

— Je serai à vos côtés lorsque vous l'affronterez, Lucia. Vous n'êtes plus seule, désormais, et je ne le laisserai pas vous effrayer ou vous faire du mal. Je veux que cela soit plus facile pour vous, dit-il d'un ton féroce. Je veux que vous obteniez tout ce dont vous désirez, ma bien-aimée, comme votre père l'avait souhaité. Je veux que vous deveniez ma femme. Laissez-moi vous aimer, Lucia. Vous ne serez plus jamais seule, effrayée ou malheureuse, je vous le jure. Nous pourrons faire venir Dharani aussi, si cela vous fait plaisir, et qu'elle le veut également.

Lucia tendit le bras et lui toucha le visage du bout des doigts. C'était un visage dur, plus intransigeant que séduisant, mais il lui était devenu si cher. Elle avait envie de le croire, de croire qu'il ne la laisserait pas tomber comme George l'avait fait. Son cœur se pétrifiait de terreur à l'idée qu'il la regarde avec l'expression que George avait arborée lorsqu'il avait appris la vérité.

Était-elle une imbécile de simplement envisager le fait qu'il puisse être digne de confiance ?

— Reposez-moi la question après mon anniversaire. Je vous en prie, Silas. Alors… quand vous aurez appris toute la vérité, si vous êtes sûr que c'est ce que vous voulez. Je… j'aimerais beaucoup devenir votre femme, mais je ne vous obligerai pas à tenir cette promesse.

Il poussa un petit cri de plaisir surpris, et avant qu'elle ne puisse ajouter quoi que ce soit, il pressait ses lèvres contre les siennes.

Lucia s'abandonna, s'autorisant pour la première fois depuis très longtemps à rêver. À quoi ressemblerait la vie, si Silas était son mari ? En sentant les caresses tendres et profondes de sa langue explorant sa bouche, elle ne pouvait s'empêcher de croire que cela serait merveilleux.

— Lucia, murmura-t-il contre ses lèvres.

Elle voulut tout lui dire, son véritable nom, les secrets qu'elle ne lui avait pas révélés, mais ses lèvres pressaient de nouveau les siennes, lui ôtant toute pensée cohérente.

Elle enroula ses bras autour de son cou, enfonça la main dans ses cheveux, tandis qu'il la couvrait de baisers dans le cou, la mordillait et traçait des formes avec sa langue tout en explorant des mains les courbes douces de son corps.

— Je vous aime, dit-il contre sa peau d'une voix désespérée en faisant s'emballer le cœur de Lucia. Mon Dieu, Lucia, vous me rendez fou.

Lucia rit légèrement, étonnée, enchantée et ivre de désir.

Une de ses larges mains remonta son flanc et se posa sur son sein, provoquant une vague de plaisir chez la jeune femme.

— Je veux vous embrasser partout, dit-il d'un ton plus passionné avant de l'embrasser de nouveau tout en la caressant et en la pétrissant.

Lucia sursauta, à la fois choquée et excitée lorsqu'il pinça légèrement son téton à travers le tissu fin de sa robe.

— Puis-je vous embrasser ici ?

La question la fit rougir furieusement, et elle frissonna d'envie.

Incapable de formuler une réponse, elle se contenta de hocher la tête et elle retint sa respiration tandis qu'il s'empressait de tirer la petite manche bouffante de sa robe vers le bas, en faisant descendre son col jusqu'à faire apparaître le cercle plus foncé de son téton.

Silas la regarda. Il respirait fort.

— Exquis, murmura-t-il d'un air émerveillé et bouleversé.

Il fit descendre sa bouche, fit courir sa langue autour du petit bourgeon érigé et provoqua un râle de plaisir chez Lucia qui s'accrocha à lui. Lorsqu'il l'aspira, elle ne répondit plus de rien.

Elle se cambra entre ses bras, submergée par la sensation qui la parcourait et faisait tambouriner son cœur, et faisait palpiter l'endroit tendre entre ses cuisses.

— Silas, murmura-t-elle, troublée alors qu'il lui suçait le sein avant de revenir explorer sa bouche, lentement et tendrement.

— J'ai tellement envie de vous, Lucia, déclara-t-il, les yeux noirs de désir. Je vous veux à mes côtés pour toujours. Je veux partager tous mes secrets avec vous, et que vous me fassiez l'honneur de me confier les vôtres. Je vous veux dans mon lit, je veux me réveiller à vos côtés chaque matin, et avoir une chance de vous montrer ce que c'est que d'être aimée. Je ne vous abandonnerai pas. Je ne vous abandonnerai *jamais*.

— Oui, s'écria Lucia en sentant les larmes lui picoter à nouveau les yeux.

Mais ces larmes étaient différentes : c'était des larmes d'espoir et de joie.

— Oui, je veux cela aussi.

Silas prit une inspiration profonde et tremblante. Il remonta sa manche et remit en ordre la tenue de Lucia avec un regret évident, partagé par Lucia. Il se pencha pour l'embrasser une nouvelle fois.

— Je devrais y aller, dit-il.

Cela avait l'air d'être la dernière chose au monde qu'il désirait faire. Lucia sourit.

— J'imagine que c'est préférable, répondit-elle d'un ton aussi peu enthousiaste que le sien.

— À présent, je *vais* vous faire la cour.

Il avait une lueur féroce dans le regard, et Lucia ne put s'empêcher de sourire ; elle savait que, peu importe le nombre d'avertissements, rien ne l'arrêterait. Bien qu'elle ne puisse toujours pas en être certaine, elle se contenta de prier qu'il n'en vienne pas à le regretter, et hocha la tête.

— Très bien, Silas, déclara-t-elle en recevant un baiser intense pour la peine.

Chapitre 16

Lucia passe beaucoup de temps en compagnie de lord Cavendish. Il paraît qu'il la courtise. Oh, Prue, dites-moi que c'est vrai !

—Extrait d'une lettre de Mrs Alice Hunt à Sa Grâce, Prunella Adolphus, duchesse de Lorny.

28 juillet 1814. Bal de Mr et Mrs Digby-Jones, Londres.

Lucia ferma les yeux. Danser avec Silas était, dans son imagination, la chose qui se rapprochait le plus de voler. Oh, en toute honnêteté, il était loin d'être le meilleur cavalier avec lequel elle ait dansé, mais elle se sentait en sécurité entre ses bras, et il faisait s'envoler son cœur.

Bien entendu, tout le monde pensait que Lucia avait choisi son protecteur, mais elle s'en souciait peu. Silas faisait de son mieux pour démentir les ragots en expliquant qu'il la courtisait et qu'il n'y avait rien de scandaleux dans leur relation. Cela la dérangea davantage ; il était plus étroitement associé à elle, et au scandale très réel qui éclaterait bientôt. Elle l'avait prévenu, mais il refusait d'écouter, alors elle avait renoncé. Malgré ses efforts pour le garder, ainsi que le reste du monde, à distance, elle avait confiance en lui.

Lucia n'avait plus jamais voulu laisser quelqu'un devenir proche d'elle à nouveau, et cependant elle était là, folle amoureuse d'un homme qui ne connaissait même pas son vrai nom, entourée d'un groupe de jeunes femmes qui étaient devenues des amies chères, qui l'encourageaient et se réjouissaient de son bonheur.

Elle avait enfreint chacune des règles qu'elle s'était fixées pour protéger son cœur, mais ce soir, dansant dans les bras de Silas, elle ne parvenait pas à regretter cela. Elle aurait bien le temps d'avoir le cœur brisé si les choses tournaient mal, mais, pour la première fois depuis la fin de sa première histoire d'amour, elle se fit la promesse de ne pas avoir peur.

George Norton. Cela faisait si longtemps qu'elle n'avait pas pensé à lui. Il avait trois ans de plus que Lucia, et avait semblé avoir tant d'expérience, être si sage. Il avait deux sœurs, Hannah et Jane, et elle les avait tous aimés. Leur père et mère avaient été des gens pieux et stricts, des parents assez distants qui se satisfaisaient de laisser leur éducation entre les mains de Dharani et de divers tuteurs.

Elle était partie vivre avec eux à dix ans, après s'être pas mal fait ballotter dans le sillage d'Anna-Marie et de ses divers amants. Cela avait été le premier foyer qu'elle avait connu depuis l'Inde, et elle s'y était sentie heureuse et en sécurité.

George avait commencé à la courtiser lorsqu'elle avait seize ans, il lui tenait la main et lui volait un baiser sous l'escalier lorsqu'il le pouvait. Lucia l'avait aimé de tout son cœur, et avait rêvé du jour où ils se marieraient et auraient leur propre maison. Mais lorsqu'il avait finalement parlé à ses parents, quelques mois avant son dix-huitième anniversaire, elle avait pu s'apercevoir que les rêves qu'elle avait entretenus n'étaient basés que sur une illusion.

Lorsqu'il avait découvert la vérité, il était retourné la voir. Il s'était montré froid et distant, tellement éloigné du George qu'elle connaissait qu'elle n'arrivait pas à comprendre le changement qui s'était opéré en lui. Au début, elle avait cru que ses parents le manipulaient, mais elle avait rapidement réalisé que ce n'était pas le cas.

Lucia avait vu le dégoût dans ses yeux lorsqu'il l'avait accusée de l'avoir trompé, de l'avoir englué dans une toile faite de mensonges. Si elle ne s'était pas sentie aussi désespérée face à cette accusation, elle aurait pu en rire. Elle était réellement innocente. Pourtant, tout était de sa faute, tout ce qu'ils étaient l'un pour l'autre était désormais vu sous un autre angle, simplement à cause du sang qui coulait dans ses veines.

Elle avait presque été détruite par cela. Sans Dharani, elle l'aurait probablement été. Elles déménagèrent, et la vieille femme essaya de trouver une nouvelle place. Dans l'intervalle, elles vécurent grâce aux économies que la vieille dame avait mises de côté, et les cadeaux occasionnels d'Anna-Marie, lorsque sa conscience la tourmentait suffisamment pour qu'elle envoie de l'argent. Cela n'arrivait pas souvent, mais elles s'en sortirent, et, petit à petit, Dharani aida Lucia à se rétablir et à affronter le monde de nouveau.

Dharani lui avait fait réaliser que c'était George qui était faible et stupide, et que le cœur du jeune homme n'aurait jamais été sincère. Elle enseigna à Lucia à être fière d'elle, et de tout ce qu'elle entreprenait. Peu importait son statut d'enfant illégitime, un jour elle trouverait sa place dans le monde, et Dharani serait là pour ronronner de joie lorsque cela arriverait. Lucia l'a donc fait pour elle, sa *Nani maa*, qui l'avait toujours protégée et soutenue lorsque le monde avait semblé être un endroit trop terrifiant, lorsque l'avenir avait paru trop difficile à affronter. Elle l'avait fait pour honorer la mémoire du père qui l'avait aimée, et avait souhaité la voir heureuse, en sécurité, et chérie.

Elle s'était fait la promesse de se montrer forte et sans peur devant la haute société et leurs jugements cruels, mais elle avait cru que cela signifiait qu'elle allait devoir faire cela seule. Pour la première fois, elle se permit d'espérer s'être trompée.

— Lucia !

Elle se retourna, un peu essoufflée, en plein milieu d'un éclat de rire alors que Silas l'escortait au bord de la piste de danse.

— Prue ! s'exclama-t-elle en s'avançant pour embrasser la jeune femme. Oh, et Alice aussi. Quelle joie de vous voir !

Elle était ravie de la présence des deux jeunes femmes. Elles s'étaient récemment mariées, et l'on pouvait voir à leurs yeux pétillants qu'elles ne s'étaient pas trompées en choisissant leurs époux.

Prue avait étonné tout le monde en épousant le duc de Lorny, un personnage assez sombre et effrayant que l'aristocratie avait surnommé *le Duc Maudit*. Prue avait assuré à tout le monde qu'il s'agissait de fadaises, et qu'il était en réalité un véritable agneau. Malgré son titre pompeux, elle était restée simple, et Lucia aurait parié que des doigts tachés d'encre se cachaient sous ces ravissants gants de soie.

Alice, elle aussi, avait épousé un homme avec lequel on ne l'aurait jamais imaginée. Elle avait apprivoisé Nathaniel Hunt, libertin et charmante canaille, propriétaire du club de jeux sélectif le *Hunter's*.

Lui aussi, paraissait nager dans le bonheur depuis son mariage.

— Cela fait bien trop longtemps, lui dit Alice avec un grand sourire. Et nous avons manqué tous les ragots.

Elles patientèrent, pendant que Silas faisait un clin d'œil complice à Lucia et prétextait aller lui chercher un verre pour s'éclipser.

— Est-ce la vérité ? s'exclamèrent les jeunes femmes en chœur en trépignant d'impatience. Vous courtise-t-il ?

Lucia rit, enchantée par leur air manifestement ravi.

— Oui, admit-elle en rougissant légèrement.

Elles l'assaillirent alors d'un torrent de questions sur lord Cavendish, et Lucia comprit pourquoi l'homme s'était hâté de partir. Son futur fiancé était futé.

Tandis qu'elles bavardaient joyeusement, les autres membres de leur groupe particulier se rassemblèrent autour d'elles. Kitty et Harriet arrivèrent bras dessus bras dessous, en se chamaillant gentiment comme le font les bonnes amies. Puis Ruth arriva et saisit le bras de Lucia en la félicitant tout bas pour sa chance.

— C'est un homme bien, affirma-t-elle en hochant la tête. Mais j'insiste pour que vous me présentiez à lui. Juste pour que j'en sois certaine, vous comprenez, ajouta-t-elle, les yeux pétillants de malice.

Elle adopta une expression nonchalante avant d'ajouter :

— A-t-il des amis ?

Lucia afficha un grand sourire.

— Je vais voir ce que je peux faire, promit-elle.

— C'est tellement romantique, Lucia ! Vous êtes tellement chanceuse, déclara Minerva en rejoignant leur rang en compagnie de Bonnie. Même si maman m'aurait étranglée si j'avais voulu épouser un homme avec cette réputation, titre ou pas.

Bonnie éclata d'un rire peu gracieux à cette remarque plutôt directe, mais Minerva se contenta de lui lancer un regard désapprobateur, avant de continuer :

— Mais *je* n'en aurais eu cure s'il m'avait aimé comme lord Cavendish vous aime. Son amour pour vous crève les yeux, et expliquez-moi l'intérêt d'avoir un titre, ou une réputation immaculée si l'homme est un idiot, ou qu'il est cruel, ou qu'on ne l'aime pas ?

— Vous êtes très sage, dit Lucia en hochant la tête et en dissimulant un sourire.

Cela lui faisait plaisir d'entendre de tels propos venant de la cousine de Prue. Au début de la saison, Minerva s'était montrée tellement impitoyable et obnubilée par le fait d'acquérir un titre, qu'elle n'avait pas été très appréciée.

Prue leur avait alors confié que la mère de Minerva était celle qui possédait les ambitions démesurées, et qu'elle avait poussé sa fille à essayer de s'attirer les bonnes grâces des aristocrates dès que l'opportunité s'en présentait. Mais Minerva avait récemment fait le vœu de se marier par amour, peu importe là où elle le trouverait.

Elle remarqua que les danseurs se mettaient en place pour la prochaine danse, et vit Matilda se laisser guider sur la piste par Mr Burton. Il avait fait preuve d'un intérêt très marqué pour elle au cours des dernières semaines, et la maison avait subi les assauts des livraisons quotidiennes de fleurs exotiques. Les compositions colorées décoraient tous les coins de leur demeure, au point que leurs parfums capiteux devenaient quelque peu écœurants.

Lucia savait qu'il y avait également eu une autre livraison, dont Matilda n'avait parlé à personne, mais Sarah, sa bonne, avait malencontreusement laissé échapper l'information.

C'était la seule qu'elle gardait dans sa chambre.

Avec un peu de persuasion, Sarah l'avait décrite d'un air exalté, en déclarant que c'était la plus jolie chose qu'elle ait jamais vue de toute sa vie. Cette *chose* était une orchidée rare, bleue et blanche. Lucia elle-même n'avait jamais vu une orchidée avant, sauf sur les planches de botanique, et avait été tentée de jeter un coup d'œil pour voir le spécimen dans toute sa splendeur.

Sarah lui avait dit que sa maîtresse était à présent terrifiée de la faire mourir, et était désespérément à la recherche de conseils pour s'en occuper correctement.

Lucia avait été quelque peu surprise en découvrant l'expéditeur d'un présent si exigeant et d'une telle valeur.

Elle lança un regard à travers la salle, trouva l'homme en question, aussi froid et distant que d'habitude. Lui aussi, regardait Matilda se diriger sur la piste et rire à un commentaire amusant de Mr Burton.

Il y eu aucun changement dans l'expression de son visage, mais Lucia frissonna malgré tout. Le marquis n'appréciait pas les attentions de Mr Burton, elle en était certaine.

Il ne les appréciait pas du tout.

29 juillet 1814. Friday Street, Cheapside, Londres.

— *Nani maa* ! cria Lucia en se dirigeant vers le salon. Je viens avec des présents, ajouta-t-elle en poussant la porte.

Frappée par une vague de chaleur, elle déclara :

— Mon Dieu, il fait une chaleur étouffante ici.

Dharani leva le nez du livre dans lequel elle était plongée, et se renfrogna tandis que Lucia laissait tomber le paquet qu'elle transportait. Elle se dépêcha d'aller vers la fenêtre, pour l'ouvrir autant que possible.

— Fermez cela, voulez-vous que j'attrape la mort ? râla la vieille dame.

Lucia se tourna vers elle, les mains sur les hanches.

— *Nani maa*, il fait une chaleur cuisante dehors, et vous avez un feu allumé ? Tenteriez-vous de vous faire rôtir ? Il fait aussi chaud qu'à Calcutta avant le *kal baisakhi* ici.

— Mes vieux os ne retiennent plus la chaleur aussi bien qu'avant, se plaignit Dharani en posant son livre et ses lunettes pour pouvoir agiter un doigt déformé par l'arthrose devant Lucia. Et vous devriez avoir plus de respect pour le confort de vos aînés.

— N'importe quoi, rétorqua vivement Lucia en jetant son chapeau et son spencer. À présent, arrêtez de vous plaindre, sinon je ne vous donnerai pas le présent que lord Cavendish vous a envoyé.

À son grand amusement, Dharani se redressa aussitôt, les yeux brillants d'intérêt.

— Donnez-le-moi, dit-elle en tendant les bras et en faisant le geste de l'attraper avec les mains.

Lucia gloussa en secouant la tête.

— Vous êtes une vieille pie gâtée, voilà ce que vous êtes, déclara-t-elle affectueusement. Voilà, *Nani maa*. Je ne sais pas ce que vous lui avez raconté, mais il semble beaucoup vous apprécier.

Dharani rayonna, visiblement enchantée par cela.

— C'est tout naturel. Ce jeune garçon a du goût.

— Ce n'est plus vraiment un garçon, murmura Lucia avant de rougir en constatant que l'ouïe de Dharani n'était pas si mauvaise qu'elle le prétendait parfois.

— C'est vrai, acquiesça-t-elle. C'est un homme séduisant. Je me laisserais peut-être tenter si j'avais vingt ans de moins.

— Oh, oh ! s'exclama Lucia en riant. Seulement vingt ?

Dharani lissa ses épais cheveux blancs.

— Je suis très bien conservée, *bhanvaraa*. Je me souviens de quelques tours.

Lucia leva la main en grimaçant.

— Arrêtez tout de suite, la supplia-t-elle. Contentez-vous d'ouvrir votre cadeau.

Dharani lui envoya un sourire malicieux et déchira le papier brun. Elle poussa une exclamation en sortant le sari jaune vif. Elle le toucha délicatement, avec un regard si doux et si brillant que Lucia sentit sa gorge se serrer. Il était recouvert de broderies représentant des papillons bleus. Elle trouvait que c'était la plus jolie chose qu'elle ait jamais vue. Elle avait été touchée, et un peu bouleversée lorsque Silas lui avait demandé conseil pour un cadeau destiné à Dharani, bien qu'il eût parlé de cela avec légèreté.

— Eh bien, c'est évident, ma chérie. Je ne suis pas idiot, avait-il dit en souriant. Si je veux vous épouser, j'ai besoin qu'elle soit de mon côté, sinon elle fera de ma vie un enfer.

Mais elle reconnut là son désir d'être apprécié, de devenir ami avec une personne qui comptait énormément pour elle, et cela signifiait beaucoup plus à ses yeux qu'elle ne pouvait l'exprimer.

— C'est magnifique, déclara la vieille femme, émue par le cadeau.

— Oui. Il achète et vend des produits du monde entier, *Nani maa*. Des épices, des tissus, et… oh, toutes sortes de choses. Donc il a pu trouver quelque chose de vraiment ravissant pour vous.

— Un brave homme, dit Dharani en hochant la tête et en suivant du doigt le contour d'un papillon délicat.

Lucia se leva et s'agenouilla aux côtés de la vieille dame, puis lui prit la main.

— Le pensez-vous réellement ? demanda-t-elle.

Elle regardait la femme qui l'avait toujours protégée, et ce à n'importe quel prix. Elle avait tout abandonné pour venir en terre inconnue et repartir de zéro au beau milieu d'étrangers, tout cela pour Lucia.

— Croyez-vous que je puisse lui faire confiance ?

Dharani tendit la main et caressa la joue de Lucia. Sa peau était rêche après des années de dur labeur, qu'elle avait endurées afin de les nourrir, de les habiller, de protéger Lucia.

— Je pense que vous connaissez déjà la réponse à cela, *bhanvaraa*, dit-elle en souriant. Mais si vous voulez mon avis… je ne ferai plus jamais confiance à mon jugement si cet homme vous laisse tomber.

Lucia laissa échapper un sanglot de soulagement. Jusque-là, elle n'avait pas réalisé à quel point elle avait besoin d'avoir la bénédiction de Dharani.

La vieille dame prit le menton de Lucia et leva la tête.

— Il faut le lui dire, Lucia. Il faut tout lui raconter. Tout.

— Oui, réussit à articuler Lucia en hochant la tête tandis que les larmes roulaient sur ses joues. Oui. Je vais le faire.

— Allons, allons, séchez vos larmes, gloussa Dharani. Vous avez déjà laissé pénétrer un vent du nord dans mon salon. Je n'ai pas envie de me retrouver trempée jusqu'aux os de surcroît.

Lucia émit un bruit étranglé, quelque part entre le rire et les larmes, et essuya ses joues.

— Cela va mieux, dit-elle en relevant la tête et en reniflant légèrement.

Dharani hocha la tête, et fixa Lucia en lui donnant l'étrange, mais familière impression qu'elle pouvait lire en elle.

— Vous l'aimez.

— Oui, dit Lucia d'une voix légèrement tremblante alors qu'elle réalisait qu'elle se l'avouait seulement maintenant.

La vieille dame soupira de contentement et se rassit dans le fond de sa chaise.

— Je peux mourir heureuse, à présent, dit-elle en regardant Lucia avec un sourire bienveillant, l'air satisfaite d'elle-même.

— Oh, dit Lucia qui rit en se levant. Ne me dites pas cela. Vous êtes beaucoup trop têtue pour mourir. De plus, vous avez toujours dit que vous décéderiez en Inde, pas sur une terre étrangère.

Dharani haussa les épaules.

— Peut-être que oui, peut-être que non, dit-elle d'un ton légèrement têtu. Ce n'est plus une terre si étrangère à présent. Vous êtes ici, à votre place.

Lucia se figea en baissant les yeux vers la vieille femme.

— Vraiment ? demanda-t-elle en se sentant subitement en manque d'air.

— Venez là, dit Dharani en lui faisant signe de se pencher.

Lucia s'exécuta, et la vieille dame plaça la paume de sa main sur son cœur.

— Ceci vous dira où est votre place, Aashini. Uniquement ceci. Suivez-le, et vous serez chez vous.

Tout à coup, Lucia tentait à nouveau de retenir les larmes, et elle se pencha en embrassant la joue ridée de Dharani.

— Je vous aime, *Nani maa*. Vous êtes la personne la plus sage que je connaisse.

Dharani lui fit un grand sourire, se redressa, et tendit à nouveau les bras en faisant mine d'attraper quelque chose.

— À présent, déclara-t-elle d'un ton très sérieux. Vous avez dit *des* cadeaux, pas un cadeau. Où est l'autre ?

Lucia rit face à l'incroyable vieille femme et secoua la tête, avant d'attraper les livres qu'elle lui avait achetés.

Chapitre 17

Mon très cher Nate,

Je suis navrée de ne pas pouvoir vous voir, Alice et vous, à Green Park, mais je ne vous blâme pas de fuir cette chaleur étourdissante en partant à la campagne. J'espère qu'Alice se rétablira vite, et vous voir tous les deux à la fête de Saint-Clair.

J'ai un service à vous demander (ne levez pas les yeux au ciel, et oui, je sais que c'est ce que vous êtes en train de faire). Vous souvenez-vous de miss Kitty Connolly ? Si ce n'est pas le cas, Alice vous aidera. Eh bien, elle est à la recherche d'un vieil ami…

—Extrait d'une lettre de miss Matilda Hunt à Mr Nathaniel Hunt.

30 juillet 1814. South Audley Street, Londres.

— Ma chérie !

Lucia se précipita vers Silas, l'entoura de ses bras et l'enlaça avec force. Cela faisait longtemps qu'elle avait arrêté de prétendre son indifférence à lui, et depuis sa conversation avec Dharani la veille, elle avait décidé de prendre son courage entre ses mains. Elle l'aimait, et il méritait de savoir… de tout savoir.

— Eh bien, c'est nouveau, cela, dit-il en riant de plaisir face à son accueil exubérant. Mais comprenez que je ne m'en plains pas.

Il referma ses bras autour d'elle et pencha la tête avant de l'embrasser tendrement. Lucia soupira, en se sentant fondre dans l'étreinte.

— Vous m'avez tant manqué, déclara-t-elle en sentant ses yeux se troubler d'un mélange de joie et d'impatience.

Silas plaça le visage de Lucia entre ses mains en fronçant légèrement les sourcils.

— Allons, qu'y a-t-il ? Que s'est-il passé ?

Lucia rit en secouant la tête.

— Rien, dit-elle.

Elle se sentait étourdie et bouleversée, les mots virevoltaient dans sa poitrine, désireux de sortir.

— C'est juste que… c'est juste que je vous aime, Silas.

Silas se figea, le regard fixé sur elle ; ses yeux aussi brillaient à présent. Un grognement sourd résonna dans sa gorge et il la tira contre lui, en la serrant si fort qu'elle arrivait à peine à respirer.

— Lucia, murmura-t-il. Oh, Lucia. Merci, merci seigneur, merci Kali aussi, si c'est à elle que je dois cela.

Lucia rit, en s'éloignant légèrement de lui pour pouvoir le regarder. Il lui souriait, et elle lui caressa la joue en lui demandant :

— Êtes-vous heureux ?

Il attrapa sa main, tourna son visage et embrassa sa paume.

— Je suis l'homme le plus heureux du monde, Lucia. Vous ne pouvez pas en douter.

Lucia déglutit. Elle savait qu'il fallait qu'elle se montre courageuse maintenant, si elle l'aimait, il fallait qu'elle lui accorde sa confiance et qu'elle lui permette de lui prouver sa sincérité.

Le visage de Silas s'assombrit.

— Que se passe-t-il, très chère ? Pourquoi vois-je sans cesse ces nuages traverser votre regard ? Avez-vous peur, avec votre anniversaire qui approche ? Vous savez que vous ne serez pas seule pour l'affronter, mon amour. Vous ne serez plus jamais seule.

Elle le serra en enfonçant son visage dans sa poitrine et en respirant son odeur : linge frais, savon, et homme en bonne santé. C'était un parfum enivrant.

— Parlez-moi, Lucia.

Lucia prit une profonde inspiration et leva les yeux.

— Je… je veux vous dire le reste, Silas.

Il la regarda et sourit, avec une expression si douce dans les yeux lorsqu'il se pencha pour déposer un baiser léger sur ses lèvres.

— Merci. De m'accorder votre confiance.

Silas lui prit la main et la guida vers le canapé où ils s'assirent, côte à côte. Lucia se tordait les doigts. Peu importe combien de fois elle s'était dit qu'elle devait lui accorder sa confiance, elle était terrifiée. Elle avait déjà été rejetée une fois lorsque son passé avait été dévoilé, et si Silas réagissait de la même façon…

Elle ne pensait pas pouvoir s'en remettre.

Sa grande main entoura les siennes, démêla ses doigts. Il posa une des mains de Lucia contre son cœur et l'y tint fermement.

— Je ne vais nulle part, Lucia. Si vous n'êtes pas prête —

Elle secoua la tête, à présent déterminée.

— Non. Je veux vous le dire.

Son cœur battait la chamade, sa poitrine était comprimée et rendait sa respiration difficile. La sueur perlait le long de sa colonne vertébrale, et elle ferma les yeux en inspirant autant d'air qu'elle put dans ses poumons contractés.

— Je crains juste que vous —

— Je ne changerai pas d'avis, dit-il férocement. Je vous aime.

Lucia prit une grande inspiration partagée entre rires et larmes alors qu'elle prenait réellement conscience de ce qu'il venait de dire.

Faites-lui confiance, Aashini.

— Mon nom n'est pas Lucia de Feria, dit-elle en luttant pour réussir à dire les mots.

Elle se tourna pour le regarder, elle avait besoin de voir son regard lorsqu'elle lui dirait, tout en priant pour ne pas voir du dégoût ou de la colère remplacer la chaleur et l'affection qui s'y trouvaient en ce moment.

— Anna-Marie n'est pas ma mère. Ma vraie mère est morte peu après ma naissance, et Anna–Marie a uniquement été l'amante de mon père les six derniers mois de sa vie. Je pense qu'elle l'a vraiment aimé, dit-elle en souriant un peu. Elle était dévastée lorsqu'il est tombé malade. C'est pourquoi elle lui a promis de veiller sur moi, et de me faire passer pour sa propre fille lorsqu'elle retournerait en Angleterre.

La main de Silas tenait toujours fermement la sienne. Il lui caressa la joue.

— C'était bon de sa part, mais je suppose que cela explique aussi pourquoi elle vous a abandonnée sans trop de mal.

Lucia hocha la tête.

— Anna-Marie n'a jamais été faite pour la maternité, dit-elle sans la moindre amertume. Elle représente l'amusement et la vivacité. Elle est ridicule et joyeuse, la femme la plus dépensière que l'on puisse rencontrer. Je l'ai vue se montrer extrêmement généreuse, parfois incroyablement égoïste, mais sans elle, je n'aurais pas pu atteindre l'Angleterre. Je n'oublierai jamais cela.

— Donc vous avez vécu dans la peau de señorita de Feria, fille d'une courtisane portugaise ?

— Oui, dit-elle en sentant son cœur qui battait dans sa poitrine, comme le roulement de tambour avant que la guillotine ne s'abatte. Pas parce que j'ai honte de la vérité, ajouta-t-elle d'un ton sévère. Seulement parce que si lord Ulceby avait eu vent de la moindre rumeur, il serait venu pour moi. Il me veut morte, Silas. Si je meurs, l'argent mis de côté sera le sien.

Le visage de Silas s'assombrit et prit un air meurtrier. Sa mâchoire était serrée, mais il se retint de dire quoi que ce soit d'autre que :

— Je comprends.

Sa main était chaude et rassurante autour de la sienne, et lui donna la force de continuer.

— Il a déjà tenté de déclarer ma mort dans le passé, mais *Nani maa* a payé quelqu'un en Inde pour écrire de mes nouvelles aux avocats, les assurant que j'apparaîtrai à mon vingt et unième anniversaire pour réclamer mon héritage.

— C'est une femme avisée.

Lucia sourit en hochant la tête. *Dites-le-lui*, dit la voix dans sa tête, mais les mots se retrouvèrent coincés dans sa gorge, l'expression de dégoût de Georges était très vive dans sa mémoire. Elle ne pouvait pas supporter l'idée que Silas puisse —

— Dharani est votre grand-mère, n'est-ce pas ?

Elle poussa une exclamation, choquée, son regard vola vers le sien et n'y trouva qu'amour, chaleur, et peut-être un peu de reproche.

— C-Comment… ? balbutia-t-elle, ne sachant quoi demander, comment se sentir. Comment savez-vous cela ?

Silas lui sourit.

— Je l'ignorais jusqu'à présent, mais lorsque vous avez admis ne pas être portugaise, ce n'était pas très compliqué à deviner.

Lucia laissa échapper un sanglot brisé, et Silas ne perdit pas de temps à l'installer sur ses genoux. Ses bras puissants se refermèrent autour d'elle. Il la tint fermement en lui caressant les cheveux.

— Tout va bien, mon amour. Vous me l'avez dit, et cela n'a pas entraîné la fin du monde. Rien n'a changé. Je vous aime.

— C'est v-vrai ? réussit-elle à demander à travers une tempête de sanglots très peu gracieux.

Il tira un mouchoir de sa poche et le mit entre ses mains, en déclarant d'un ton un peu ronchon, mais avec un sourire tendre :

— Bien sûr. Je ne peux pas croire que vous puissiez penser le contraire.

— Et pourquoi cela ? rétorqua-t-elle en soutenant son regard.

Silas la fixa en hochant la tête.

— Vous avez raison. Vous avez tous les droits d'avoir de la crainte, mais je compte bien faire en sorte qu'elle disparaisse, Lucia. Vous pouvez compter sur moi, je vous le promets. Je ne vous laisserai pas tomber. Jamais.

— Vous ne l'avez jamais fait, dit-elle en essuyant ses larmes tandis que son cœur ralentissait sa course effrénée. Je suppose que je devrais commencer à vous croire, n'est-ce pas ?

Il se pencha et l'embrassa sur le front.

— Parlez-moi de votre mère.

Lucia sourit et se réinstalla entre ses bras, la tête sur sa poitrine. Il avait toujours le bon mot, la bonne question à poser.

— Elle était très belle.

— Cela semble évident, gloussa Silas en embrassant le sommet de sa tête.

— *Nani maa* — ma grand-mère, Dharani, a toujours été une femme forte. Son mari était un fainéant qui a dépensé tout leur argent dans la boisson. Heureusement, elle avait une famille forte et aimante, et son père l'a aidée à rassembler assez d'argent pour repartir de zéro. Donc, elle a quitté son mari en emmenant ma mère lorsqu'elle était encore une enfant. Elle est partie du nord du Bengale, et a trouvé du travail dans la maison de mon père à Calcutta. Dès qu'elle fut assez âgée, Sharmila — ma mère — a trouvé du travail là aussi.

— Une femme remarquable, votre grand-mère, lui dit Silas en souriant.

Lucia hocha la tête en se sentant plus fière que jamais de Dharani.

— Lorsque la femme de mon père mourut en couches, Sharmila devint l'ayah de son fils, Alexander. Mon demi-frère, je suppose, dit-elle en se demandant à quoi sa vie aurait bien pu ressembler si le garçon avait vécu. Ma mère s'est occupée de lui quasiment depuis sa naissance, et Dharani m'a raconté qu'elle l'aimait tendrement, mais que l'enfant était faible.

Silas prit de nouveau sa main, entrelaçant ses doigts aux siens. Lucia reprit :

— Alex est tombé malade à trois ans. Une fièvre terrible. Il est mort deux jours plus tard. Dharani m'a raconté que mon père et Sharmila étaient tous les deux dévastés. Ils l'adoraient, et dans leur chagrin…

Lucia haussa les épaules. Elle avait pitié pour son père, qui avait perdu tant de gens qu'il avait aimés, et qui était lui-même mort beaucoup trop jeune.

— Et je suis le résultat, dit-elle avec un sourire désabusé.

— Je leur suis tellement redevable, murmura Silas en la regardant avec tant d'amour dans les yeux que la gorge de Lucia se serra.

Il fit courir son doigt le long de sa mâchoire, la touchant comme si elle était précieuse, comme s'il n'arrivait pas à croire en sa chance.

— J'aime imaginer qu'ils sont ensemble désormais, admit-elle. Qu'ils veillent sur moi.

Silas laissa échapper un soupir qui n'était pas très ferme.

— Ils seraient si fiers de vous, mon amour. Mon Dieu, tout ce que vous avez enduré, tout ce que la vie vous a jeté au visage, et le courage dont vous avez fait preuve pour faire face à tout cela. C'est incroyable. *Vous* êtes incroyable, et moi aussi, je suis fier de vous.

Lucia cligna des yeux pour refouler ses larmes, bouleversées par ses mots. Elle ressentait un amour si féroce pour lui qu'elle s'émerveilla devant la puissance de ses propres sentiments. Le désir soudain de le protéger était ahurissant.

— Vous serez la risée de la haute société, pour avoir épousé une… une *Kutcha butcha*.

Elle avait craché les mots, mais il fallait qu'elle soit claire. Il venait tout juste d'apprendre la vérité, après tout il n'avait pas eu le temps d'y réfléchir.

— Cela signifie pain à moitié cuit, ni indien ni anglais. Je n'ai ma place nulle part, Silas.

Elle vit sa mâchoire se contracter, son regard s'assombrir et devenir furieux.

— Je n'ai besoin d'aucune permission ni approbation pour décider qui j'aime. Je suis chef de ma famille. J'ai tourné le dos à ces satanés aristocrates lorsque j'étais enfant. Honnêtement, ils peuvent aller se faire… voir, avec leurs opinions.

Il respira profondément en luttant pour rester calme.

— J'utiliserais bien des termes plus précis, mais j'essaye de châtier mon langage en présence des dames, ajouta-t-il d'un ton si mutin qu'elle ne put s'empêcher de sourire.

— Tout de même, dit-elle doucement en posant la main sur la joue de Silas. Peut-être… peut-être devriez-vous prendre le temps de réfléchir… *oh* !

Un éclair d'une émotion négative traversa ses yeux et il se leva avant qu'elle ne puisse finir sa phrase. Il la souleva vivement avant de la reposer sans ménagement. Il prit un moment pour tirer sur son gilet et ajuster ses manches, avant de poser un genou à terre devant les yeux étonnés de Lucia.

Elle cessa de respirer en réalisant ce qu'il était en train de faire. Elle sourit lorsqu'il ouvrit la bouche pour parler, puis la referma.

— Je ne connais pas votre vrai nom, dit-il d'un air surpris.

Elle émit un petit rire étonné. C'était la seule partie de l'histoire qu'elle n'avait pas partagée avec lui.

— Aashini, dit-elle en se sentant soudainement timide, ce qui était ridicule, mais vrai.

— Aashini, répéta-t-il avec une telle déférence qu'elle en rougit légèrement. Comme c'est beau.

— Cela signifie « un éclair », dit-elle en souriant. Que vous allez peut-être regretter.

Elle sentit son cœur gonfler en observant l'homme dont elle était amoureuse, un genou devant elle. Peu importe ce qu'il adviendrait, peu importe ce qu'ils affronteraient ensemble, elle se souviendrait à jamais de ce moment, et ne le regretterait jamais.

— Jamais, dit-il en prenant la main dans la sienne. Vous avez foudroyé mon cœur, et vous y demeurerez, Aashini.

— Il faudra du temps avant de s'y habituer, admit-elle. Je suis restée Lucia pendant si longtemps.

— Pour nous deux, acquiesça-t-il. Mais que vous soyez Lucia ou Aashini, je resterai à vos côtés. Ce qui nous amène à ma question suivante.

Il devint sérieux, leva la main de Lucia à ses lèvres et embrassa ses doigts.

Aashini, voulez-vous m'épouser ? *Je vous en prie*, très chère ?

Elle rit, un bruit étranglé sortit de sa bouche tandis que le visage de Silas devenait flou à travers les larmes.

Elle écarta les bras pour l'accueillir.

— Oui. Oui ! Oui, s'il vous plaît.

Matilda faisait les cent pas dans sa chambre, en se demandant combien de temps encore elle était censée attendre.

Ce n'était absolument pas convenable de permettre à lord Cavendish de rester seul avec Lucia, mais elle lui faisait confiance. C'était un homme d'honneur, elle en était certaine. Lucia n'était pas non plus une femme qui accorderait ses faveurs à la légère. Seigneur, elle avait reçu des offres faramineuses pour accepter de partager le lit d'un homme, le genre de somme qui l'aurait rendue riche pour le restant de ses jours. Pourtant, elle les avait rejetées une à une avec dédain.

Il y avait une demande de prévue aujourd'hui également, Matilda en était certaine, mais celle-là était du domaine du mariage, des enfants, de la sécurité.

— Oh, dites oui, Lucia, murmura-t-elle.

Elle avait le souffle court tant elle était impatiente. Pourquoi était-elle aussi certaine que cela se passerait aujourd'hui, elle n'en était pas sûre, seulement… les regards qu'ils avaient échangés la dernière fois qu'elle les avait vus ensemble avaient été éloquents. Le cœur de Matilda se serrait douloureusement en se demandant ce que cela pouvait faire de se sentir aimé à ce point, et d'aimer si complètement. Connaîtrait-elle un jour cela ?

Malgré elle, une vague de jalousie envahit son cœur, et elle se secoua pour la forcer à partir. Lucia et toutes ses amies méritaient de trouver le bonheur, et elle était heureuse que cela arrive. Jamais Matilda ne le leur reprocherait, *ne pourrait* leur reprocher leur bonheur. Elle souhaitait simplement le vivre aussi.

Mais elle était de plus en plus consciente que la plus grande barrière qui l'empêchait d'atteindre ce bonheur, c'était elle-même.

Un jour, elle avait dit à son frère, Nate, qu'elle désirait juste un homme bon, un homme honnête.

— *Je veux quelqu'un de gentil. Quelqu'un d'affectueux, tendre et loyal. Est-ce là trop demander ?*

Cela avait semblé être une requête si simple, et à présent, il y avait Mr Burton qui souhaitait la courtiser. Il était cette personne, chaleureuse et gentille, loyale et, sans aucun doute, aimante si tant est qu'elle lui donne le moindre signe d'encouragement.

Ce qu'elle n'avait pas fait.

Oh, ils étaient très bons amis, et elle appréciait sa compagnie, mais…

Mais.

Elle ne ressentait rien pour lui. Il était tout ce qu'elle avait toujours voulu, et pourtant…

Rien.

Ce n'était pas le fait qu'il soit un Cit non plus. Elle ne se sentait absolument pas supérieure. En fait, elle l'admirait. N'importe quel homme ayant surmonté les circonstances de sa naissance en réussissant de manière si éclatante méritait des accolades et de la reconnaissance. Les aristocrates auraient dû l'accueillir à bras ouverts dans leurs rangs, et leur dédain la rendait furieuse. Non. Ce n'était pas cela.

Son regard dériva vers l'orchidée qui était posée sur sa coiffeuse. Cette satanée chose était impossible. Personne ne semblait savoir comment en prendre soin, et elle était sûre qu'elle finirait par la tuer. Elle était si diablement parfaite, pensa-t-elle avec un soudain éclat de fureur. Si elle mourait, elle en serait mortifiée. Elle aurait dû la renvoyer à la minute où elle l'avait reçue. Elle en avait eu l'intention, mais… mais elle n'avait jamais rien vu d'aussi beau de toute sa vie, et elle avait voulu la garder pour elle.

Bien sûr, elle aurait pu demander conseil à Montagu, sauf qu'elle préférerait avaler sa langue.

Pourquoi lui avait-il fait cela ?

Il y avait Mr Burton, le parfait gentleman, au comportement exemplaire, et il y avait Montagu.

Il était grossier, insultant, arrogant, et — ne l'oublions pas — la raison même qui faisait qu'aucun gentleman possédant un statut élevé ne pourrait envisager de l'épouser.

Mr Burton lui offrait le mariage.

Montagu lui proposait une disgrâce intégrale.

Pourtant, ce présent désinvolte d'une valeur inestimable qui était, avec elle, voué à mourir, l'avait bien plus touché que les nombreux — et bien plus faciles d'entretien — bouquets de Mr Burton.

Elle mit la tête entre ses mains en gémissant.

— Vous êtes vraiment idiote, Matilda Hunt.

Les coups frappés à la porte la firent sortir brusquement de ses sombres pensées, et elle se dépêcha d'aller ouvrir.

Lucia se tenait là rouge et légèrement échevelée, le visage rayonnant de bonheur.

— Oh ! s'écria Matilda en applaudissant.

— Il a fait sa demande, dit Lucia d'un ton légèrement abasourdi.

— Et ? demanda Matilda en osant à peine respirer.

— Et… j'ai dit oui.

Chapitre 18

Je me demandais si vous pouviez prendre la peine de venir lundi après-midi. Voyez-vous, je suis sur le point de me marier et j'ai besoin d'un garçon d'honneur…

—Extrait d'une lettre du très honorable Silas Anson, vicomte Cavendish, au très honorable Jasper Cadogan, comte de Saint-Clair.

1ᵉʳ août 1814. Maison Cavendish, The Strand, Londres.

— T-t-t, fit Silas en regardant Fred le préparer. Le bonhomme n'avait pas cessé de sourire depuis que Silas lui avait raconté la nouvelle, samedi.

— Juste ciel, Fred. Vous avez eu un jour et demi pour vous faire à l'idée, êtes-vous obligé de continuer à sourire ainsi ?

— Oui, monsieur, gloussa Fred qui préparait une mousse épaisse. Je veux dire, je n'aime pas dire que je l'avais bien dit, mais —

— Oh, vous pouvez rire, dit Silas en soupirant.

Il pencha la tête pour permettre à Fred d'étaler la mousse sur son visage et son cou.

— Honnêtement, je suis bien trop heureux pour m'en soucier, ajouta-t-il.

Il s'interrompit juste une seconde, avant de déclarer :

— De plus, j'ai entendu dire que Mrs Winston et vous faites des promenades ensemble. Je parie que d'ici quelques semaines, ce sera votre tour, qu'en pensez-vous ?

Il regarda, ravi, le visage de Fred prendre une remarquable teinte rouge. Le valet déplia le rasoir avec plus de fioritures que nécessaire.

— Ce n'est jamais une bonne idée d'exaspérer un homme qui tient une lame entre ses mains, monsieur, murmura le valet indigné.

Silas, enchanté, s'esclaffa. Mais il se tint coi après cela. L'homme tenait un rasoir, après tout.

— Comment est notre nouvelle maîtresse, alors ? demanda Fred.

La question provoqua un pic d'anxiété dans le cœur de Silas. Il comprenait parfaitement les inquiétudes de Lucia… non, celles d'*Aashini*. Son illégitimité serait déjà un obstacle à surmonter pour épouser un aristocrate, mais comment sa maisonnée accueillerait son métissage ? Il n'était pas assez idiot pour croire qu'il n'y aurait pas de mauvaises langues, de ragots et de préjugés à leur encontre. Cela faisait longtemps qu'il avait appris à encaisser, mais l'idée qu'Aashini soit blessée provoquait en lui une douleur insupportable.

— C'est si grave que cela, hein ? plaisanta Fred alors que le silence s'éternisait.

Son valet avait dû voir l'inquiétude dans ses yeux, car il se figea en fronçant les sourcils.

— Qu'y a-t-il ?

— Vous avez sans doute entendu les rumeurs ? demanda Silas qui osait à peine poser la question.

Fred renifla avec un air quelque peu furieux.

— Pour qui me prenez-vous ? Une espèce de vipère qui se nourrit de scandale ? Je n'ai pas de temps à perdre avec les ragots. Vous me raconterez ce que j'ai besoin de savoir, cela me suffit.

Bien que touché par sa sincérité, la sécurité d'Aashini était en jeu, et Silas devait être sûr.

— Jurez-vous de tenir votre langue jusqu'à ce que je vous dise le contraire ?

Fred s'interrompit en poussant un juron.

— Par tous les diables, nous y revoilà ? Je vous l'ai dit. Vos secrets sont mes secrets. Je les emporterai dans la tombe.

Silas se détendit, il savait que c'était la vérité. Il n'aurait pas dû en douter, pas avec Fred.

— Elle est illégitime.

Fred leva les yeux au ciel.

— Tout comme la moitié de la haute société, si la vérité éclatait. C'est tout ? demanda-t-il en regardant Silas avec attention. Non, c'est bien ce que je pensais.

— Son père était l'ancien comte d'Ulceby, et sa mère était l'une de ses servantes indiennes.

— Ah, répondit doucement Fred d'un ton compréhensif. Eh bien, personne n'entendra quoi que ce soit à ce sujet venant de moi.

— Non.

Silas secoua la tête.

— Les gens le sauront bien assez tôt, Fred. Il y aura un scandale monstrueux lorsque cela s'ébruitera. Voyez-vous, elle doit hériter d'une fortune à son anniversaire, mais pour qu'elle puisse l'obtenir, la vérité devra éclater.

Il contempla son valet en se demandant ce qu'il pensait. La fierté de la lignée des Cavendish était quelque chose dont Fred semblait se soucier beaucoup plus que Silas ne l'avait jamais fait.

— Combien de mes employés décideront de sauter du navire ?

Fred se renfrogna.

— Aucun d'entre eux, s'ils savent ce qui est bon pour eux, murmura-t-il, avant de lâcher un soupir sous le regard de Silas. Je ne sais pas. Aucun de ceux qui sont arrivés avec vous, mais parmi le personnel de votre père…

Il haussa les épaules.

— Vous êtes un bon maître qui payez honnêtement. Ils seraient fous de croire qu'ils seraient mieux ailleurs.

— Eh bien, je suppose que nous n'avons plus qu'à attendre de voir.

Silas leva les yeux, surpris de sentir une main paternelle se poser sur son épaule.

— N'allez pas laisser votre plaisir être gâché par une bande de rabat-joies, monsieur. Je lèverai mon verre en l'honneur de la nouvelle lady Cavendish et vous tout à l'heure avec Mrs Winston, et nous serons fiers de l'accueillir au sein de la demeure.

À son grand dam, Silas sentit sa gorge se serrer. Il lui fallut un petit moment pour répondre.

— Merci, Fred. Cela compte beaucoup pour moi.

— Oh, Lucia vous êtes ravissante. Je ne crois pas avoir déjà vu de mariée aussi belle. Le pauvre lord Cavendish sera incapable de détacher les yeux de vous.

Aashini regarda dans le miroir et croisa le regard sincère de Matilda qui attachait un simple rang de perles autour de son cou.

— Vous pouvez les garder, ajouta Matilda en lui souriant et en posant les mains sur les épaules d'Aashini. Considérez-les comme un cadeau de mariage.

— Oh, Tilda, non, je ne peux pas.

La jeune femme se retourna pour regarder les yeux de la femme qui était devenue son amie la plus proche en se demandant si sa chance pouvait perdurer. Elle ajouta :

— C'est beaucoup trop.

— Sottises, répondit Matilda en riant. Je veux que vous les ayez.

Subitement, ses iris semblaient trop brillants, et elle cligna des yeux pour empêcher une larme de couler.

— Mon Dieu, la cérémonie n'a même pas commencé, et je me transforme déjà en arrosoir. C'est un nouveau record, même pour moi, déclara Matilda en riant.

Elle attrapa un mouchoir et se tamponna les yeux avec le tissu. Aashini se leva et traversa la pièce. Elle prit les mains de Matilda en déclarant avec un sourire :

— Je n'ai jamais eu d'amie comme vous.

Elle poursuivit, alors que Matilda laissait échapper un petit sanglot :

— Cela va me manquer, de ne plus vivre avec vous.

— Ne dites pas de sottises. Avec votre nouvel époux pour vous distraire ? rétorqua Matilda qui luttait pour ne pas pleurer. Oh, vous allez me manquer aussi, Lucia.

Elle se jeta à son cou, et Aashini lui rendit son étreinte sans se soucier de froisser sa robe, sans se soucier de rien d'autre que son amie qui pleurait.

— Matilda, dit-elle lorsqu'elles se furent toutes les deux calmées un peu. Il y a quelque chose que je dois vous dire.

— Quoi donc, ma chère ?

Aashini prit une profonde inspiration. Son anniversaire arrivait le lendemain, et à partir de cet après-midi, Silas resterait à ses côtés. Elle n'était plus seule, et Matilda avait gagné le droit de connaître la vérité.

— Venez, dit-elle en prenant la main de Matilda et en la faisant s'asseoir à côté d'elle sur le lit. Je pense qu'il est temps que je vous révèle la vérité sur qui je suis réellement.

Elle raconta l'histoire brièvement cette fois, ne relatant que les points importants à Matilda. Elles auraient bien le temps d'en discuter, si Matilda décidait de rester son amie.

Une fois qu'elle eut terminé, elle s'assit et contempla le sol pendant quelques instants, avant de rassembler assez de courage pour oser croiser le regard de Matilda.

— Je… j'ai toujours su que vous aviez des secrets, murmura Matilda, manifestement décontenancée par l'histoire. Mais je n'aurais jamais imaginé…

Elle s'interrompit. Aashini n'arrivait pas à lire l'expression de son charmant visage tant il semblait parcouru d'émotions variées. Finalement, elle reconnut l'une d'entre elles.

La colère.

Aashini retint sa respiration, le cœur douloureux à l'idée de ce qui allait suivre.

— Ce… ce *salaud* !

Elle écarquilla les yeux. Matilda ne jurait que très rarement, et jamais avec autant de… de *venin*.

— Ma parole, Lucia… non, excusez-moi, *Aashini* — Seigneur, je vais avoir du mal à me souvenir de cela —, mais vraiment. Il mérite la pendaison. Terroriser une petite fille et… et s'il vous avait trouvée ? *Oh !* Oh, ma chère.

À sa grande surprise, Aashini se retrouva comprimée dans une étreinte féroce.

— Mais ne vous inquiétez plus. Dorénavant, lord Cavendish vous protégera, et les Demoiselles Surprenantes aussi. Nous vous soutiendrons, Luci — *Aashini*, vous savez que nous le ferons. Oh, et attendez que Nate apprenne cela… ! Mais… mais pourquoi pleurez-vous ?

En réalité, Aashini ne savait pas vraiment si elle pleurait ou si elle riait, en tout cas, les larmes coulaient sans s'arrêter. Le soulagement était trop intense, trop bouleversant. Elle savait que Matilda ne pouvait pas parler au nom de toutes les jeunes femmes de leur groupe, mais elle supposait qu'elles réagiraient de la même façon, ce qui lui donnait de l'espoir. En plus de cela… Matilda était au courant, et elle était toujours son amie.

— Oh, arrêtez maintenant, dit Matilda, consternée. Vous ne pouvez pas vous marier avec les yeux rouges et bouffis. Arrêtez, vous dis-je. Maintenant !

Les pleurs se transformèrent en rires devant la panique manifeste et l'indignation de son amie, et il fallut un petit moment avant qu'elles arrivent à redevenir suffisamment calmes pour discuter normalement.

Lorsque la crise d'hystérie fut passée, Matilda la ramena devant la coiffeuse et entreprit de réparer les dégâts qu'elles avaient causés avec leurs pleurs et leurs étreintes.

— Et voilà, on n'y voit que du feu, dit-elle.

Pour la première fois, Aashini croisa le regard de son amie alors que plus aucun secret ne les séparait.

— J'ai bien peur que vous soyez coincée avec moi, dit Matilda avec un sourire ironique. Les amis qui me supportent sont rares. Je ne vais pas me séparer de vous. D'ailleurs, je réserve deux mois de visite en automne, lorsque je serai une vieille fille sénile. Je me suis dit qu'en vous rendant visite à tour de rôle, vous ne serez pas trop fatiguées de ma présence.

— De quoi parlez-vous ? demanda Aashini qui rit en secouant la tête.

Elle se sentait si heureuse qu'elle avait l'impression qu'elle allait exploser de bonheur.

— Vous avez Mr Burton qui vous tourne autour, pour commencer. Il vous fera sa demande si vous levez ne serait-ce que le petit doigt pour l'encourager. J'ai du mal à croire que vous finirez vieille fille.

Elle regarda Matilda lui sourire. Son amie n'avait pas l'air tout à fait convaincue.

— C'est vrai, déclara Matilda en se mettant subitement en mouvement et en se dirigeant vers la porte. À présent, il faut finir de vous préparer. Le carrosse ne va pas tarder à arriver.

Aashini regarda Matilda partir. Elle s'inquiétait pour elle, elle savait qu'elle n'était pas la seule à avoir gardé des secrets, ou du moins… à n'avoir pas révélé l'entière vérité.

— Eh bien, je sais exactement d'où ma femme tire sa beauté, déclara Silas avec un sourire malicieux en aidant Dharani à descendre du carrosse. Quel magnifique sari !

Naturellement, c'était celui qu'il lui avait offert, et il voyait comme un très bon signe le fait qu'elle le porte.

La vieille femme soupira en restant concentrée sur son objectif d'atteindre la terre ferme avant de lever vers lui un regard noir.

— Dès que j'ai posé les yeux sur vous, j'ai su que vous étiez une source d'ennuis, grommela-t-elle.

Silas ne s'y trompa pas, elle ne cachait pas son ravissement, et — suspectait-il — son plaisir d'avoir une nouvelle personne avec laquelle se chamailler.

— Oh, je n'en doute pas, répondit Silas avec naturel. C'est pour cela que vous m'avez tant aimé.

— Hmpf, dit-elle, à bout de souffle tandis qu'il l'aidait à grimper les marches de sa demeure. Je ne peux pas le nier. J'ai toujours eu un faible pour les fauteurs de troubles.

Silas gloussa.

— Oh, je pense que nous nous entendrons à merveille.

— Tant que vous êtes toujours d'accord avec ce que je dis, et que vous obéissez, les choses devraient bien se passer, concéda Dharani avec un sourire diabolique.

— Tant que vous comprenez que je serai *bel et bien* d'accord… et que je ferai ce que j'ai envie de faire, oui, en effet, rétorqua Silas.

La vieille femme s'arrêta et plissa les yeux en le regardant.

— Malotrus, dit-elle.

— Sorcière, répliqua Silas.

Ils se dévisagèrent, et Dharani éclata de rire.

— Vous ferez l'affaire, dit-elle en secouant la tête. À présent, guidez-moi vers un endroit où je peux m'asseoir, et assurez-vous qu'il ne soit pas sujet aux courants d'air. Mes vieux os ne retiennent plus la chaleur comme avant.

Une fois que Dharani fut installée, et eut davantage la patte graissée avec un nouveau cadeau, un lourd châle de soie pour lui tenir chaud — par cette journée caniculaire qui faisait déjà craindre à Silas l'affaissement de son col — il alla accueillir Saint-Clair.

— Merci de faire cela, dit-il en serrant la main du comte.

— C'est un plaisir, déclara Saint-Clair avec le genre de sourire nonchalant qui faisait se pâmer n'importe quelle célibataire dans un rayon de vingt mètres. J'adore assister à un scandale juste avant qu'il n'explose.

Silas soupira en lui lançant un regard sévère, mais Saint-Clair le devança en levant une main.

— Si quiconque ne serait-ce que souffle un mot de travers sur la future lady Cavendish, soyez assuré que je lui casserai le nez. Bien que j'imagine devoir trouver une punition alternative pour les dames, ajouta-t-il en fronçant les sourcils.

— Brave homme, répondit Silas d'un ton bourru.

Sous ses airs charmeurs et désinvoltes battait un cœur sincère.

— Bon, à présent, où se trouve la magnifique mariée ? Le garçon d'honneur n'est-il pas censé recevoir un baiser le jour du mariage ?

— Pas s'il espère ressortir de la maison avec le nez intact, non, répondit Silas en ne plaisantant qu'à moitié tandis que son majordome l'informait que sa future femme venait d'arriver.

— Eh bien, déguerpissez, canaille, dit Saint-Clair qui prit les choses en main et poussa légèrement Silas. Allez prendre votre place. Oh, mais qui conduit la mariée à l'autel ?

Silas se figea en sentant une vague de panique monter dans sa poitrine.

Saint-Clair leva les yeux au ciel.

— Oh, juste ciel, camarade. Faut-il que je pense à tout ?

— Je ne lui ai fait la demande en mariage qu'hier, répondit Silas, légèrement indigné, mais soulagé d'avoir eu la présence d'esprit d'obtenir la licence en avance. Tout est allé très vite. Oh… attendez…

Il sourit et dévale les escaliers jusqu'à Fred qui restait dans les jambes de Mrs Winston.

— Fred ! cria-t-il.

Le valet se retourna, surpris.

— Cessez donc de harceler ma gouvernante, elle a un repas de mariage à préparer, et j'ai un travail pour vous.

Fred eut l'air légèrement étonné, mais suivi Silas en haut des escaliers.

— Saint-Clair, dit Silas en tirant Fred plus près. Voici mon valet, Mr Frédéric Davis.

Le regard du comte alla de l'un à l'autre. Surpris, il acquiesça néanmoins.

— Mr Davis.

— Lord Saint-Clair, répondit Fred, complètement dérouté.

— Jasper, dit Silas en se demandant s'il était sur le point d'insulter l'un de ses nouveaux amis.

— Oh, Seigneur, dit Saint-Clair, consterné. Jasper ? Me voilà dans le pétrin.

Silas s'esclaffa.

— Non, mais je le serai si personne ne peut accompagner ma femme à l'autel. Pourriez-vous, je vous prie, me faire cet honneur ? Je vous en serai éternellement reconnaissant.

— Bien sûr ! s'écria le comte en se réjouissant aussitôt, jusqu'à ce qu'il demande : Mais qui sera le garçon d'honneur ?

Silas se racla la gorge et se tourna vers Fred, qui cligna des yeux.

— Voulez-vous que je me dépêche d'aller vous chercher quelqu'un ? demanda-t-il, toujours perplexe.

— Non, espèce d'idiot, dit Silas en secouant la tête. J'aimerais que vous soyez mon garçon d'honneur, si cela ne vous ennuie pas ?

Fred le contempla, bouche bée. Son visage prit une éclatante couleur écarlate, avant de devenir parfaitement blanc.

— M-Mais je ne p-p-eux pas, monsieur, bégaya-t-il. Vous êtes un vicomte et je… je —

— Vous avez été un ami fidèle, Fred, dit Silas à voix basse. Et ce mariage virera de toute façon au scandale, que mon valet soit ou non mon garçon d'honneur, et pour ma part, je m'en moque éperdument. Vous êtes partant ?

Silas regarda Fred carrer les épaules et se redresser, les yeux étrangement brillants.

— Ce serait un immense honneur, monsieur.

Silas afficha un grand sourire et lâcha un soupir soulagé.

— Très bien. Allons, qu'attendons-nous ? Une femme magnifique veut se marier avec moi, je veux l'épouser avant qu'elle ne reprenne ses esprits.

— C'est une bonne idée, déclara Saint-Clair qui se hâta d'aller accueillir les demoiselles avant que Silas puisse répliquer quoi que ce soit.

Chapitre 19

Kitty !

Il s'est produit la plus extraordinaire des choses. Lucia se marie avec lord Cavendish sous licence spéciale chez lui cet après-midi !

Naturellement, compte tenu des circonstances, je pense qu'ils ne voudront pas aller à Green Park pour le feu d'artifice de ce soir. Je compte donc sur vous pour me donner le courage nécessaire pour affronter Montagu.

Oh, j'aurais tellement aimé que nous trouvions un moyen d'y échapper !

Venez chez moi quelques jours, je vous en serai reconnaissante. La maison sera affreusement tranquille sans Lucia.

— Extrait d'une lettre de miss Matilda Hunt à miss Kitty Connolly.

1er août 1814. Maison Cavendish, The Strand, Londres.

— Tenez.

Matilda regarda autour d'elle, et vit Saint-Clair lui tendre un mouchoir. Ce qui tombait bien, car celui qu'elle avait apporté était trempé.

— Merci, murmura-t-elle en espérant ne pas avoir l'air trop affreuse. Les mariages me font toujours pleurer, ajouta-t-elle en reniflant.

— Ils ont le même effet sur ma mère, répondit Saint-Clair avec le soupir lourd d'un homme habitué à transporter des mouchoirs supplémentaires pour ce genre d'occasions.

Matilda reporta son attention sur le couple à l'avant de la salle et soupira. La façon dont ils se regardaient l'un l'autre lui provoquait une boule dans la gorge. C'était merveilleux, mais, quelque part, un peu trop intime. Elle ne doutait pas que lord Cavendish ferait évacuer la maison à peine le déjeuner de mariage terminé. Il avait l'air d'un homme ayant très envie de se retrouver seul avec sa femme.

Non pas qu'elle pût l'en blâmer. Aashini était renversante. Vêtue d'une robe d'un vert éclatant, elle était jeune et fraîche, ravissante, sa peau dorée brillait de santé et de vitalité. Ses joues étaient joliment rougies, et une étincelle que Matilda n'avait jamais vue auparavant brillait dans ses yeux sombres. Elle avait l'air heureuse. Vraiment heureuse.

Tout comme sa grand-mère.

Matilda n'avait pas été encore présentée à la vieille femme assise qui regardait le déroulement de la cérémonie avec un bouleversement égal au sien, mais elle avait hâte de la rencontrer. Elle était fascinée par elle, par la glorieuse couleur jaune de sa robe qui semblait faite d'un seul pan de tissu, et par la marque rouge peinte sur son front. Les questions peuplaient son esprit alors qu'elle réalisait l'ampleur de son ignorance quant au pays natal d'Aashini, et elle espérait pouvoir trouver quelques-unes des réponses après la cérémonie.

Elle reporta son attention sur l'heureux couple alors que le pasteur prononçait les dernières phrases du service.

— Puisque Silas et Aashini consentent à être unis par les liens sacrés du mariage, qu'ils en ont témoigné devant Dieu et devant cette assemblée, que de ce fait ils ont engagé leur foi l'un envers l'autre, qu'ils l'ont déclarée en donnant et en recevant une alliance et en joignant les mains ; je vous déclare tous deux mari et femme jusqu'à ce que la mort vous sépare. Au nom du père, du fils, et du Saint-Esprit. Amen.

Matilda eut encore une fois besoin d'utiliser le mouchoir de Saint-Clair, et elle fut soulagée de voir que le pasteur faisait suivre la cérémonie d'une prière et d'un sermon avant de la terminer : ainsi, elle aurait le temps de se remettre de ses émotions.

Aashini était soulagée que le repas de mariage se déroule en comité réduit. Elle se sentait submergée par les émotions.

Il n'y avait que Matilda, Saint-Clair, Dharani et Mr Davis, malgré les protestations du valet de Silas qui ne voulait pas manger en compagnie des gens *de qualité*.

— Arrêtez de vous y opposer et asseyez-vous, le réprimanda Dharani.

Aashini se mordit la lèvre en se demandant si l'homme allait s'en offusquer.

— Quoi ? demanda sa grand-mère en voyant son regard anxieux. Si personne d'autre n'est dans ce cas-là, moi, j'ai faim. N'avez-vous pas faim ? demanda-t-elle à Mr Davis, qui contempla l'impressionnant défilé de plats devant lui et haussa les épaules.

— Je pourrais manger, admit-il.

— Excellent, répondit Dharani en lui faisant signe de s'asseoir à côté d'elle. Asseyez-vous ici, ordonna-t-elle.

À en juger par l'expression de Mr Davis, il n'oserait certainement pas désobéir à la vieille dame.

— À présent, si j'ai bien compris, les valets connaissent tout de leur maître, c'est bien vrai ?

— Évidemment, répondit Mr Davis d'un air très digne.

Dharani sourit en se penchant vers l'homme, en s'assurant de regarder Silas droit dans les yeux tandis qu'elle murmurait très distinctement :

— Dites-moi *tout*.

Aashini se tourna vers son nouveau mari et leva la main en désignant son annulaire.

— Il est trop tard pour changer d'avis, dit-elle. Devant Dieu et devant tout le monde.

Silas ricana et prit sa main. Il la porta à ses lèvres, et déclara :

— Je ne pouvais pas être plus heureux, et, ne vous inquiétez pas, j'ai très bien cerné votre grand-mère, dit-il avec un clin d'œil avant d'ajouter avec un sourire contrit : le seul problème, c'est qu'elle a fait la même chose avec moi.

Aashini éclata de rire, elle se sentait son cœur se gonfler de joie alors que Matilda penchait la tête vers sa grand-mère pour l'écouter d'un air ravi. La vieille dame semblait captiver son nouveau public.

— Êtes-vous heureuse, mon amour ?

Elle se tourna et offrit un large sourire à Silas, en se demandant comment il pouvait poser une question aussi bête.

— J'ai l'impression d'être dans un rêve, admit-elle en le regardant d'un air émerveillé.

Mon Dieu, qu'il était beau. Pas comme Saint-Clair, c'était vrai. Il n'était pas raffiné — ses traits et ses manières étaient bruts, sa façon de parler, trop directe — mais c'était ce qu'elle aimait chez lui. Silas était un homme bon qui savait ce que c'était d'affronter l'adversité, et de triompher d'elle. Son mari était un homme qui respecterait toujours ses souhaits, qui n'essaierait jamais de l'intimider ou de la faire se sentir inférieure à lui. C'était une chose rare. Elle le savait, et jamais, jamais elle ne tiendrait cela pour acquis.

— Quand pouvons-nous les faire partir ? murmura-t-il dans son oreille.

Elle rougit et sentit une chaleur étrange se réveiller dans le creux de son ventre.

— Pas encore, répondit-elle, à la fois scandalisée et enchantée.

— Êtes-vous sûre ? grommela-t-il, tout en connaissant déjà parfaitement la réponse.

— Tout à fait sûre.

Elle s'esclaffa, ravie par son expression boudeuse et ne put résister à l'envie de se pencher vers lui pour l'autoriser à lui voler un baiser.

— En attendant, murmura-t-elle.

Il sembla s'écouler un temps interminable avant que la fête ne touche à sa fin, mais, heureusement, Matilda et Saint-Clair avaient tous deux besoin de se préparer pour aller assister au feu d'artifice de Green Park.

— Je suis navrée de ne pas pouvoir vous accompagner ce soir, dit Aashini à Matilda, qui ricana.

— Menteuse, dit-elle en riant.

Son amie rougit.

— Eh bien, c'est vrai, admit Aashini. Mais je vous laisse seule avec Montagu.

— Non, non, répondit Matilda avec un geste de la main. J'ai de la compagnie : Mrs Bradford pour le respect des convenances, et Kitty pour le soutien moral. Je n'ai pas la moindre crainte concernant le marquis, je vous l'assure.

Aashini soupira en se demandant secrètement si elle ne serait pas plus rassurée de savoir que Matilda *avait* des craintes.

— Vous ferez attention, n'est-ce pas, Tilda, en saisissant les mains de son amie et en les serrant.

Matilda leva les yeux au ciel.

— Bien sûr ! s'exclama-t-elle. Cessez de vous inquiéter.

Elle se rapprocha pour lui murmurer à l'oreille :

— c'est vous qui avez une nuit de noces qui approche, pas moi.

— Oh, déguerpissez ! protesta Aashini en lui faisant signe de partir.

Saint-Clair était parti quelques minutes plus tôt, et en levant la tête elle vit Mr Davis escorter Dharani jusqu'à sa chambre, en grande conversation avec sa grand-mère charismatique.

— Ne vous en faites pas, c'est une grande maison, murmura Silas en glissant son bras autour de sa taille, et en la serrant contre son torse. Et sa bonne l'attend dans sa chambre.

— Vous avez pensé à tout, lord Cavendish, dit Aashini, en se tournant dans ses bras, et en se sentant soudainement assez timide.

— En effet, lady Cavendish, répondit-il.

Aashini sentit sa respiration s'arrêter momentanément en entendant cela.

— Oh, dit-elle. C'est la première fois que je l'entends. Lady Cavendish.

— Cela vous va à ravir, mon amour, lui dit Silas en souriant avec un regard chaleureux.

— Oui, dit Aashini en souriant malgré ses nerfs à vif. En effet.

Silas parut sur le point de l'embrasser, mais il y avait beaucoup de mouvements autour d'eux, puisque le personnel débarrassait les restes du repas, donc il se contenta de lui présenter son bras.

— Suivez-moi, dit-il avec une lueur malicieuse qui fit faire la plus incroyable cabriole à son estomac. J'ai quelque chose à vous montrer.

Il la guida jusqu'aux escaliers et Aashini s'esclaffa en haussant un sourcil.

— Vous avez quelque chose à me montrer à l'étage ? Le taquina-t-elle en posant le pied sur la première marche. Vous réalisez que nous sommes mariés ? Il n'y a pas besoin de recourir à des subterfuges.

Silas émit un petit rire.

— Accordez-moi un peu de crédit, mon amour, lui dit-il sur un ton de reproche. J'ai un cadeau pour vous.

— Oh !

Aashini lui adressa un sourire rayonnant.

— J'aime les cadeaux.

— Moi aussi, répondit Silas en soutenant son regard. Et j'ai grand-hâte de déballer le mien.

Aashini sentit ses joues chauffer après ce commentaire, et fut incapable de soutenir son regard. Il gloussa et la conduisit vers sa chambre.

Elle prit une profonde inspiration en regardant autour d'elle, en respirant l'odeur masculine de la pièce. L'odeur de linge amidonné et celle, légère, de l'eau de Cologne au rhum de laurier semblait glisser sur sa peau en lui provoquant dans son sang des frissons interdits d'excitation.

Silas la laissa découvrir son sanctuaire privé pendant quelques instants ; il passa dans une pièce adjacente et Aashini laissa glisser ses doigts sur le mobilier en bois dense et sur les tissus luxueux dans des teintes vert sombre et bleu.

Elle se retourna lorsqu'il revint en portant une large boîte plate. Il avait l'air nerveux, mais assez content de lui.

— Tenez, dit-il en mettant la boîte entre ses mains. J'ai suivi le conseil de Dharani, mais cela a été difficile à trouver en si peu de temps.

Curieuse, Aashini ouvrit la boîte et poussa une exclamation. À l'intérieur se trouvait un bijou indien traditionnel : un *maang tikka*, qui se portait sur le front et dans les cheveux. C'était un bijou circulaire, entouré de perles qui bougèrent lorsqu'elle le souleva. En son centre se trouvait une grosse émeraude en forme de goutte. Des diamants étaient disposés tout autour de la pierre. De fines chaînes d'or étaient accrochées au bijou, elles étaient décorées de perles et étaient destinées à reposer dans ses cheveux.

La gorge d'Aashini se serra tandis qu'elle faisait bouger le bijou dans ses mains en regardant la lumière se refléter sur les joyaux. Elle brillait comme les étoiles d'un ciel nocturne.

— Je… commença-t-elle, trop bouleversée pour savoir quoi dire.

— Nous pouvons le changer, déclara Silas précipitamment. Si cela ne va pas. Trouver quelque chose qui vous plaise davantage. Je le ferai faire pour vous. Bon sang, j'en ferai faire une douzaine, si cela vous fait plaisir.

Aashini secoua la tête, déchirée entre rires et larmes, ce qui n'était pas la première fois de la journée.

— N-non, balbutia-t-elle. C'est magnifique, renversant… oh, Silas, c'est *parfait*.

Elle l'entendit soupirer et le regarda à travers le voile de ses larmes.

— Vous l'aimez réellement ?

— Je l'aime réellement, dit-elle.

Simplement pour le rassurer, elle se déplaça vers le miroir sur pied dans le coin de la pièce et souleva le bijou en lui montrant comment il était censé être porté.

Silas, qui la contemplait par-dessus son épaule dans le miroir, en eut le souffle coupé.

— Renversant, dit-il d'un air émerveillé, le souffle court. Mon Dieu, Aashini, que diable ai-je donc fait pour avoir la chance de vous épouser ?

Aashini rangea le ravissant cadeau dans sa boîte doublée de soie, et ferma le couvercle avec soin. Elle la posa sur la table de nuit, avant de se tourner vers lui et d'entourer sa taille de ses bras.

— Vous étiez là lorsque j'ai eu besoin de vous. Lorsqu'il n'y avait plus personne, alors qu'aucun autre ne s'était donné la peine de voir au-delà de ce qu'ils avaient devant les yeux, vous l'avez fait. Vous avez vu *Aashini*, Silas, aucun autre ne l'avait fait avant, et je n'ai pas pu faire autrement que de tomber amoureuse de vous.

Elle le vit déglutir, elle vit l'émotion dans ses yeux lorsqu'il baissa le visage en pressant son front contre le sien.

— Je vous aime, dit-il d'un ton si sincère que son cœur se gonfla.

— Je sais.

Elle approcha sa bouche de la sienne, et cette invitation lui fut plus que suffisante. Aashini se pressa contre lui. Elle se délecta de la force, de la chaleur et de la tendresse qui émanaient des grandes mains qui lui caressaient le dos. Il l'embrassa plus passionnément encore ; elle aurait pu se mettre à ronronner de bonheur tandis que les crispations qu'elle avait pu avoir disparaissaient sous ses caresses.

Dharani, contrairement aux autres jeunes femmes qui étaient devenues ses amies, ne l'avait jamais laissée dans l'ignorance. *Nani maa* avait toujours dit qu'on ne pouvait empêcher un scélérat de porter atteinte à sa réputation si l'on ne connaissait pas les tours qu'il avait dans son sac, ou même ceux qu'il avait ailleurs. Quand bien même, comprendre le fonctionnement théorique, c'était une chose ; c'en était une autre de voir arriver sa nuit de noces… mais elle ne parvenait pas à imaginer la moindre chose susceptible de l'inquiéter, ici, dans les bras de son mari.

Il prendrait soin d'elle, il préférerait mourir plutôt que la blesser, et, si le plaisir qu'elle sentait déjà bouillonner en elle en était un signe, il y avait peu de chances qu'elle quitte cette pièce insatisfaite de son mariage.

— Aashini, chuchota-t-il, et le son du nom qui lui avait été volé si longtemps, murmuré avec tant d'amour, la fit sourire. J'aime cette couleur sur vous, continua-t-il, la faisant frissonner d'une caresse du doigt le long de sa nuque. Elle me rappelle le printemps et le soleil, quand tout est jeune, pur et vivant.

Il fit une pause avant de lui adresser un sourire malicieux.

— Et malgré tout… Je suis impatient de vous l'enlever.

Elle rit et lui présenta le dos pour qu'il puisse satisfaire son désir.

— Les couturiers sont les personnes les moins romantiques au monde, le savez-vous ? dit-il alors qu'il affrontait un nombre plutôt conséquent de minuscules boutons. Un homme avec moins de scrupules aurait déchiré cette satanée robe en deux.

— Arrêtez de vous plaindre et continuez à déboutonner, ordonna Aashini en retenant ses gloussements.

— Bien, mon épouse, répondit-il en reprenant sagement le travail commencé plus tôt.

Enfin, la robe tomba, glissant le long du corps d'Aashini dans un bruissement de satin. La respiration de l'homme se faisait plus rapide. Elle l'aida à enlever ses jupons et son corset, amusée de voir son mari si impatient de déballer son cadeau qu'il en devenait maladroit. Enfin, il ne resta plus que la chemise longue et les bas. Aashini ne parvint pas à réprimer le frisson qui la parcourut devant l'intensité de son regard.

Il leva la tête vers elle, ses sourcils sombres se froncèrent en constatant ses tremblements.

— N'avez-vous pas peur ? De moi ou…

Elle lui mit le doigt sur la bouche pour le faire taire et secoua la tête.

— Je n'ai plus peur de rien, pas avec vous.

Elle lui adressa un sourire malicieux en le regardant par-dessous les cils.

— Et Dharani ne m'a pas laissée dans l'ignorance, soyez sans crainte.

À son grand amusement, Silas eut l'air intimidé par cette déclaration.

— Pourquoi cela me rend-il anxieux ?

Aashini haussa les épaules et tira sur son manteau.

— Vous êtes toujours habillé, dit-elle d'un air désemparé.

— C'est que je n'ai pas fini, répondit-il en souriant, tout en saisissant le bord inférieur de la chemise longue. Puis-je ?

Son cœur lui martelait la poitrine à présent, l'impatience vibrait dans ses veines et la rendait légèrement étourdie.

— Vous pouvez.

La chemise fut enlevée en un mouvement bref. Elle regarda Silas reprendre ses esprits, ses yeux si sombres que le bleu indigo qu'elle aimait tant était presque noyé dans les profondeurs de son désir.

Son regard rencontra le sien et elle sut alors qu'il ne pouvait parler, mais ce fut mieux que quelques jolis mots qu'il aurait pu dire. Le savoir bouleversé au point d'en perdre la voix fit chanter son cœur.

Il l'embrassa, l'attira vers lui, ses mains parcoururent tendrement son corps, la comblant de caresses.

— Venez ici, dit-il d'une voix essoufflée. Il lui prit la main et l'accompagna jusqu'au lit.

— Allongez-vous.

Elle fit ce qu'il lui demandait, en se sentant un peu exposée, allongée devant lui alors que son regard de braise balayait son corps. Mais le sourire sur ce visage était si ivre de bonheur que ce sentiment ne dura pas.

— Toujours trop de vêtement, lui fit-elle, le rappelant à la réalité.

— Oh oui, répondit-il avec un petit rire.

Il jeta ses vêtements par terre le plus rapidement possible sous son regard amusé, les empilant involontairement. L'égayement d'Aashini se transforma en attention passionnée une fois son torse nu. Il ne portait plus que ses sous-vêtements. Sa gorge se fit sèche.

Les derniers vêtements touchèrent le sol, puis il s'approcha du lit avec un grand sourire et un air clairement prétentieux alors qu'elle l'observait intensément avec les yeux grands ouverts.

— C'est à ce moment que vous dites « oh Mon Dieu ».

— Oh, dit Aashini, le regard fixé sur la zone de poils sombre et la partie purement masculine dont elle ne pouvait tout simplement pas détourner les yeux. Oh Mon D-Dieu !

— Oui, exactement comme ça, répondit-il avec un petit rire tout en grimpant dans le lit à ses côtés.

Il la prit dans ses bras, et Aashini haleta, bouleversée par la sensation. Elle avait l'impression que la peau de Silas la brûlait, elle était tellement plus chaude que la sienne, mais également douce, sauf aux endroits où étaient ses poils drus, sur son torse, ses jambes et… là. Il lui laissa le temps de le découvrir, de s'habituer à lui, et sous son regard, elle fit courir ses mains sur son corps.

Elle leva les yeux, se perdit un instant dans la chaleur de son sourire, avant de continuer son exploration. Elle sentait son torse considérablement musclé sous sa main, ainsi que ses poils sombres, rugueux et épais. Aashini glissa ses doigts à travers ces derniers avant de les déplacer vers son mamelon, intriguée par la peau qui se durcissait alors qu'elle y traçait des cercles.

Silas prit une forte inspiration. Elle le regarda, un peu surprise.

— Ne vous arrêtez pas, l'exhorta-t-il tout en lui souriant. Je suis entièrement vôtre.

— Et il y a tant de vous à prendre, lui murmura-t-elle se mordant la lèvre.

Elle leva les yeux à nouveau vers lui alors qu'il s'agitait, et découvrit qu'il riait.

— C'est la vérité, protesta-t-elle en rougissant légèrement.

— Je ne me plaignais pas, mon amour, dit-il avec un petit rire.

Il bascula sur son flanc pour se retrouver face à elle.

— Ne vous arrêtez pas, lui demanda-t-il à nouveau. Touchez-moi.

Enhardie par le désir qu'elle lisait dans ses yeux, Aashini traça des doigts un chemin entre ses côtes, vers son bas-ventre et jusqu'à ce qu'elle entre en contact avec de la peau si délicate qu'elle haleta d'émerveillement. Elle le caressa avec des mouvements lents et contrôlés, et se rendit compte qu'il respirait fort.

— Comme ceci ? lui demanda-t-elle, désireuse de le satisfaire.

Il hocha la tête puis couvrit la main d'Aashini de la sienne, lui montrant comment il aimait être touché. Elle le copia, ravie de la sensation de pouvoir qu'elle avait sur lui, tandis qu'il gémissait en fermant les yeux.

— Vous aimez ça, murmura-t-elle, le sourire aux lèvres alors qu'il poussait un râle désespéré, à mi-chemin entre un rire et un soupir.

Elle se rapprocha et posa ses lèvres sur les siennes. Il la fit rouler sur le dos ; ses explorations semblaient suspendues pour l'instant. Il l'embrassa pendant un long et délicieux moment ; elle savourait la sensation de son être, de ce poids et de cette chaleur qui auraient pu la submerger et la rendre nerveuse. Mais c'était impossible avec Silas, ses sourires, ses yeux doux, ses murmures et ses encouragements.

La bouche du vicomte quitta la sienne pour glisser le long de son cou, de sa peau. Elle se cambra lorsqu'il l'embrassa de la même manière que le jour où elle avait accepté sa demande en mariage — à condition qu'il la réitère après son anniversaire. Ce jour était demain, non pas qu'elle s'en souciait particulièrement à l'instant. Les projets de revanche et de représailles lui semblaient lointains et beaucoup moins importants qu'auparavant.

Seuls le présent et le futur comptaient maintenant.

Le passé n'irait nulle part.

— Vous êtes si douce, murmura-t-il la bouche contre sa peau. Je n'ai rien goûté de si décadent et de si délicieux de toute ma vie.

— Pas même un gâteau ? demanda-t-elle avec l'envie de rire, le bonheur bouillonnant en elle.

— Loin de là, répondit-il.

Ses baisers partirent du cou de la jeune femme, descendirent vers son ventre et plus bas encore. Les yeux d'Aashini s'écarquillèrent lorsqu'il fit glisser sa bouche jusqu'à la peau tendre de son entrejambe.

— Ni les crèmes glacées du Gunter's ? dit-elle, si essoufflée qu'il lui devenait difficile de parler.

— Jamais, répondit-il d'une voix résolue. Rien au monde n'est aussi délicieux que vous, surtout à cet endroit.

Lorsque la langue de Silas rencontra la partie la plus intime de son être, Aashini haleta. Elle n'avait pas la moindre idée de ce qu'elle pouvait dire, ce qui était sûrement mieux, car elle ne souhaitait pas qu'il s'arrête pour lui répondre.

Le plaisir était si intense qu'elle se contractait en dessous de lui, sans vraiment savoir comment le supporter, mais ses mains puissantes la maintenaient en place tandis que les sensations atteignaient leur paroxysme. Se sachant au bord du précipice, Aashini retint son souffle, avant de basculer. Elle agrippa les draps, elle avait l'impression de pouvoir s'envoler si elle ne les tenait pas fermement. Mais Silas était là, l'apaisant et la rassurant alors que les ondulations se faisaient moins frénétiques. Il l'embrassa et la frôla du visage, s'assurant d'avoir réveillé toutes les sensations possibles de son corps avant que sa bouche ne s'éloigne.

Elle était allongée, étourdie, les paupières aussi lourdes que ses membres tandis que la bouche de Silas remontait le long de son corps en l'embrassant et que sa langue habile dessinait de légers motifs sur son ventre et ses seins.

Elle soupira quand il lui effleura le cou du bout du nez, mais trouva tout de même la force de lever les bras pour l'enlacer et lui caresser les cheveux d'une main.

— Si charmante, murmura-t-il, tout en appuyant son membre rigide contre l'endroit, toujours sensible, entre ses cuisses.

Surprise, elle se cambra tandis qu'il effleurait son intimité humide et embrasée, et le plaisir qu'il avait déjà invoqué jaillit à nouveau, plus puissant que jamais.

Instinctivement, elle lui ouvrit les jambes et souleva ses hanches, le désirant d'une manière qu'elle n'avait jamais connue avant. Quelque chose en elle le réclamait, souffrait du vide en elle dont elle réalisait enfin l'existence : elle souhaitait qu'il le comble.

— Oui, murmura-t-elle, les mains lui caressant son dos robuste.

— Je ne veux pas vous faire de mal, dit-il, visiblement soucieux, tandis qu'il se repositionnait et se rapprochait avec douceur.

— Vous ne m'en ferez pas, répondit-elle le sourire aux lèvres, je vous fais confiance.

— Dites-moi si…

Elle le tira vers elle pour l'embrasser et il gémit en s'introduisant plus profondément.

En vérité, cela lui faisait mal, mais Dharani lui avait promis que si elle se détendait et faisait confiance à son mari, tout irait bien. C'est donc ce qu'elle fit. Elle ferma les yeux et respira profondément, se concentrant sur les sensations que lui procurait ce corps musculeux qui l'enveloppait, le plaisir d'être si près de lui et, petit à petit, la douleur s'estompa.

Silas poussa une exclamation incohérente de plaisir si authentique qu'elle fut prise d'une vague de désir viscérale. Grand Dieu, elle désirait entendre cela à nouveau, ce son si primitif et désespéré. Elle partagea ses ondoiements et eut la satisfaction de voir son souhait se réaliser, alors que son propre plaisir s'intensifiait, et elle aussi, poussa un gémissement, tout en se surprenant d'avoir émis un bruit si licencieux.

Elle le regarda et le vit l'observer, les yeux noirs d'envie, et prit conscience que le son de son plaisir lui faisait effet aussi.

— Aashini, murmura-t-il d'une voix rauque tandis que leurs corps bougeaient de concert, l'intensité des gestes s'accroissant à chaque nouveau passage.

Silas baissa le bras et l'enroula autour de sa jambe pour l'écarter plus encore. L'angle était alors parfait, en harmonie avec le plaisir qui devenait si intense qu'elle ne pouvait plus respirer. Elle savait ce qui allait arriver et l'attendait, tremblante, anticipant ce moment, tout en l'agrippant, sachant qu'il était là avec elle.

Silas poussa un cri féroce et se crispa dans ses bras, la faisant basculer dans la lumière éblouissante qui étincelait et scintillait derrière ses yeux et dans son sang, tandis qu'elle se contractait sous le poids de son corps vigoureux, célébrant cet instant, cet homme, et la joie qu'il lui avait apportée.

Il s'immobilisa, le souffle court, transpirant, tandis qu'ils reprenaient progressivement pied avec la réalité. Elle leva les yeux vers lui, toujours sonnée par le désir. Il poussa un rire étonné.

— Ma parole, murmura-t-il, la regardant et souriant comme un petit garçon qui aurait découvert un sac plein de bonbons. Ma parole, dit-il à nouveau avant de rire aux éclats en roulant sur le dos, l'emportant avec lui.

Il fit en sorte que la tête d'Aashini puisse reposer sur son bras pour pouvoir l'observer.

— Tout va bien ?

Aashini fit oui de la tête, certaine que les mots étaient un trop grand effort pour le moment.

— Je ne vous ai pas fait mal ?

Elle secoua la tête, incapable d'effacer ce sourire stupide qui se dessinait sur son visage. Silas tendit la main pour lui caresser la joue.

— Merci, dit-il, sa sincérité visible dans les yeux. Merci de la confiance et de l'amour que vous m'avez accordés. Je n'arrive toujours pas à y croire, mais… merci.

Aashini n'avait pas les mots pour répondre à cela non plus, mais elle espérait que les larmes dans ses yeux, ce sourire ridicule… et ce baiser, suffiraient à lui faire comprendre la nature de ses sentiments.

Chapitre 20

Harriet, elle l'a fait ! Lucia a épousé lord
Cavendish ! Les vieilles mégères vont tomber
des nues !

— Extrait d'une lettre de miss Kitty Connolly à
miss Harriet Stanhope.

2 août 1814. Demeure du comte d'Ulceby, Hyde Park, Londres.

— Vous n'avez rien à craindre.

Aashini regarda son mari. Son expression était sévère, mais sa voix dégageait une telle tendresse, une telle confiance, qu'elle ne pouvait pas douter de ses paroles.

Ils s'installèrent dans son carrosse, devant la demeure du comte d'Ulceby, le temps qu'Aashini et Dharani rassemblent leur courage. Son valet, Mr Davis, les avait accompagnés aussi. Elle ne savait pas exactement pourquoi, mais Dharani et lui étaient très vite devenus amis, il était un compagnon joyeux, une présence assez chaleureuse, donc ça ne la dérangeait pas.

— Nous sommes arrivées jusque-là, *bhanvaraa*, déclara la vieille dame qui attrapa sa main et la serra fermement.

Elle se tourna vers sa grand-mère, observa les traits bien-aimés d'une femme qui avait affronté tant d'épreuves, leur faisant non seulement face, mais également triomphant de ces difficultés. C'était *Nani maa* qui avait amené Aashini ici, c'était grâce à ses conseils qu'elle était restée forte. Subitement, ce qu'elle devait faire relevait moins de la vengeance ; c'était surtout pour sa grand-mère, pour son père, pour les gens qui l'avaient aimée et qui voulaient qu'elle mène une vie simple et heureuse.

Aashini prit une grande inspiration.

— Je suis prête, dit-elle.

Silas lui sourit. Un sourire qui promettait qu'il ne la laisserait jamais tomber, et qui faisait s'envoler son cœur.

Il les aida, Dharani et elle, à sortir du carrosse. Il lui prit le bras tandis que Mr Davis escortait Dharani. Sa grand-mère avait l'air féroce ce jour-là, vêtue d'un sari rouge vif, avec une lueur provocatrice et déterminée qui flamboyait dans le regard.

Le majordome eut l'air surpris en leur ouvrant la porte.

— J'ai bien peur que lord Ulceby —

Silas ne lui laissa pas le temps de terminer sa phrase et pénétra dans la demeure.

— Où est-il ?

— Dans son bureau, monsieur, mais vous ne pouvez pas —

— Oh, je crois que vous allez découvrir que je peux, gronda Silas avec un regard noir si féroce que le majordome tressaillit et n'émit plus aucune objection.

Ils savaient tous les deux où se trouvait le bureau, bien sûr, puisqu'Aashini l'avait déjà visité auparavant, et que Silas l'avait espionnée cette fois-là.

Le cœur d'Aashini tambourinait dans sa poitrine, mais il était impossible pour elle d'avoir peur avec son mari à ses côtés. Elle jeta un rapide coup d'œil à Dharani, qui lui lança un regard malicieux, et la respiration d'Aashini s'arrêta. Tout irait bien. Peu importe l'issue de la situation, elle n'était pas seule.

Silas ouvrit violemment la porte du bureau et y pénétra à grands pas, Aashini leva le menton et balaya la pièce du regard, jusqu'à trouver le comte d'Ulceby.

Il était beaucoup moins effrayant qu'il l'avait été dans son imagination, ou dans les rares occasions où elle l'avait croisé. Assis derrière le bureau de chêne massif, où elle avait fumé un cigare — elle avait l'impression qu'une éternité s'était écoulée depuis — il paraissait ratatiné, comme diminué, et avait le visage aussi gris que ses cheveux. Elle se rendit compte à ce moment-là qu'il avait redouté ce moment. Tout comme elle, il avait vécu dans la peur. En quelque sorte, cela l'aida à se sentir mieux.

Cela lui donna du courage.

— Que signifie tout ceci ?

Aashini regarda le petit homme trapu qui avait émis cette déclaration sur un ton indigné. Il avait l'air d'un avocat et elle était certaine qu'il avait deviné l'objet de cette visite.

Ulceby ne dit rien. Il n'avait pas besoin de demander. Il savait.

Elle vit son regard se poser sur Dharani, puis sur elle.

Avec un ricanement de dégoût, il déclara au petit homme qui se tenait derrière lui :

— C'est elle. La bâtarde métisse du défunt comte.

Aashini sentit le courant de rage qui traversa Silas, et elle serra plus fermement sa main.

— Fermez votre foutue bouche, sinon c'est moi qui m'en chargerai, dit-il en fixant Ulceby avec un dégoût non dissimulé. Vous ne méritez pas de poser les yeux sur elle, et encore moins de parler d'elle.

Ulceby rit, un son grave et moqueur qui la mit mal à l'aise.

— Je vois qu'elle vous tient par les bijoux de famille, au même titre que les autres membres masculins de la haute société.

Le comte ricana. Silas lâcha la main d'Aashini et bondit en avant, en abattant les poings sur le bureau de l'homme avec tant de rage que tout le monde sursauta.

— Insultez à nouveau ma femme, et j'oublierai la promesse que je lui ai faite de ne pas être violent aujourd'hui.

— Votre *femme* ?

Un éclair de colère, ainsi que quelque chose qui ressemblait à de l'inquiétude, traversa les yeux de l'homme.

La requête d'une progéniture illégitime, à moitié indienne, était sans aucun doute un problème qu'il arriverait à surmonter. La femme d'un vicomte, en revanche…

— Oui, ma femme, gronda Silas.

Aashini pouvait sentir la puissance de sa colère, le désir qu'il avait de faire du mal à l'homme qui lui avait causé tant de souffrance. Il poursuivit :

— Et je vous conseille de rester courtois, ou, Dieu me vienne en aide, je vous éviscèrerai.

Le comte soutint le regard de Silas en affichant un calme apparent, mais Aashini l'avait vu tressaillir, et avait également remarqué que le peu de couleur qui restait sur son visage avait disparu. Il avait peur.

Malgré tout, le comte était un homme puissant, et un homme motivé par l'argent.

— Je vais vous dire, Cavendish, dit Ulceby en posant un regard de pure haine sur son époux. Partez tout de suite, et je ne raconterai pas au reste du monde d'où elle vient. Tout le monde pourra continuer de croire que c'est une simple putain espagnole, au moins, cela ne vous fermera pas autant de portes que la vérité.

— Silas !

Son nom résonna une demi-seconde avant qu'il ne se jette par-dessus le bureau, mais il se figea en se tournant vers elle.

— Je vous en prie, dit-elle en secouant la tête.

Elle vit l'effort qu'il fit pour se contrôler, mais il y parvint, car elle le lui avait demandé. Il fit un pas en arrière, et Aashini fit quelques pas en avant pour se placer devant le comte. Elle déclara, en le regardant dans les yeux :

— Comme c'est étrange, dit-elle en parlant à moitié pour elle-même. Vous avez été une présence immense durant toute ma vie, comme un monstre terrifiant tapi dans le noir. Mais vous n'êtes pas du tout un monstre, n'est-ce pas ? Vous n'êtes qu'un homme, un homme faible et avide qui irait jusqu'à assassiner une enfant pour obtenir ce qu'il veut.

Avec satisfaction, elle le vit tressaillir, et le petit avocat guindé poussa une exclamation de surprise.

— Je peux vous détruire, dit-il en la regardant avec un dégoût manifeste. C'est ce que je ferai, si vous êtes assez idiote pour essayer de réclamer —

— Réclamer ce qui m'appartient ? l'interrompit Aashini en réalisant qu'elle n'avait réellement plus peur.

Plus maintenant.

— Oui, continua-t-elle, je vais réclamer ce qui me revient, ce que mon père m'avait destiné, et non, vous ne me détruirez pas. Ce n'est pas en votre pouvoir.

— Oh, mais si, je vais raconter à toute l'aristocratie qui vous êtes, et vous récolterez alors leurs insultes et leur mépris.

Aashini émit un petit rire.

— Et vous pensez que cela me détruira ?

Elle secoua la tête et se tourna pour regarder son mari, qui la contemplait avec une telle adoration qu'elle sentit ce qui restait de haine, envers l'homme aigri devant elle s'évaporer. Elle n'avait plus la place pour des émotions aussi destructrices, c'était fini.

Son regard retourna sur le comte.

— *Je* révèlerai à l'aristocratie qui je suis. Je n'ai jamais eu la moindre intention de le cacher. Je l'ai simplement fait pour vous dissimuler ma véritable identité, jusqu'à ce que je sois suffisamment forte pour vous faire face. Je suis suffisamment forte, et il n'y a rien que vous puissiez faire qui me blessera. Vous me faites pitié, ajouta-t-elle en réalisant qu'elle le pensait vraiment.

Elle pouvait lire la fatigue dans ses yeux, le poids de trop d'années de haine et de mépris qui avait empoisonné son âme.

— C'est exactement ce que vous devriez ressentir vis-à-vis de lui, Aashini.

Elle se tourna alors, en voyant un éclat dangereux briller dans les yeux de Dharani. Sa grand-mère s'approcha du comte, avec le soutien de Mr Davis.

— Kali arrive pour vous, dit-elle avec un sourire qui perturba même Aashini. Vous, qui avez souillé votre corps et votre âme par amour de l'or, un amour si grand que vous auriez assassiné l'une de ses enfants pour vous remplir les poches. Une telle arrogance, un tel amour pour les plaisirs terrestres… oh, elle est en colère, monsieur, et elle entend mes prières.

Aashini se retourna pour regarder le comte. Il regardait Dharani, le visage grisâtre.

— Superstitions païennes idiotes, dit-il d'un ton railleur.

Mais tous dans la pièce voyaient bien qu'il était ébranlé. Il rêverait de Kali et de sa guirlande de têtes décapitées, épée en main, venir pour lui.

Silas retourna près du bureau en regardant Ulceby avec mépris. Fred le rejoignit et lui déposa une liasse de papiers entre les mains. Silas jeta les papiers sur le bureau et déclara :

— Simplement pour que les choses soient bien claires, ce sont les détails de toutes les dettes que vous avez contractées dans le pays. Chaque établissement de jeux, chaque marchand, chaque dette privée, tout est là.

— Et alors ? demanda Ucleby d'un air narquois.

Il tâchait de conserver un air nonchalant, mais Aashini le voyait transpirer et respirer avec difficulté.

— Je les ai rachetées, déclara Silas en souriant.

Il regarda le comte dans les yeux jusqu'à ce qu'il comprenne ce que cela signifiait.

Le cri de surprise d'Ulceby résonna en même temps que celui d'Aashini. Elle n'avait pas eu connaissance de cela, elle ne savait pas que Silas s'était donné du mal pour la protéger depuis… *depuis combien de temps* ? Combien de temps cela lui avait-il pris de rassembler toutes ces informations et… ?

Sa gorge se serra.

— Vous m'appartenez, dit Silas d'une voix dure et froide. Il me suffit de réclamer ces dettes, et votre château de cartes s'écroule.

Une fois de plus, il posa les mains sur le bureau et se pencha par-dessus :

— Donnez-moi une raison, dit-il d'une voix basse et menaçante.

Le comte d'Ulceby déglutit.

— Nous rendons visite aux avocats du défunt comte plus tard cet après-midi, poursuivit Silas. J'imagine qu'il y aura quelques papiers à signer, mais au-delà de cela je ne crois pas que nous rencontrerons le moindre obstacle pour récupérer l'héritage de ma femme. *N'est-ce pas*, monsieur ?

Ulceby ne leva pas les yeux vers Silas, ne répondit pas. Aashini n'était pas sûre qu'il en soit capable. Il avait l'air malade, mais il secoua la tête.

— Excellent, répondit Silas en ayant presque l'air jovial.

Il présenta son bras à Aashini en déclarant :

— Venez, lady Cavendish. À moins que vous n'ayez quelque chose à ajouter ?

Aashini se retourna pour jeter un regard à l'homme qui avait détruit une si grande partie de sa vie. Il était gris, il transpirait, et elle se demanda qui le regretterait lorsqu'il serait parti.

— Non, lord Cavendish, dit-elle en se tournant vers son époux.

Elle sourit à cet homme qui l'avait aidée à trouver sa place dans le monde, qui l'avait aidée à trouver son foyer.

— Je n'ai rien à ajouter.

Silas la raccompagna jusqu'au carrosse qui les attendait, et même lorsque tout le monde fut bien installé dans le véhicule en mouvement, il fallut attendre plusieurs minutes avant que quelqu'un ne parle.

Naturellement, il s'agissait de Dharani.

— Je trouve que tout s'est très bien déroulé.

Elle avait un air malicieux et Aashini, ainsi que tous les autres, éclata de rire, reconnaissant envers la vieille dame d'avoir brisé la tension qui régnait.

— Aashini, dit Silas en saisissant sa main et en la portant à ses lèvres. Je ne me suis jamais senti aussi fier de toute ma vie. La façon dont vous l'avez affronté. Cela me laisse bouche bée, mon amour.

— Il a raison, dit Dharani en hochant la tête avec un regard si plein d'amour qu'Aashini dut cligner des yeux pour ne pas pleurer. J'ai toujours été fière de vous, *bhanvaraa*, mais jamais autant qu'aujourd'hui. Vous avez fait preuve d'une telle dignité et d'une telle force de caractère. Kali était avec vous, et se sentait aussi fière que moi.

Aashini émit un rire tremblotant en luttant pour ne pas pleurer. Elle fut reconnaissante envers Mr Davis, qui se pencha pour lui tendre son mouchoir.

— Merci, marmonna-t-elle en se séchant les yeux. Je ne peux pas croire que cela soit fini. *Est-ce* fini ?

Elle regarda Silas, qui hocha la tête.

— Il est ruiné. Même si je ne réclame pas ses dettes, il devra vendre tout ce qui n'est pas soumis à l'entail pour pouvoir survivre.

— Mais, Silas, dit-elle en le regardant avec étonnement. Comment, quand ?

Silas lui sourit en secouant la tête.

— C'est à Fred que vous devez dire merci. Je lui ai demandé d'enquêter sur le comte, sans savoir quel fin limier j'envoyais. Il a flairé chaque dette d'ici à Land's End.

Aashini regarda le valet et Fred devint écarlate.

— Seulement parce que monsieur me l'a demandé, dit-il en se frottant l'arrière de la nuque et en haussant les épaules.

— Quand ? demanda Aashini. Combien de temps cela a-t-il pris ?

— C'était après la garden-party de la comtesse de Saint-Clair, déclara Fred en fronçant légèrement les sourcils. Je m'en souviens, car monsieur m'avait fait honte en s'y présentant débraillé, comme s'il avait passé la nuit dans un fossé.

Aashini éclata d'un rire surpris et se tourna vers Silas, qui se contenta de hausser les épaules.

— Mais c'était il y a des semaines, lui dit-elle en souriant. Tout ce temps, vous avez effectué des recherches pour moi ?

Silas secoua la tête, de l'humour dans le regard.

— Elles étaient pour moi, ces recherches, je peux vous l'assurer.

Aashini lui adressa un sourire rayonnant, avant de balayer l'intérieur du carrosse des yeux ; son regard s'arrêta sur son mari, sur Dharani, et même sur Fred, qu'elle connaissait à peine, mais qui semblait les avoir acceptés, sa grand-mère et elle, en un battement de cils.

Il y aurait des gens qui se moqueraient d'elle et qui essaieraient de la blesser, et ceux qu'elle aimait. C'était le monde dans lequel ils vivaient, et cela ne servait à rien de le nier. Pourtant elle sentait que ce monde n'avait plus le pouvoir de la blesser autant qu'avant. Elle était aimée et respectée, elle avait une maison, elle se sentait acceptée, et tout cela constituait en quelque sorte une armure, qu'elle porterait avec fierté.

— Aimeriez-vous retourner en Inde un jour ? lui demanda Silas.

Elle fut surprise par la question.

— Je – je ne sais pas, dit-elle.

Elle sourit en réalisant que c'était possible. Elle pouvait y retourner et revoir l'endroit où elle était née.

— Votre père vous a légué la propriété qui s'y trouve, *bhanvaraa*. Elle est à vous. Vous devriez y retourner, pour rendre hommage à vos parents, et découvrir le passé, à présent que ses fantômes ne sont plus là pour vous hanter.

Aashini hocha la tête. Dharani avait raison. Elle se tourna vers Silas.

— Mais voudriez-vous y aller ? demanda-t-elle en se disant que peut-être, il ne souhaiterait pas voyager aussi loin.

— Si je veux partir à l'aventure avec vous ? demanda-t-il en riant. Quelle question ! Quand partons-nous ?

Elle sourit en se rasseyant dans le fond du siège rembourré.

— Eh bien, pas tout de suite. Il y a plein d'aventures à vivre ici pour l'instant, je pense.

Elle lui lança un regard par-dessous les cils, intriguée et heureuse de la façon dont les yeux de Silas s'assombrirent.

— Comme il vous plaira, mon amour, murmura-t-il en soulevant la main de sa femme pour y déposer un baiser.

Il se tourna vers Dharani en tenant toujours la main d'Aashini.

— Et vous, Dharani ? Voudriez-vous nous accompagner lorsque nous irons ?

— Moi ?

La vieille dame fit une grimace et frissonna.

— Non. Le voyage a failli me tuer la première fois, je ne le referai pas. De plus, c'est ici chez moi désormais.

Dharani regarda par la fenêtre. C'était une belle journée d'été anglais, le ciel bleu était parsemé de nuages blancs. Elle se retourna en frissonnant.

Il fait trop froid, trop gris, trop… *bruineux* — pourquoi ne peut-il pas pleuvoir correctement — mais, de toute façon, dit-elle en reniflant, je m'y suis habituée.

— Ce n'est pas plus mal, déclara Silas. J'ai besoin que quelqu'un garde un œil sur le personnel en mon absence.

Dharani gloussa, alors que Fred poussait une petite exclamation indignée.

— Pourquoi faites-vous cette tête ? Lui demanda Silas. Je peux difficilement aller en Inde sans vous, n'est-ce pas ?

Apaisé, Fred sourit, avant de prendre un air inquiet.

— Dites, n'y a-t-il pas des serpents en Inde ?

Aashini soupira en voyant sa grand-mère prendre une expression machiavélique. La jeune femme s'installa confortablement pour écouter le récit de toutes les choses dangereuses et mortelles que le pauvre Fred allait probablement rencontrer, des tigres mangeurs d'hommes, aux éléphants en furie, sans oublier les scorpions et les crocodiles. Elle savait parfaitement que Dharani n'avait pas vu au cours de sa vie la moitié des choses qu'elle énumérait, mais *Nani maa* s'amusait tellement qu'elle ne dit rien.

Elle pourrait toujours rassurer Fred plus tard.

Chapitre 21

4 août 1814. Réunion des Demoiselles Surprenantes, Upper Walpole Street, Londres.

— Elle est arrivée ! s'écria Bonnie qui se tenait devant la fenêtre.

— D'accord, ma chère, il n'y a pas besoin de crier, dit Matilda en riant alors que Bonnie bondissait vers Ruth qui examinait une table qui gémissait sous le poids des gâteaux et des beignets à la crème.

— Bon, où sont les macarons ? murmura, Ruth. Je sais que Cook en a cuisiné.

— Plus précisément, où pourrait-on bien *poser* des macarons ? demanda Bonnie en désignant la table surchargée.

Ruth lui envoya un regard ahuri.

— Oh, je peux toujours trouver de la place pour des macarons, dit-elle, parfaitement sincère.

— Chut ! la voilà, souffla Kitty qui avait attendu l'oreille collée contre la porte.

Toutes les Demoiselles Surprenantes étaient réunies aujourd'hui, sauf Alice, qui était partie plus tôt à la campagne pour échapper à la chaleur. La pauvre Alice serait affreusement déçue de rater une autre réunion, mais elle n'était pas dans son assiette, et Nate avait décidé que l'air de la campagne lui ferait du bien. Matilda se demandait secrètement s'il n'y avait pas une autre raison à l'état de son amie, mais elle garda ces interrogations pour elle-même.

Les jeunes femmes se tinrent toutes bras dessus, bras dessous et étouffèrent leur rire, jusqu'à ce qu'Aashini passe la porte.

— *Bonjour, lady Cavendish* ! dirent-elles en chœur, comme une bande d'enfants indisciplinés, avant de pousser des exclamations, des cris, et de se précipiter vers la jeune mariée pour l'arroser de riz et de félicitations.

— Ne tombez pas cette fois, lança Ruth à Bonnie qui avait failli se briser la nuque — sans oublier le derrière — la dernière fois que l'on avait jeté du riz dans la demeure grandiose de Ruth.

Trop tard. Bonnie cria, elle parvint à conserver l'équilibre quelques secondes de plus grâce aux réflexes rapides d'Harriet, mais Matilda observa, en portant la main à la bouche, les deux femmes tomber lentement et de façon disgracieuse sur le sol.

— Juste ciel, murmura-t-elle en soupirant.

Elle essaya désespérément de conserver son sérieux, mais cessa de faire des efforts pour y parvenir en croisant le regard d'Aashini. Elle ouvrit grand les bras, et Aashini courut vers elle, l'étreignant férocement.

— Oh, c'est tellement bon de vous voir, déclara Matilda en souriant à son amie. Et vous êtes ravissante ! Mon Dieu, mais vous rayonnez. Le mariage vous va à merveille, ne trouvez-vous pas ?

— Oui, acquiesça Aashini qui sourit en rougissant. Silas est…

Elle rougit encore plus fort, avant de rire.

— … il est plutôt merveilleux, en fait.

— Chanceuse, soupira Matilda, avant de regarder autour d'elle.

Des éclats de rire retentissaient, Harriet et Bonnie tentaient de se relever, avant de retomber aussitôt : le parquet ciré, ainsi que les grains de riz, se liguait contre elles.

— Je crois qu'une adulte devrait intervenir, dit Mathilda.

— Savez-vous où nous pourrions en trouver ? demanda Aashini avec un petit sourire.

— Aucune idée.

Une fois que l'ordre fut rétabli, et que les demoiselles furent installées avec du thé et des gâteaux, Matilda donna de petits coups sur le côté de sa tasse à l'aide de sa cuillère. Elle jeta un coup d'œil à Aashini, vit l'anxiété briller dans ses yeux et lui lança un sourire rassurant. Matilda connaissait ces femmes, elle les connaissait et les aimait comme s'il s'agissait de ses propres sœurs. Elles ne les laisseraient pas tomber.

🎩 🎩 🎩

Aashini déglutit, sa tasse s'entrechoqua dans la soucoupe lorsqu'elle la posa. Son cœur avait fait un bon lorsqu'avait retenti le tintement de la cuillère de Matilda contre la porcelaine délicate, mais elle ne reculerait pas maintenant. Ces femmes avaient été ses amies au cours de ces derniers mois, il fallait qu'elle leur fasse confiance.

— Mesdames, dit Matilda en souriant à l'assemblée. Nous sommes réunies ici en partie pour féliciter notre chère amie pour son récent mariage.

Aashini rougit légèrement lorsque tout le monde se tourna vers elle en lui souriant. Prue, qui était récemment devenue duchesse de Lorny, lui envoya un clin d'œil coquin avant de tendre la main vers un autre gâteau.

— En revanche, ceci n'est pas l'unique raison. Notre chère Lucia a une histoire remarquable à vous raconter, ajouta-t-elle en se tournant vers Lucia avec un sourire aux lèvres.

Aashini passa sa langue sur les lèvres, sachant que c'était à son tour de parler.

— Bonjour, mesdames, dit-elle avant de se reprendre : mes amies. Je pense que je dois commencer par vous annoncer que… mon nom n'est pas Lucia de Feria.

12 août 1814. Demeure Cavendish, The Strand, Londres.

— Et si personne ne venait ? La saison est finie. Tous les gens importants sont partis à la campagne.

Dharani soupira en levant les yeux, et lança un regard à Aashini qui lui suggérait de cesser de lui rebattre les oreilles avec cela.

— Avec la quantité de ragots qui ont circulé ces dernières semaines, Fred m'a dit que l'endroit serait plein à craquer : tout le monde veut examiner la nouvelle lady Cavendish.

Aashini fronça les sourcils, l'estomac noué.

— Je ne suis pas sûre que cela m'aide à me sentir mieux.

Lorsque les Demoiselles Surprenantes l'avaient suggéré, un bal avait semblé être la solution idéale. Une grande fête pour célébrer son mariage avec Silas ainsi que son vingt et unième anniversaire — avec un peu de retard —, ce serait la première fois que la haute société verrait Aashini, et non pas Lucia de Feria, prendre place parmi eux, tout comme son père l'avait voulu.

Aashini sourit en se remémorant le silence consterné qui avait envahi la pièce à la fin de son récit, juste avant que Bonnie ne se jette à son cou et lui embrasse la joue.

— Puis-je rencontrer votre grand-mère ? avait-elle demandé dans la foulée. Il faut que je la rencontre.

Aashini avait tressailli légèrement en entendant cela. Elle savait que Bonnie n'avait pas besoin d'encouragement pour parler franchement, mais elle était quand même touchée. Après cela, tout le monde s'était mis à parler en même temps. Aucune d'entre elles ne l'avait regardée avec dédain, ni l'avait fait se sentir indésirable. C'était logique, bien sûr, maintenant qu'elle y pensait. Cela avait été le but même des Demoiselles Surprenantes, après tout : créer un endroit sûr pour toutes celles qui n'avaient pas les parfaits critères de beauté, richesse, naissance, ou une réputation immaculée. Elles avaient toutes fait l'expérience du rejet, et c'était cela qui les avait rapprochées.

Matilda lui avait souri alors que la cacophonie ne faisait que croître, avec une expression suffisante signifiant « *je vous l'avais bien dit* », mais Aashini ne s'en était absolument pas offusquée.

— Ne bougez pas.

Aashini fut ramenée au présent par l'avertissement de sa grand-mère. Elle leva les yeux et vit la vieille dame tenir une petite soucoupe de poudre vermillon appelée *sindoor*, qu'elle lui appliquait sur la raie des cheveux. Lorsqu'elle eut terminé, Dharani mit la poudre de côté et attrapa l'*alta*. C'était une peinture rouge, également à base de vermillon, utiliser pour recouvrir le bout des doigts et la plante des pieds, ainsi que les orteils. Aashini se mordit la lèvre en essayant de ne pas se tortiller pendant que sa grand-mère appliquait la peinture avec un pinceau doux. C'était froid, et cela chatouillait. C'était la tradition bengalie d'appliquer de la peinture ainsi durant les jours de célébration qui suivaient une union, et aujourd'hui, Aashini embrassait ses traditions.

L'aristocratie était venue pour voir Aashini, et ils la verraient.

Dharani appliqua ensuite le *bindi*, le petit point rouge entre les sourcils. Le bindi représentait l'*ajna*, ou le sixième chakra, le siège de la sagesse cachée, et Aashini ne l'avait jamais porté auparavant.

Le sentiment de connexion et d'appartenance se fit plus fort, les yeux de sa grand-mère rencontrèrent les siens, et la vieille dame lui sourit ; elle comprenait.

Une fois que Dharani fut satisfaite, et que la peinture eut fini de sécher, sa grand-mère attrapa la boîte qui contenait le *maang tikka* offert par Silas. Elle souleva le couvercle et sourit d'un air approbateur en contemplant les pierres scintillantes.

— Un homme bon, votre mari, dit-elle en souriant à Aashini. Riche, aussi. C'est toujours utile.

Aashini gloussa en secouant la tête.

— Restez tranquille ou vous le porterez sur le nez, la gronda Dharani.

Elle plaça le lourd disque sur son front, et disposa les fines chaînes d'or décorées de perles de façon à ce qu'elles reposent élégamment sur son front et ses cheveux.

— Ah, c'est si beau.

Dharani joignit les mains avec un air extasié.

— Mary, apportez-moi le sari, ordonna-t-elle à sa bonne qui se dépêcha d'apporter la luxueuse étoffe soigneusement pliée.

C'était un *banarasi* en soie. Il était rouge vif et bordé d'une bande dorée, et Aashini sentit son cœur bondir avec un mélange d'excitation et de peur. Le rouge était la couleur traditionnelle pour les mariées bengalies, mais la plupart des gens de l'aristocratie n'avaient jamais vu ce genre de vêtement auparavant, et elle ne pouvait qu'imaginer ce qu'ils en penseraient.

— Comme cela, *Nani maa* ? demanda-t-elle en l'enroulant autour de ses hanches et en glissant le bord du sari sous le jupon qu'elle portait en dessous.

Dharani hocha la tête et l'examina, en ajustant le tissu ici et là ; Mary tenait le tissu pour le maintenir tendu pendant qu'elle travaillait.

Aashini portait un haut ajusté de la même couleur rouge et or que le sari. Ses manches étaient courtes, il s'arrêtait un peu en dessous de la poitrine, et laissait voir son ventre.

Il fallut un certain temps pour plier le sari et épingler l'étoffe luxueuse. Une partie du tissu, d'abord enroulé autour des hanches, remontait pour couvrir le ventre d'Aashini, puis la lourde bande plissée passait finalement au-dessus de son épaule gauche ; soigneusement plié dans le dos, le tissu repassait ensuite par-dessus son épaule droite.

Aashini essaya de ne pas bouger pendant que Dharani s'affairait, pliant le tissu, examinant chaque pli d'un œil critique jusqu'à ce qu'elle soit satisfaite. Elle leva alors la tête, une lueur d'approbation et d'excitation dans le regard, et se tourna vers sa bonne.

— Mary, apportez-moi la boîte que je vous ai montrée ce matin.

La bonne sourit et poussa un couinement d'excitation, en se dépêchant de partir.

— Quelle boîte ? demanda Aashini à sa grand-mère en la regardant d'un air étonné.

La vieille dame haussa les épaules.

— Quelque chose que j'ai gardé pour toi.

Un instant plus tard, Mary réapparut en portant une lourde boîte en bois qu'Aashini n'avait pas souvenir d'avoir déjà vue. La fille la plaça soigneusement sur le lit, et recula, un air surexcité sur le visage alors que Dharani faisait signe à Aashini d'approcher.

— J'ai gardé ces objets pour vous, Aashini. Ils ont été offerts à votre mère par votre père, et il en a ajouté dans les années qui ont suivi sa mort. Il a toujours voulu que vous acceptiez vos origines.

Elle sourit, fit glisser sa main sur la boîte.

— Votre père n'était peut-être pas parfait, mais il vous aimait, *bhanvaraa.*

Aashini contempla la boîte, sa gorge se serra.

— Ouvrez-la, dit Dharani en lui faisant signe de se dépêcher, car Mary et elle mouraient d'envie de la voir découvrir son contenu.

Aashini souleva le couvercle en déglutissant avec difficulté. Elle dut cligner des yeux, éblouie par l'éclat de l'or et des joyaux.

— *Oh* !

Elle ne savait pas quoi dire d'autre. Il y avait des dizaines et des dizaines de bracelets, des colliers, des boucles d'oreilles, des bagues et… *juste ciel.*

Elle se retourna pour regarder Dharani.

— Vous aviez tout cela en votre possession depuis que nous avons quitté l'Inde ? Vous avez travaillé et économisé le moindre sou pour réussir à nous nourrir et nous vêtir pendant des années, et pendant tout ce temps-là —

— Ces choses vous appartiennent, Aashini, dit Dharani d'une voix inflexible, avec une expression de fierté farouche. J'aurais préféré mourir de faim plutôt que de les vendre.

Aashini contempla la vieille femme, toute cette volonté féroce dans ce corps si frêle. Dharani n'avait jamais laissé les circonstances briser cette volonté de survivre, de voir sa petite-fille en sécurité, et en possession de ce qui lui revenait de droit. Aashini ressentit une fierté immense d'avoir le sang de cette femme dans les veines, elle ressentait tellement d'amour qu'elle craignait de fondre en larmes.

— Ne vous avisez pas de pleurer, la gronda Dharani, mais sa voix était émue, et ses yeux brillaient un peu trop.

— *Nani maa*, réussit à articuler Aashini, avant de se jeter au cou de la vieille dame et de la serrer avec force.

— Vous allez froisser le sari ! protesta sa grand-mère, mais elle riait et serrait Aashini aussi, visiblement aussi heureuse et émue que sa petite-fille. Cela suffit ! ajouta-t-elle quelques minutes plus tard.

Elle lança à Aashini un regard qui lui rappela celui d'une petite fille choisissant des bonbons.

— Cela va prendre du temps de mettre tout cela, donc nous ferions mieux de nous y mettre.

Elle n'avait pas tort, et il s'écoula un petit laps de temps avant qu'Aashini ne soit enfin autorisée à jeter un coup d'œil à son reflet.

— Oh, madame, dit Mary en pressant les mains sur son cœur, en posant sur Aashini des yeux émerveillés. Je n'ai jamais rien vu d'aussi beau. De toute ma vie.

Aashini rit. Elle reconnaissait à peine la femme qui la regardait, mais elle aimait ce qu'elle voyait. Elle l'aimait beaucoup. Elle avait l'air heureuse, en paix avec elle-même, et… oui, elle était magnifique.

Ses yeux avaient l'air immenses, soulignés de kajal noir, et partout, elle étincelait : du glorieux sari rouge et or, aux dizaines de bracelets qu'elle portait sur chaque bras. La plupart étaient en or, mais il y avait également une paire faite de coquilles de conque, appelée *shakha* et *pola*, un rouge, un blanc, tout deux délicatement sculptés.

Des bagues ornaient la plupart de ses doigts, desquels partaient de fines chaînes en or qui venaient s'enrouler autour de ses poignets. Des bijoux scintillaient sur sa gorge, le *navaratna* attirait tellement le regard qu'elle ne parvenait pas à en détacher le sien. Ses neuf pierres étaient censées apporter chance et pouvoir à celui qui le portait. Des diamants entouraient chacune des pierres, et d'énormes perles pendaient par groupe de trois en dessous. Un rubis, symbole du soleil, se trouvait au centre ; chaque pierre avait une signification, une émeraude pour Mercure, un saphir jaune pour Jupiter, un diamant pour Vénus, et ainsi de suite.

Une croyance indienne racontait que les perles parfaites repoussaient la malchance, et Aashini en était tellement couverte qu'elle avait l'impression que rien de mauvais ne pourrait de nouveau lui arriver. Elle rit, ses lourdes boucles d'oreilles scintillèrent et se balancèrent lorsqu'elle tourna la tête.

— J'ai l'impression d'être tombée dans une boîte à bijoux, dit-elle, bouleversée et pétillante de bonheur.

Elle avait hâte que Silas la voie.

— Oh, Aashini, votre mère serait tellement fière de vous.

La voix de Dharani se brisa, et en se retournant, Aashini la vit s'essuyer les yeux.

— De vous aussi, *Nani maa*, dit-elle doucement. Sans vous, je ne serai pas là ; je n'oublierai jamais cela.

Dharani inspira profondément, et expira lentement.

— Eh bien, à présent, *bhanvaraa*. Vous êtes prête. Il est temps de montrer à votre mari, et au reste du monde, qui vous êtes réellement.

Aashini hocha la tête et traversa la pièce pour embrasser sa grand-mère sur le front.

— *Main tumse pyaar karti hoon, Nani maa*, chuchota-t-elle. Je vous aime.

Mary se précipita, impatiente de lui ouvrir la porte.

— Il fait les cent pas dans le couloir depuis au moins vingt minutes, gloussa la femme de chambre.

Aashini sourit en sortant. C'était vrai, Silas l'attendait en haut des escaliers. Il lui tournait le dos, et regardait en bas, en direction de la musique et des bavardages des invitées. Tous attendaient la grande entrée d'Aashini.

— Enfin, dit-il d'un ton amusé en se retournant. Je commençais à croire que…

Les mots s'éteignirent sur ses lèvres lorsque son regard se posa sur elle. Elle entendit sa respiration s'arrêter. Aashini lui adressa un sourire timide, à présent légèrement anxieuse, car le silence commençait à devenir long, et il ne faisait rien d'autre que la fixer bouche ouverte.

— Silas ? demanda-t-elle, un peu nerveuse.

Il n'avait pas l'habitude de voir une femme vêtue de la sorte. S'était-elle montrée idiote en pensant que cela lui plairait ?

— Aashini, dit-il d'une voix rauque. Je n'ai jamais… je… je n'ai…

La voix de Dharani résonna de la chambre :

— Dites-lui qu'elle est magnifique, espèce de gros balourd.

Ceci sembla suffire à le sortir de sa transe.

— Magnifique n'est pas le mot qui convient, dit-il en secouant la tête. La parole, Aashini, vous… vous ressemblez à une déesse.

Aashini relâcha le souffle qu'elle avait retenu sans s'en apercevoir, et rit.

— Merci.

Il s'approcha d'elle en l'admirant. Ses yeux bleus brillaient d'amour, de fierté, et d'émerveillement.

— Ma magnifique femme, dit-il.

Il avait un tel sourire sur les lèvres qu'Aashini sut qu'elle n'oublierait jamais ce moment. Aussi longtemps qu'elle vivrait, l'expression de son visage resterait à jamais gravée dans son cœur.

— Je suis tellement fier. Je vous aime, Aashini. Tellement.

Aashini cligna des yeux. Elle doutait de parvenir à effacer le sourire qu'elle avait sur ses lèvres dans les jours à venir.

— Je vous aime aussi, mon époux.

— Venez, lui dit-il en présentant son bras. Allons montrer à vos amies, et à tous ces gens qui meurent de curiosité, quelle femme remarquable j'ai épousée.

— Où est-elle ? râla Bonnie à l'intention de Matilda tandis qu'elles retournaient dans le hall d'entrée en compagnie du reste des Demoiselles Surprenantes, toutes impatientes d'apercevoir enfin Aashini.

— Elle veut faire une entrée, répondit Matilda pour la énième fois.

En vérité, elle aussi, mourait d'impatience. Aashini lui avait confié qu'elle porterait le costume traditionnel de son pays, et la description qu'elle lui en avait donnée l'avait intriguée. Elle était folle d'excitation.

— Oh, voici lord Cavendish, dit Kitty en lui faisant signe alors qu'il regardait par-dessus la rampe.

Le vicomte sourit et lui fit signe aussi avant de disparaître, un instant plus tard.

— Voyez-vous quelque chose ? demanda Harriet en tendant le cou.

— Rien du tout, se plaignit Bonnie.

— Vous êtes toutes ici.

Tout le monde se retourna, le duc de Lorny venait de pénétrer dans le hall à la recherche de sa femme. Prue se précipita vers lui et lui prit le bras.

— N'est-ce pas excitant, dit-elle en sautillant sur place. J'ai dû promettre à Alice d'écrire chaque détail de cette soirée. Elle est tellement déçue de ne pas être présente.

— Oui, c'est dommage, répondit Matilda avec un petit sourire. Mais elle ne se sent toujours pas très bien.

Prue croisa son regard et les deux femmes sourirent. Elles soupçonnaient toutes les deux qu'une heureuse nouvelle n'allait pas tarder à arriver. Matilda était très heureuse pour Nate. C'était tout ce que son frère avait toujours voulu, un mariage et une famille. Une maison remplie de bruit, d'agitation et de la folie qu'une grande famille apportait inévitablement.

— J'ai tellement hâte d'assister à la fête de Saint-Clair. Vous y allez toujours, n'est-ce pas, Matilda ? demanda Kitty en saisissant le bras de son amie. Je dois y accomplir mon défi, ne l'oubliez pas.

— Bien sûr ! Comment pourrais-je oublier ? dit-elle en souriant à Kitty. Je suis impatiente de voir cet ours impressionnant vêtu comme un gentleman, sans oublier la tête de Saint-Clair lorsqu'il le verra. Je ne manquerai ça pour rien au monde.

— Manquerai quoi ? demanda Ruth en arrivant bras dessus bras dessous avec Minerva, qui était magnifique ce soir dans sa robe de satin jaune vif.

— La fête de Saint-Clair, murmura Harriet en ayant l'air de vouloir lever les yeux au ciel.

— Je n'arrive pas à croire que je vais habiller cet ours, ajouta Kitty en pouffant de rire et en secouant la tête.

— Vous n'allez pas tout gâcher en jouant les rabat-joie, n'est-ce pas, Harriet ? la réprimanda Bonnie. Je ne sais pas pourquoi vous détestez Saint-Clair à ce point, mais ce n'est pas le cas pour nous autres, et nous voulons nous amuser.

Harriet rougit.

— Bien sûr que non, s'exclama-t-elle en ayant l'air insultée. Ma famille assiste à cette fête tous les ans. Je n'ai pas vraiment le choix, mais je sais être polie lorsque c'est nécessaire. Même si cela me tue, ajouta-t-elle tout bas.

Bonnie soupira en apercevant l'homme en question qui franchissait la porte.

— Je l'épouserais bien, dit-elle d'un ton rêveur avant que son expression s'assombrisse. Enfin, j'épouserais ce valet de pied là-bas, si je pensais qu'il pouvait me sauver de Gordon Anderson, ajouta-t-elle avec un regard sombre.

Matilda haussa les sourcils en voyant le valet de pied assez petit, grassouillet et chauve qui se hâtait avec un plateau de boisson.

— Oh, allons, Bonnie. Je ne peux pas croire qu'il soit aussi terrible. Quand l'avez-vous vu pour la dernière fois ?

— Il y a deux ans.

— Eh bien, voilà. C'est une longue période pour un jeune homme. Il est possible qu'il ait changé, dit Matilda en essayant de l'apaiser. Peut-être n'est-il pas aussi mauvais que dans vos souvenirs.

— C'est ce que je me suis dit la dernière fois que je devais le voir, admit Bonnie en serrant les lèvres. Je m'étais dit qu'il ne pouvait pas être aussi horrible que dans mes souvenirs, cela faisait alors une année que je ne l'avais pas vu.

— Et ? demanda Matilda en souriant avec espoir.

— Il était pire.

Matilda baissa les bras et reporta son attention vers les escaliers, où un éclat rouge avait attiré son regard.

— Elle arrive ! s'exclama-t-elle.

Tout le monde se retourna en levant la tête vers le haut de l'escalier. Lorsqu'Aashini apparut au bras de son mari, toute l'assemblée prit une grande inspiration en chœur, qui fut suivie d'un silence absolu.

Lord Cavendish avait l'air sur le point d'éclater de fierté, ce qui, pensa Matilda en découvrant cette beauté, était probablement la réaction appropriée à avoir.

— Je crois que je vais pleurer, dit Prue qui attrapa la main de Matilda et la serra fort.

— Je vous ai devancée, déclara Matilda qui s'essuya les yeux en riant, sans pouvoir néanmoins détacher le regard de cette vision qui s'approchait d'elles.

C'était une apparition de soie rouge, chaque centimètre de son corps était paré de bijoux qui brillait et scintillait lorsqu'elle bougeait.

— On dirait une princesse de conte de fées, déclara Minerva, émerveillée, les yeux écarquillés.

— Eh bien, déclara Ruth d'un ton rêveur, alors cela doit être son « ils vécurent heureux pour toujours ».

— Bonjour mesdames, dit Aashini en arrivant dans le hall.

Elle était rayonnante, dans ses yeux brillait une joie telle, que Matilda ne put s'empêcher de lui retourner la même expression.

— Oh, Aashini, je suis sûre que votre mari vous l'a probablement déjà dit, mais… vous êtes tellement ravissante.

Toutes les femmes acquiescèrent, chacune essayant d'avancer pour ajouter son commentaire ou accueillir le couple dans cette fête célébrée en l'honneur de leur union.

— Eh bien, lady Cavendish ? dit Silas, qui souriait d'une oreille à l'autre. Je pense que nous ferions mieux de commencer les festivités, pas vous ?

— Oui, très cher, je pense que nous devrions faire cela, déclara Aashini en le regardant avec une telle adoration que la gorge de Matilda se serra de nouveau.

Elle se rappelait à quel point la jeune femme s'était montrée véhémente quant à sa haine des hommes, sa détermination à ne jamais se marier, mais lord Cavendish avait su prouver qu'il était digne d'elle, Matilda ne pouvait qu'être d'accord là-dessus. Elle se disait que leur vie serait remplie d'aventures et d'amour, et se sentait privilégiée d'y avoir une place en tant qu'amie d'Aashini.

La nouvelle avait dû se répandre, car tous les invités arrivaient vers eux, désespérés de pouvoir apercevoir la nouvelle lady Cavendish. Des murmures choqués et approbateurs, des exclamations émerveillées et des soupirs scandalisés résonnèrent dans la demeure des Cavendish.

Les Demoiselles Surprenantes — avec le duc et la duchesse de Lorny à leur tête — se regroupèrent autour de leur amie, et l'escortèrent dans la salle de bal, et les réjouissances purent enfin commencer.

— J'ai mal aux pieds, gémit Kitty beaucoup plus tard, tout en s'installant dans le carrosse aux côtés de Matilda.

— Moi aussi, très chère, admit Matilda. Mais quelle nuit merveilleuse cela fut !

Kitty hocha la tête en enroulant ses bras autour d'elle-même.

— Chanceuse, chanceuse, notre Aashini. Avez-vous vu la façon qu'a lord Cavendish de la regarder ? Comme si c'était pour elle que le soleil brillait, et pour aucune autre raison.

Matilda rit en acquiesçant, elle voyait exactement ce que Kitty voulait dire.

— Vous êtes une romantique, Kitty.

— Je suppose que oui. Pas vous ?

Kitty la regarda en fronçant les sourcils, et Matilda haussa les épaules, elle ne savait pas vraiment comment répondre à cette question.

— Jadis, oui, mais à présent… oh, je ne sais pas. Il s'est passé tant de choses que j'ai du mal à croire aux contes de fées maintenant.

— Quoi ? Même après tout ce dont vous avez été témoin cette saison ? Trois d'entre nous sont mariées, Matilda. *Trois* ! Comment pouvez-vous ne pas y croire ?

Kitty secoua la tête, étonnée.

— Et ce ne sont pas des contes de fées, il s'agit de nous.

Matilda fronça les sourcils et se tourna vers Kitty pour mieux la regarder.

— Que voulez-vous dire, *il s'agit de nous* ?

— Ce sont les Demoiselles Surprenantes, dit Kitty en levant les yeux au ciel comme si elle parlait à une enfant particulièrement lente. Depuis que nous avons formé ce groupe, des choses sont arrivées. Avant cela, chacune d'entre nous était seule, à la dérive dans son petit monde, mais maintenant… maintenant, nous avons le groupe. Nous avons des amies et des confidentes, des gens qui abandonneraient ce qu'ils font à la seconde pour venir à notre secours si jamais le besoin s'en faisait sentir. Cela nous a transformées, Matilda, chacune d'entre nous. C'est comme…

Kitty s'interrompit en cherchant l'inspiration, les sourcils froncés.

— C'est comme si notre amitié nous avait donné un genre de pouvoir, comme si nous avions créé de la magie.

Matilda s'esclaffa en lui lançant un regard sceptique.

— Le pouvoir d'attirer un mari ?

— Non ! s'exclama Kitty, légèrement agacée. Le pouvoir d'être nous-mêmes, de *croire* en nous-mêmes. Les hommes ne sont qu'accessoires, vraiment. Ces trois-là ont juste été assez intelligents pour s'apercevoir de ce qui se passait.

— Donc, vous dîtes que nous avons commencé à attirer des maris grâce à notre nouvelle confiance en nous, parce que nous nous sentons soutenues ?

— Oui, exactement, dit Kitty en hochant la tête.

Matilda contempla la jeune femme, surprise et impressionnée.

— Comme vous êtes perspicace, Kitty. Je n'aurais jamais vu cela sous cet angle, mais oui, je crois que vous pourriez avoir raison.

— Bien sûr que j'ai raison, rétorqua Kitty avec un petit reniflement qui fit rire Matilda.

Il y eut un court silence avant que Kitty ne reprenne la parole.

— Avez-vous reçu des nouvelles de votre frère ? demanda-t-elle d'un air nonchalant, mais Matilda pouvait quand même réussir à discerner son désir désespéré d'avoir des informations.

— Oui, répondit-elle. J'ai bien peur qu'il ne connaisse aucun Luke Baxter, mais il m'a promis de mener l'enquête.

Kitty soupira et Matilda lui donna un sourire compatissant.

— Nous le trouverons, Kitty.

— Oh, je sais que nous le trouverons, répondit-elle avec une certitude qui surprit Matilda. Je le sens au fond de moi. Nous serons de nouveau ensemble, c'est inévitable. C'est notre destin. J'aimerais juste que le destin se dépêche un peu.

Elle se rapprocha de Matilda et posa la tête sur son épaule.

— Il me manque. Il me manque tellement.

Matilda mit son bras autour de Kitty et la serra en espérant avec ferveur que Luke Baxter pense la même chose. D'après Kitty, ils étaient encore des enfants lorsque le garçon avait disparu, et il n'y avait aucune garantie qu'il n'ait pas oublié la jeune femme. Il pouvait être déjà marié et avoir une famille.

Je vous en prie, faites que cela ne soit pas le cas, pria Matilda en espérant désespérément que tout finisse comme Kitty le voulait.

C'était possible.

Il arrivait que les amours de jeunesse se retrouvent et aient une fin heureuse.

Non ?

Kitty bâilla.

— Je suis si fatiguée, soupira-t-elle.

— Nous serons bientôt à la maison, répondit Matilda en ayant l'impression, plus que jamais, d'être une mère poule, ce qui la fit sourire.

Eh bien… trois poussins avaient quitté le nid pour l'instant, et elle ne pouvait pas se sentir plus heureuse pour elles. Pourquoi Kitty et les autres ne feraient-elles pas de même ?

Peut-être même que son tour arriverait ?

Matilda déglutit au souvenir de la nuit à Green Park, et de la sincérité de Mr Burton. Il avait dit vouloir la courtiser sérieusement, et elle savait qu'elle devrait accepter. Pourtant quelque chose la retenait.

Malgré elle, l'image du marquis de Montagu apparut dans son esprit, ses froids yeux gris reflétant les lumières du feu d'artifice au-dessus d'eux. Matilda ferma les yeux et força l'image à partir. Ce chemin ne mènerait qu'à la misère et à la disgrâce. Une relation avec lui flamboierait aussi violemment que l'avait fait le feu d'artifice, un spectacle étourdissant qui éclairerait la nuit, avant de la laisser seule et froide.

— Non, dit-elle.

— Quoi ?

Kitty et sursauta en faisant tressaillir Matilda qui ne s'était pas rendu compte qu'elle avait parlé à voix haute.

— Oh, pardonnez-moi, très chère. Je rêvassais, dit-elle en souriant à une Kitty somnolente, qui répondit par un soupir et un sourire avant de se réinstaller sur son épaule.

— Combien de jours avant la fête de Saint-Clair ?

Matilda gloussa.

— Huit jours, très chère.

— Merveilleux, murmura Kitty. Il y aura forcément plein de bons partis pour vous là-bas, Matilda. Bien que Mr Burton soit charmant, ajouta-t-elle avant de sombrer une fois de plus et de se mettre à ronfler doucement.

— Oui, dit Matilda avec un soupir mélancolique. Mr Burton *est* charmant. Et elle allait faire beaucoup plus d'efforts pour tomber amoureuse de lui

Suivre son Cœur

Les Audacieuses, livre 4

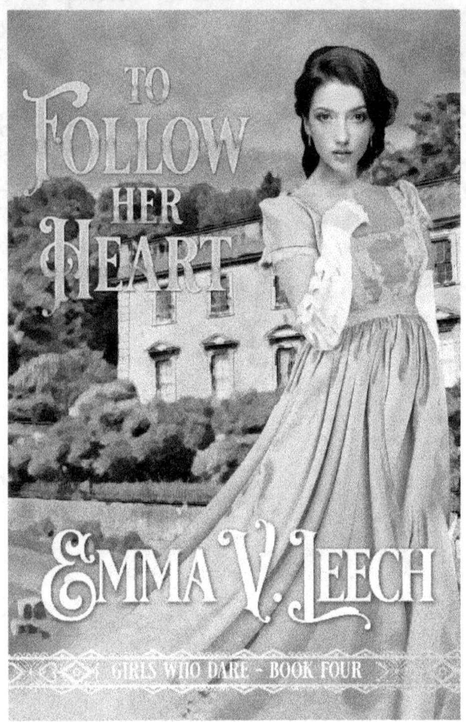

Un amour perdu…

Kitty Connolly a passé toute la saison à soutenir à son oncle qu'elle avait essayé de trouver un mari, mais il existe un problème dont il n'a pas connaissance.

Elle en a déjà un.

Certes, elle n'avait que onze ans lorsque la cérémonie avait eu lieu en présence de son chien, et son fiancé n'avait que treize ans. Mais ils avaient échangé des vœux, et pour Kitty, une promesse est une promesse. Luke Baxter avait promis de l'aimer jusqu'à ce que la mort les sépare, et pas question qu'il rompe son engagement.

Mais les problèmes ne s'arrêtent pas là : Luke avait disparu de sa vie seulement quelques semaines après leur mariage secret, et Kitty ne l'a pas revu depuis.

Jusqu'à ce jour.

L'espoir renaît…

Quand Luke refait soudainement surface à la fête d'été du comte de Saint-Clair et annonce ses fiançailles à la charmante héritière Lady Frances Grantham, Kitty est sous le choc…

… et se sent moralement obligée de pointer le problème du doigt.

Un cœur déterminé…

La situation dégénère lorsque Kitty menace de l'attaquer en justice pour avoir rompu sa promesse, et elle n'a qu'une poignée de jours pour tenter de convaincre Luke que son amour d'enfance vaut bien plus que la fortune de miss Grantham.

Mais ce Luke n'est plus le jeune garçon insouciant de son enfance ; lui rappeler ce que cela signifie de vivre par amour risque de mettre en péril bien plus que son cœur.

Prologue

London. 28 juillet 1814.

Je me rends enfin compte que je dois être un individu égoïste. Le destin a joué en ma faveur et m'a mis dans une situation à laquelle je ne m'attendais pas, et que je ne mérite pas. Bientôt — si j'agis comme Trevick le voudrait, comme il s'y attend — une somme d'argent considérable viendra s'ajouter à ma chance. N'importe quel homme dans ma position devrait voir un tel changement de situation comme un coup de la Providence.

Alors, pourquoi ai-je l'impression de me faire berner ?

— Extrait d'une lettre de Mr Luke Baxter à un correspondant inconnu. Jamais envoyée.

1 juillet 1800. Ballyhill House, Armoy, comté d'Antrim, Irlande du Nord.

Luke courut aussi vite que possible. Il s'échappa de la grande demeure, de ses pièces vides qui résonnaient, loin des sanglots de sa mère, de la rage de son père. Il n'avait pas la moindre idée de ce qui avait causé la fureur de son père. Tout était de sa faute. Ils avaient tout perdu. Non pas qu'il y eût grand-chose à perdre de toute façon, mais père avait gaspillé la dernière chose qui avait encore de la valeur : son honneur.

Ce fut un scandale épouvantable. Luke n'en connaissait pas exactement la cause, il savait juste que « *femme* » avait un rapport avec ce dernier. Il avait seulement neuf ans donc ce qu'il pensait, ce qu'il ressentait n'avait aucune importance. Tout ce qu'il avait réussi à saisir, en entendant ici et là des bribes de conversation, c'était que son père avait fait tomber la famille en disgrâce. Le comte de Trevick, à la tête de leur illustre famille, était mécontent, et avait donc envoyé son plus jeune frère, Mr Derby, s'occuper du père de Luc.

En seulement quelques jours, ils avaient été bannis, menacés d'être reniés et ignorés par la famille jusqu'à ce que cette horrible affaire se tasse. Mr Derby avait précisé que cela pourrait prendre des années.

Peut-être même plusieurs décennies.

Des années, coincés dans cet endroit lointain, loin de son école, de ses amis, de tout. Ces années s'étiraient devant Luke tel un néant interminable et incertain. La maison dans laquelle il avait été exilé était sale et sentait la pourriture, même si elle avait jadis été majestueuse. Des souris vivaient dans les murs et la maison était remplie de toiles d'araignée. Ils n'avaient pas les moyens d'engager suffisamment de personnel pour la restaurer et s'en occuper comme il aurait fallu ; mais les domestiques qu'ils avaient amenés s'étaient efforcés d'apporter un peu d'ordre dans tout ce chaos. Il sentait encore la poussière lui irriter la gorge et lui chatouiller le nez. Luke n'aimait ni les contrariétés, ni le chaos, ni le désordre, ni les changements.

Il avait aimé sa vie, son école, ses camarades. Il avait aimé la routine rassurante, connaître à l'avance le déroulement de chaque journée, semblable à la précédente.

Il se frotta le visage avec sa manche en se réprimandant pour pleurer de la sorte. Il n'était pas un bébé stupide. Il détestait son père, ne supportait pas de voir sa mère pleurer, et avait tout perdu, mais il ne pleurerait pas. Cela ne changerait rien ; c'était une leçon qu'il avait apprise il y a bien longtemps. Son père l'ignorait, qu'il pleure, crie, ou se conduise de façon exemplaire. Sa mère était trop occupée à verser des larmes, toujours à la merci de ses nerfs. Luke était terrifié, à juste titre, par les nerfs de sa mère. De toute façon, cela ne servait à rien de se rebiffer contre le destin ; ce dernier ne ferait que riposter avec plus d'ardeur.

— Qu'y a-t-il ?

Luke fit un bond. Il s'était cru seul, au beau milieu de nulle part, une condition qui devrait endurer pour les années à venir. La voix douce — gentille, avec un accent mélodieux — a failli le faire mourir de peur. Il fit volte-face et se retrouva nez à nez avec une fille.

Elle était menue, une masse de boucles épaisses entouraient le plus adorable des visages, aussi délicat que celui d'une fée. Ses yeux, entourés de cils épais, étaient gigantesques, presque aussi noirs que ses cheveux. La plus légère nuance de rose colorait ses joues, ses lèvres délicates étaient d'un ton plus foncé. Il se dit qu'elle devait avoir un an de moins que lui, deux au plus.

Il n'avait jamais rien vu d'aussi beau de toute sa vie et l'espace d'un instant, il se demanda si elle existait vraiment. Une femme de la région avait été embauchée pour travailler chez eux et elle lui avait raconté des histoires sur les Sidhes, ce peuple qui pouvait vous bénir ou vous maudire selon leur humeur. Elle avait dit qu'ils étaient incroyablement beaux, et qu'après les avoir vus, la vie d'un homme était changée à jamais.

En cet instant, Luke crut à cette légende.

Il l'aimerait et la suivrait n'importe où si elle le lui demandait.

Son cœur fit un petit bond curieux dans sa poitrine, et il s'en voulut d'avoir des pensées si mièvres. C'était juste une fille, pas une fée malicieuse, pas une belle princesse Sidhe. Ses amis l'auraient frappé s'ils avaient su.

— Pourquoi pleurez-vous ?

Son accent était si étrange et si impénétrable qu'il lui fallut un certain temps pour comprendre ce qu'elle avait dit.

— Je ne pleure pas, rétorqua-t-il, indigné par cette accusation malgré son exactitude.

— Oh, vous parlez drôlement, dit-elle, les yeux noirs brillants d'intérêt.

— Pas autant que vous, répliqua-t-il, vexé par le commentaire.

Elle le contempla pendant une longue minute, comme si elle examinait une créature étrange, quelque chose qu'elle n'avait jamais vu avant et qu'elle voulait comprendre. Sa jolie frimousse se pencha d'un côté.

— Vos cheveux sont si rouges ! Rouges comme des grenats éclairés par le soleil.

Son regard était admiratif. Elle ajouta :

— J'aime aussi vos taches de rousseur. Un jour, vous serez un homme très séduisant.

Luke cligna des yeux, les joues cramoisies. Il avait passé la majeure partie de sa scolarité à frapper ceux qui le tourmentaient au sujet de ses cheveux roux et de ses taches de rousseur. *Rouquin, tête de carotte, le grêlé, boule de son…*

Elle les *aimait*.

Il commençait à peine à comprendre cette étrange fille, et les émotions plus étranges encore qu'elle provoquait en lui, avant qu'elle ne repose sa question :

— Alors, pourquoi pleuriez-vous ?

Luke était encore sous le choc de découvrir qu'il *aimait une fille*, et qu'elle pensait qu'il serait un jour séduisant ; il était répugné à l'idée qu'elle le prenne pour un pleurnicheur.

— Je ne pleurais pas, lâcha-t-il en serrant les poings.

Elle lui jeta un regard compatissant et se rapprocha de lui. À sa grande surprise, elle lui prit la main, déplia ses doigts comme un soleil ouvrant une fleur, et la mit contre sa joue, qui était tout à fait aussi douce qu'il l'avait imaginée. Luke en eut le souffle coupé, déchiré entre la gratitude et l'indignation.

— Bien sûr que si, le réprimanda-t-elle avec douceur. Mais ça n'me regarde pas, je suppose. Mais si vous m'le dites, j'emporterai le secret dans ma tombe, juré.

Son visage délicat était si sérieux qu'il cligna les yeux de surprise. Peut-être était-elle réellement une fée, après tout. Il y avait quelque chose dans ses yeux, ces yeux noirs, si noirs, quelque chose qui lui soufflait qu'il pouvait avoir confiance en elle. Il poussa un soupir de désespoir et fut surpris de s'entendre lui révéler la vérité.

— Nous avons été bannis ici, et j'ai tout perdu. Nous n'avons pas d'argent, et je n'ai pas d'ami. Je déteste cet endroit et… je suis tout seul.

— Non vous n'êtes pas seul, dit-elle en lui lançant un sourire qui l'étourdit un peu. Parce que je vous ai trouvé, et vous m'avez trouvée, et donc… nous sommes ensemble, et nous ne serons plus jamais seuls.

Quatre ans plus tard

12 septembre 1804.

Kitty s'accrocha à la branche qui se balançait de manière plutôt inquiétante.

— Admettez-le, chaton. Vous êtes coincée.

Elle jeta un regard noir vers Luke, qui la regardait d'en bas. Il avait un air si arrogant qu'elle attrapa une pomme un peu plus haut — la raison pour laquelle elle avait grimpé — et lui lança à la tête. Elle le rata, et la pomme roula vers son chien, Khan, un énorme mastiff bringé. Il renifla la pomme, lui lança un regard patient, et reposa la tête sur ses pattes.

— Je ne suis pas coincée, répéta-t-elle, têtue jusqu'au bout. Je… je n'ai simplement pas trouvé le meilleur moyen de descendre… pour l'instant. Mais je vais y arriver.

Luke croisa les bras et resta silencieux. Khan soupira.

Kitty déglutit tandis que les bourrasques reprenaient. De larges nuages s'étalaient dans un ciel qui, une demi-heure plus tôt, était bleu. Le vent vif fit osciller les branches — déjà surchargées de fruits — d'une façon qui fit tressauter son cœur. Elle avait grimpé bien plus haut qu'elle n'en avait eu l'intention, mais c'était une habitude chez elle. Elle réfléchissait rarement avant d'agir : elle se contentait de foncer tête première dans ses projets. Ce qui provoquait l'admiration de Luke, qui admettait aussi se sentir mort de peur pour elle. Quant à Kitty, elle aurait aimé avoir une once de son calme olympien. Lorsque vous étiez fourré dans les ennuis, Luke vous en sortait, et Kitty était toujours fourrée dans les ennuis. Comme, par exemple, tout de suite.

L'arbre se balança à nouveau, plus fort. Elle poussa un petit cri, vit Luke grimper vers elle.

— Petit chaton têtu, soupira-t-il en arrivant à son niveau. Je vous ai bien dit qu'il serait impossible de grimper avec ces lourdes jupes, mais il fallait que vous me prouviez le contraire.

Kitty ressentit une sensation étrange, à couper le souffle, emplir sa poitrine à mesure qu'il approchait. À treize ans, Luke était devenu un jeune garçon très séduisant, comme elle l'avait prédit. Ses cheveux brillaient d'un éclat cuivré, et elle adorait les taches de rousseurs qui parsemaient son nez. Ses yeux étaient bleus, plus bleus que tous les ciels qu'elle avait vus. Parfois, le regarder était douloureux.

Elle adorait Luke *et* ses taches de rousseurs.

— Je sais, dit-elle en soufflant, frustrée. Et je ne vois pas pourquoi je dois porter ces maudites choses. Elles sont insupportables !

— *Vous* êtes insupportable, rétorqua-t-il en souriant. Et vous en connaissez la raison. C'est pour que vous deveniez une jeune femme convenable, et non un garçon manqué. Votre père veut mettre toutes les chances de votre côté, maintenant qu'il a les moyens de vous habiller convenablement.

— Je ne veux pas être une jeune femme convenable, répondit Kitty en ressentant un pic d'anxiété dans le cœur.

Son père comptait l'envoyer prochainement chez son oncle et sa tante à Londres, où elle apprendrait à être une jeune fille comme il faut, et serait élevée pour épouser un quelconque noble ruiné qui aurait besoin de sa dot. Elle devrait laisser Luke et Khan ici. Elle préférait mourir.

— Je ne veux pas grandir. Je veux que nous restions ici, ainsi, pour toujours.

Le visage de Luke s'adoucit, et Kitty eut encore plus de mal à respirer.

— Mais si vous ne grandissez pas, alors je ne pourrais pas vous épouser.

Cette fois, la respiration de Kitty s'arrêta net ; tout ce qu'elle pouvait faire, c'était le dévisager.

Il rougit, la couleur était vive sur sa peau pâle.

— À moins… à moins que vous ne vouliez —

— Bien sûr que je le veux ! s'exclama Kitty.

Elle se jeta à son cou, avant de sentir une rougeur, qui pouvait concurrencer celle de Luke, apparaitre sur ses joues.

— Vous savez que je le veux, ajouta-t-elle, un peu chagrinée par son geste impulsif, car le garçon arborait de nouveau un air suffisant.

Bien sûr qu'il le savait. Elle ne le lui avait jamais caché, depuis ce premier jour où elle l'avait trouvé, seul et misérable. Depuis, ils avaient été inséparables. C'était elle et Luke contre le reste du monde, cela l'avait toujours été, et c'était exactement comme cela qu'ils aimaient leur relation.

— Venez, lui dit-il en l'aidant à décoincer ses jupons et à trouver un appui convenable. Nous ne pouvons pas parler de l'avenir si vous êtes coincée dans un arbre.

— Je n'étais pas coincée, rétorqua Kitty, toujours aussi obstinée.

— Non, lui dit Luke d'un ton apaisant. Je sais. Vous étiez simplement en train de vous reposer.

Kitty tient sa langue, elle lui était trop redevable pour le contredire. Elle accepta son aide pour descendre. Mais en arrivant sur la dernière branche, elle trébucha : Luke la rattrapa et l'aida à retrouver l'équilibre. Il faisait toujours cela. Kitty était imprudente, têtue et obstinée, avec un caractère qui la faisait immanquablement courir droit vers les ennuis. Luke était calme, patient, et compréhensif. Il ne se plaignait jamais — ou rarement — quand lui aussi, se retrouvait dans le pétrin.

Il était inébranlable, loyal, c'était le meilleur ami qu'elle ait jamais eu, et elle l'aimait de tout son cœur.

Il la regardait d'un drôle d'air à présent, et Kitty se figea en se demandant si elle avait de la terre sur le nez. Elle était sur le point de lui poser la question, quand il se pencha et posa ses lèvres contre les siennes.

Cela ne dura qu'un bref instant, puis il la regarda de nouveau, le visage écarlate, l'air incertain.

— Cela vous déplaît-il ? demanda-t-il en respirant fort.

Kitty sentit un sourire ridicule se dessiner sur ses lèvres, et elle secoua la tête. Ses boucles noires dansèrent de façon désordonnée autour de son visage.

Luke souffla, soulagé, avant de l'embrasser à nouveau. Le baiser dura un peu plus longtemps cette fois. Kitty ferma les yeux en s'accrochant à lui et elle sut que c'était le moment le plus heureux de toute sa vie.

— Voulez-vous réellement m'épouser ? demanda-t-il.

Elle n'avait jamais vu autant de sérieux dans ses yeux bleus.

— Oui, souffla-t-elle avec le peu d'air qui restait dans ses poumons, car il lui en avait volé la quasi-totalité avec ses baisers. Oui, Luke, volontiers.

Ils s'assirent ensemble, main dans la main, adossées contre le tronc noueux du pommier, et élaborèrent des plans pour s'enfuir dès qu'ils seraient en âge de se marier. Khan s'approcha et s'affala près d'eux. Il immobilisa la jeune fille en posant sa lourde tête sur ses jupons.

— Vous savez que vos parents ne le permettront pas, déclara Luke, après quelques minutes de bonheur, la tête de Kitty posée sur son épaule. Pas maintenant que vous avez de l'argent. Donc, il faudra fuguer, dit-il, l'air contrarié par cette idée. J'en suis navré, car cela créera un scandale. Ma famille en a déjà tellement eu que cela n'a pas d'importance, mais la vôtre…

Elle le regarda hausser les épaules et sut que l'opprobre que son père avait jeté sur sa famille lui restait en travers de la gorge.

— Votre famille s'est enrichie depuis que votre père a construit cette usine, et puisque mon père est mort sans avoir fait le moindre effort pour…

Il haussa de nouveau les épaules, et le cœur de Kitty se serra.

À en juger par ce dont elle avait été témoin, la mère de Luke était une femme misérable qui passait le plus clair de son temps à se plaindre de leur situation de pauvreté et de son défunt mari, mais ne levait jamais le petit doigt pour faire quoi que ce soit d'utile. Son seul but dans la vie semblait être de rendre Luke aussi malheureux qu'elle en lui rappelant chaque jour tout ce qu'ils avaient perdu, tout ce qui aurait dû leur appartenir.

— Je n'ai rien, chaton, rien à vous offrir, mais je ne serai pas comme mon père. Je travaillerai dur pour gagner ma fortune, comme votre père. À l'école, mon tuteur semble croire qu'il y a un cerveau dans ce crâne, et je ne vous laisserai pas tomber, je vous le promets.

— Je le sais, dit-elle en le regardant, le cœur prêt à éclater de joie et de fierté. Et je me fiche de l'argent que vous possédez, tant que nous sommes ensemble.

— Pas moi, admit-il d'un air crispé.

Il joua avec l'une de ses boucles, l'enroulant autour de son doigt.

— Je veux que vous ne manquiez de rien. Des jolies robes, des carrosses, et —

Kitty ricana en secouant la tête.

— Je me fiche des possessions, dit-elle en lui lançant un regard indulgent.

— Vous devriez vous en soucier, dit-il en fronçant de nouveau les sourcils. Si père n'avait pas tout gâché, mon nom signifierait encore quelque chose, et je n'aurais pas cette satanée réputation tachée d'adultère et de meurtre accrochée autour du cou.

Kitty grimaça en l'entendant jurer. Il le faisait rarement, mais il n'avait jamais pardonné son père, et cette colère était encore palpable. Elle avait appris toute l'histoire, arrachée à lui morceau par morceau, une fois qu'il avait découvert la vérité. Les rumeurs l'avaient même suivi jusqu'ici. Son père était tombé follement amoureux d'une chanteuse d'opéra, aimée également par un autre homme — marié, lui aussi. Ils s'étaient battus en duel et son rival avait succombé. L'affaire avait été étouffée, naturellement. Le comte de Trevick y avait veillé, mais ils avaient exilé Mr Baxter, sa femme hystérique, et leur jeune fils sur une propriété familiale en Irlande avant que cette histoire ne puisse nuire au comte par association. Ils pourraient revenir lorsque le scandale aurait été oublié, avait dit le comte. Sauf que le père de Luke était mort trois années auparavant, et Trevick semblait avoir oublié leur existence.

— Je vous aime, Luke, dit-elle en levant les yeux vers lui.

Elle savait qu'il deviendrait un homme bien.

Même maintenant, à leur jeune âge, elle pouvait le voir en lui ; elle reconnaissait la force de son cœur, de sa volonté. Il semblait toujours beaucoup plus vieux qu'elle, plus sage aussi, et elle comptait sur cela — sur lui — pour l'empêcher de faire des choses folles avec son esprit sauvage et impétueux.

— Je vous aimerai toujours, chaton, dit-il d'un ton tout aussi solennel.

Elle savait qu'ils n'auraient pas dû se dire ce genre de choses, encore moins les penser, mais jusqu'à ces derniers mois, ses parents l'avaient laissée se comporter aussi librement qu'elle le souhaitait, et la mère de Luke ne se souciait de rien d'autre que son propre confort. On les avait trop délaissés, et ils s'étaient accrochés l'un à l'autre jusqu'à ce que l'idée de l'un sans l'autre soit trop rocambolesque pour être considérée. Depuis l'arrivée de Luke, c'était tout juste s'il s'était écoulé une journée qu'ils n'aient pas passée ensemble.

Les mots, une fois échangés, semblèrent modifier quelque chose, l'atmosphère parut différente.

— Je ne veux pas attendre, déclara Luke avec une telle véhémence que Kitty sursauta. Je voudrais que nous puissions nous marier maintenant, et partir, loin d'eux. Surtout de ma mère.

— Moi aussi, répondit Kitty un peu prudemment.

Elle n'avait pas l'habitude d'être la voix de la raison. Elle poursuivit :

— Mais nous ne sommes pas assez vieux, Luke, ils nous retrouveront, et nous ramèneront. De plus, ce n'est pas trop mal ici pour le moment, si ?

Elle leva les yeux vers lui et Luke sourit. Il glissa un bras autour de ses épaules et lui embrassa le bout du nez.

— Non, répondit-il, mais il avait l'air incertain.

Il resta silencieux pendant un long moment, avant de prendre à nouveau la parole :

— Mais… mais si nous nous mariions maintenant ? demanda-t-il, le souffle soudainement court, les yeux brillants d'excitation.

— Que voulez-vous dire ? demanda Kitty en riant devant son enthousiasme.

— Eh bien, si nous avions une bible, une bague, et que nous prononcions nos vœux ? Je sais que cela ne serait pas légal, pas vraiment, mais… mais *nous* saurions au fond de nous que c'est réel, que cela s'est produit.

Kitty cessa de respirer.

— Vraiment ? demanda-t-elle en entendant le tremblement dans sa voix.

Luke lui serra la main en hochant la tête.

— Vraiment, aujourd'hui, tout de suite.

Il se déplaça, posa un genou à terre, comme le plus chevaleresque des chevaliers d'antan. Ses yeux bleus rencontrèrent les siens.

— Kitty Connolly, mon chaton, voulez-vous m'épouser ?

— Oui, répondit-elle en sentant sa gorge se serrer. Je vous l'ai déjà dit.

Il bondit sur ses pieds avec un grand sourire sur le visage.

— Alors, ne bougez pas d'ici, dit-il en riant.

— Mais où allez-vous ? demanda-t-elle, hilare elle aussi, car la joie de Luke était contagieuse.

— Eh bien, chercher une bible et une bague, bien sûr, s'exclama-t-il.

Il partit en courant à travers le verger et disparut de sa vue.

Chapitre 1

Dix ans plus tard.

Mon très cher ami,

Ce soir aura lieu le feu d'artifice à Green Park.

J'ai hâte d'y être, surtout accompagnée de Matilda. Je pense qu'elle se sent seule depuis le mariage d'Aashini, et elle m'a invitée à rester chez elle jusqu'à la fête de Saint-Clair. J'ai également hâte d'y être. Il y a beaucoup de choses agréables dans la vie lorsque l'on est prêt à les apprécier, et ce n'est pas dans ma nature de me morfondre, comme vous le savez bien.

Je me suis fait de charmantes amies durant cette saison, et pourtant, derrière toute cette excitation et ce bonheur, je suis déchirée. Je ressens votre absence chaque seconde, et je ne sais pas comment réparer mon âme brisée.

Voyez-vous, mon cœur vous appartient encore, comme nous nous le sommes promis en cette charmante journée de septembre. La bague que vous m'aviez donnée est désormais trop petite, mais je l'ai conservée, tout comme les vœux que nous avions échangés. Je vous en prie, cher Luke, revenez à moi. Chaque jour qui nous sépare creuse le trou béant de mon cœur.

—Extrait d'une lettre de miss Kitty Connolly à Mr Luke Baxter… jamais envoyée.

1ᵉʳ août 1814, South Audley Street, Londres.

Kitty passa la main sur les plis de sa robe. Elle se sentait inexplicablement nerveuse. Le marquis de Montagu les escortait, Matilda et elle, aux feux d'artifice de Green Park ce soir-là, et l'homme la terrifiait. Elle était certaine de dire ou faire quelque chose de scandaleux — elle faisait toujours cela lorsqu'elle était nerveuse — et il la mépriserait alors encore plus que ce n'était déjà le cas. Elle ne comprenait pas pourquoi il l'avait invitée tout court, mais elle soupçonnait tout cela d'avoir davantage un rapport avec Matilda. Cela aussi, c'était inquiétant.

Au moins, Mr Burton serait également présent. C'était un homme séduisant, sensible, qui avait réussi seul dans la vie à force de travail, ce qui voulait dire que toute l'aristocratie le méprisait en dépit de sa fortune. C'était n'importe quoi. Matilda aurait de la chance d'épouser un homme comme lui, un homme qui était devenu riche grâce à sa propre intelligence et à son travail, plutôt que d'être né dans la richesse. Kitty venait d'une famille illustre, bien qu'avec son héritage irlandais, elle aurait tout aussi bien pu être née dans un marais et avoir été élevée par des loups aux yeux de la haute société. Leur chance avait vacillé pendant un temps, jusqu'à ce que le commerce du lin prenne son essor, et les rende riches. Son père possédait des centaines d'hectares de lin ainsi que trois usines à présent, et il avait pour projet d'en avoir une quatrième.

Ses parents, désireux de lui trouver un époux noble, l'avaient envoyée vivre chez son oncle et sa tante. Tante Clara Henshaw avait épousé un gentilhomme anglais, et était elle-même devenue si anglaise que la plupart des gens avaient oublié ou même pardonné ses origines irlandaises. Sa tante avait travaillé dur pour effacer son accent, mais Kitty refusait de le perdre, bien qu'elle eût conscience qu'il se soit atténué au fil des années passées chez son oncle et sa tante, qui la reprenaient sans cesse. Mais elle s'y accrochait, plus têtue que jamais. Quelle importance cela avait-il ? Elle n'avait aucunement l'intention de se trouver un époux anglais. Elle en avait déjà un.

Elle l'avait juste… momentanément égaré.

Cela lui fit mal au cœur, et elle chassa cette pensée de son esprit. Elle ne se laisserait pas sombrer dans le désespoir. Pour la première fois depuis longtemps, elle avait l'espoir de le retrouver. Le frère de Matilda avait promis de l'aider, et Nate Hunter connaissait tout le monde.

— Êtes-vous prête, très chère ?

Kitty leva la tête en entendant Matilda l'appeler. Son amie passa la tête dans l'entrebâillement de la porte.

— Oh, vous êtes ravissante, Kitty, dit-elle en souriant et en examinant son amie. Cette nuance de bleu vous va à ravir.

Kitty la remercia en souriant, sans mentionner le fait qu'elle l'avait choisie car elle était exactement de la même couleur que les yeux de Luc. Elle remarqua que Matilda portait une robe d'une magnifique teinte gris-argenté, et lutta contre un sentiment d'inquiétude.

— Je crois savoir que le comte de Saint-Clair accompagnera le marquis ce soir ? demanda Kitty en essayant de calmer ses nerfs.

Au moins, Matilda avait l'air aussi détendue et calme que d'habitude, donc on pouvait espérer que la soirée se déroule sans accroc.

— Oui, Dieu merci, répondit Matilda avec un sourire complice. Ainsi, nous n'aurons pas besoin de baigner dans la terreur du dédain du marquis ; le charme de Saint-Clair et son caractère sauront dissiper la tension.

— C'est un réconfort, soupira Kitty. Même si je pense que cela risque d'enrager Harriet. Connaissez-vous les raisons de sa haine envers lui ?

— Non, répondit Matilda d'un air pensif. Mais je ne pense pas que ce sentiment soit réciproque.

— Ah ? répondit Kitty, enchantée de cette information. Que voulez-vous dire ?

Matilda haussa les épaules et lui lança un sourire énigmatique.

— Contentez-vous d'observer Saint-Clair ce soir, lorsqu'Harriet est à proximité. Vous verrez.

Il fallut que Kitty se satisfasse de cette réponse intrigante ; elle descendit avec Matilda pour attendre le carrosse.

Jasper Cadogan, le comte de Saint-Clair, assis dans le carrosse, jeta un regard curieux vers le marquis de Montagu. Ils n'étaient pas vraiment amis, ils étaient tout juste des connaissances, pourtant le marquis l'avait invité ce soir, et Jasper avait été trop intrigué pour refuser. Le marquis était un mystère, un homme solitaire qui défendait farouchement son intimité, comme un chien défend son os. Jasper soupçonnait que personne ne le connaissait vraiment, ce qui attisait naturellement la curiosité de tous.

— J'organise une fête à la demeure de Holbrooke, le vingt de ce mois. Voudriez-vous venir ?

Le marquis leva les yeux, son regard habituellement ennuyé se se posa sur Saint-Clair.

— C'est aimable à vous, répondit-il avant de reporter son attention vers la fenêtre. Mais je suis forcé de retourner dans le Kent. J'ai trop longtemps négligé mes affaires, et cela ne peut plus attendre.

— Bien entendu, répondit Jasper avec aisance, avant qu'un désir soudain de se faire l'avocat du diable le force à parler, alors qu'il aurait mieux fait de tenir sa langue. Mr Burton sera là.

Un éclair amusé traversa le regard froid et gris du marquis qui étudia Jasper.

— Vous voulez dire que je risque de perdre ma proie, dit-il doucement.

Jasper le contempla en se demandant s'il était réellement aussi froid qu'il en avait l'air, avant de hausser les épaules d'un air nonchalant.

— Je crois qu'il a l'intention de faire la cour à miss Hunt.

Le plus léger des sourires s'empara de la bouche dure de Montagu. Il leva la main et claqua des doigts. Le bruit résonna dans l'obscurité de la voiture.

— Pour Mr Burton, dit-il avant de regarder à nouveau par la fenêtre.

Mon Dieu, quel salaud arrogant, se dit Jasper. Il se demandait à quoi devait ressembler la vie lorsqu'on avait une telle certitude des choses. Pour sa part, Jasper aimait Mr Burton, et se disait que Miss Hunt serait idiote de lui tourner le dos, même si la plupart des autres invités ne verraient en lui qu'un champignon, un de ces nouveaux riches envahissants qui tentaient de se faire une place dans l'aristocratie grâce à l'argent ou au mariage. D'après ce qu'il avait vu, Mr Burton était capable de se défendre, et méritait une vraie chance d'obtenir les faveurs de Matilda, sans que le marquis ne vienne embrouiller les choses. Jasper ne pouvait que lui souhaiter bonne chance.

La voiture s'arrêta devant une maison élégante sur South Audley Street, et les deux jeunes femmes furent bientôt installées à l'intérieur. Jasper leur sourit à toutes les deux, en les complimentant sur leur toilette et en s'enquérant de leur santé, tandis que le marquis continuait à regarder par la fenêtre. C'était un homme étrange, cela ne faisait aucun doute. Ils arrivèrent à destination en seulement quelques minutes.

La façade impressionnante d'une forteresse fut la première chose qu'ils aperçurent dans la lumière déclinante du parc. Bien qu'il s'agisse d'une structure temporaire, érigée uniquement pour cet événement, les remparts faisaient trente mètres carrés. Une tour circulaire se dressait au centre, à quinze mètres des remparts, et ce qui semblait être des milliers de personnes se rassemblait autour de la structure. Tout le monde était venu admirer le spectacle de ce soir, de la plèbe aux nobles possédant les rangs les plus élevés. Les gens du peuple étaient debout, des chaises avaient été disposées pour les personnes de qualité, mais tous regardaient avec émerveillement la gigantesque structure.

— Espérons qu'elle ne prenne pas feu cette fois, dit Montagu avec un petit sourire.

Jasper éclata de rire.

— Cette fois ? demanda miss Connolly, les yeux écarquillés.

— Je crois que Montagu fait référence au dernier spectacle de la sorte, qui a eu lieu environ soixante ans auparavant. D'après ce que j'ai compris, les premiers feux d'artifice ont fait s'embraser la structure, en allumant d'un seul coup toutes les fusées restantes. Les dizaines de milliers restantes, précisa-t-il.

Miss Connolly avait l'air quelque peu paniquée.

— Je suis sûr que tout est sous contrôle cette année, dit-il avec un sourire rassurant, qui s'éteignit lorsque le reste des invités les rejoignirent… incluant son ennemie jurée, miss Harriet Stanhope.

— Bonjour, Jasper.

Jasper salua son meilleur ami, Henry Stanhope — qui était aussi le frère de la jeune femme qui le détestait — d'un hochement de tête. Ce dernier lui adressa, comme à son habitude, un sourire jovial.

— C'est affreusement bondé, ici, déclara Henry en s'approchant.

Il se raidit et prit un air sérieux pour saluer Montagu.

Le marquis faisait cet effet aux gens.

Bientôt, tout le monde fut réuni. Jasper remarqua que Mr Burton s'était dirigé droit vers Matilda, ce que le marquis n'avait pas encore dénié remarquer, mais Jasper savait qu'il en était parfaitement conscient. La comtesse de Culpepper avait l'air de s'ennuyer, et semblait résignée à se tenir tranquille, puisque son mari l'accompagnait. Mrs Manning, une veuve plutôt jolie qui lui avait déjà fait des avances sans équivoque lors de leur dernière rencontre, n'avait pas de telles contraintes, et lui lança un sourire coquet, auquel Jasper répondit en inclinant poliment la tête.

— Vous êtes diablement chanceux.

Jasper se retourna et vit son plus jeune frère, Jérôme. Il soupira en demandant :

— Que faites-vous ici ?

— J'ai été invité, répondit Jérôme avec un grand sourire, car il savait que cela énerverait Jasper.

Jérôme n'avait qu'un but dans la vie, irriter son frère.

— À présent, faites-moi une faveur et présentez-moi Mrs Manning.

— Vous pouvez toujours rêver, déclara Jasper en éclatant de rire. Elle mange les jeunes garçons au petit déjeuner.

Jérôme lança un regard noir.

— Je n'ai que trois ans de moins que vous.

Jasper lui répondit par un regard glaçant qu'il avait mis des années à perfectionner.

Jérôme plissa les yeux.

— Très bien, répondit-il en s'éloignant à grands pas, sans doute pour trouver un autre moyen de ruiner la soirée de Jasper, puisqu'il ne pourrait pas se donner en spectacle en flirtant sauvagement avec Mrs Manning.

Jasper regarda son frère s'éloigner, et aperçut le sourire qui éclaira le visage d'Harriet lorsqu'elle l'accueillit. Il réprima une violente pointe de jalousie, qui n'était pas digne de lui. Harriet présenta ensuite son amie, miss Bonnie Campbell. La voluptueuse jeune femme écossaise était un paquet d'ennuis tout en courbes, et il ne reconnut que trop bien la lueur d'intérêt qui s'alluma dans les yeux de Jérôme.

Jasper réprima un soupir, et se demanda à quel moment il était devenu aussi vieux. Au même moment, Harriet leva les yeux et son cœur bondit dans sa poitrine lorsque son regard froid, derrière les verres de ses lunettes, croisa le sien pendant une seconde, durant laquelle toute chaleur et joie fut remplacée par des températures arctiques, jusqu'à ce qu'elle détourne le regard.

— Cela vous tuerait-il de me sourire, Harry ? murmura-t-il, avant de coller un sourire sur son visage et de s'occuper de ses amis.

Kitty regarda le ciel jusqu'à en avoir la nuque douloureuse, émerveillée et ravie du spectacle qui avait lieu au-dessus de leur tête. Les réjouissances, qui avaient été organisées pour célébrer le centenaire de la maison de Brunswick, et la paix avec la France, avaient été d'une magnificence à laquelle Kitty n'avait encore jamais assisté. Elle n'avait jamais vu quelque chose qui ressemblait à la fausse forteresse. Les fusées tonnaient depuis les créneaux. Elles étaient impressionnantes et magnifiques, mais donnaient également une idée à la foule de la puissance et de l'horreur auxquelles avaient dû faire face les hommes impliqués dans ce conflit. Il y avait de la fumée, du bruit, des éclairs et du feu tandis que les explosions résonnaient au milieu de la foule, provoquant des exclamations de surprise et d'émerveillement, même chez les spectateurs les plus moroses.

L'espace un instant, elle laissa son attention dériver du spectacle nocturne étincelant, où des rafales d'étoiles dorées tombaient sur terre, et se concentra sur ce qu'il se passait plus bas. Des centaines et des centaines de gens. Comme à son habitude, elle examina leur visage, bien qu'il fut impossible de discerner qui que ce soit dans la cohue avec la lumière changeante, passant sans cesse de l'obscurité à l'illumination. Luke était-il ici, quelque part ? Si c'était le cas, pourquoi n'était-il pas venu pour elle, pourquoi ne lui avait-il pas au moins donné de nouvelles ? Peut-être l'avait-il oubliée, avait-il trouvé quelqu'un d'autre ? Peut-être était-il marié à présent.

Les mots qu'il avait prononcés d'un ton si solennel n'avaient-ils donc rien signifié pour lui ?

Elle savait que c'était idiot, ou du moins, que tout le monde le penserait. Elle avait assisté à un vrai mariage plus tôt dans la journée, lorsque le vicomte Cavendish avait épousé Aashini. Cela avait été une cérémonie simple, et pourtant elle s'était déroulée avec toute la solennité et l'intention qu'elle devait avoir, lorsque deux personnes décidaient de lier leur destin — jusqu'à ce que la mort les sépare.

Luke et elle avaient été des enfants ; des enfants innocents, idiots, sans la moindre notion de la vie réelle et des responsabilités. Pourtant, cela *avait* signifié quelque chose pour elle, et pour lui. Au plus profond de son cœur, Kitty savait qu'il avait ressenti le poids de la promesse qu'il lui avait faite, et qu'il n'avait pas prononcé les mots à la légère. Donc pourquoi n'était-il pas venu pour elle ? Pourquoi avait-elle été incapable de le retrouver ? Comment un garçon qui lui déclarait son amour avec une telle dévotion pouvait-il ainsi disparaitre sans même lui envoyer une lettre d'explication ?

Un vacarme assourdissant lui fit regarder de nouveau la forteresse, au milieu d'un violent déploiement de flammes, de fumé et du tonnerre de l'artillerie. Le gigantesque édifice fut lentement transformé par le retrait d'énormes panneaux pour dévoiler le Temple de la Concorde sous la forteresse. Les fusées continuaient à être propulsées au-dessus de leur tête, et le temple apparaissait comme un papillon sortant de sa chrysalide. Chaque fusée contenait une multitude de fusées plus petites qui explosaient encore et encore, plus brillantes que n'importe quelle étoile, illuminant la scène en dessous. Une lumière bleue éthérée fut jetée sur le monde autour d'eux, et tout le monde, du plus pauvre au plus riche, fut baigné d'un éclat argenté, et pendant un instant fugace, tous reflétèrent la même splendeur magnifique.

Enfin, les cieux s'apaisèrent, et tout redevint silencieux, jusqu'à ce que la foule pousse des exclamations et des rires, applaudissant et parlant avec animation du spectacle auquel ils venaient d'assister.

Kitty regardait encore les cieux, où les volutes de fumée dérivaient dans le ciel nocturne dégagé. Les étoiles commencèrent à apparaître, une par une, brillant timidement à présent que le spectacle clinquant était fini. Bien que cela soit idiot, Kitty chercha et trouva l'étoile Polaire, comme ils avaient l'habitude de faire avec Luke quand ils étaient plus jeunes. Il était de coutume que l'un ou l'autre fasse un vœu ridicule — un poney, un chiot, ou que papa ne découvre pas qui avait cassé le vase dans la salle à manger.

— Faites que je le trouve, supplia-t-elle, le regard fixé sur la petite lumière, en ressentant le même chagrin dans le cœur que le jour où elle avait découvert qu'il était parti.

— S'il vous plaît. *S'il vous plaît*, faites que je le retrouve.

Chapitre 2

Chère Bonnie,

Nous partons pour la fête chez Saint-Clair demain !

Je suis si excitée. Nous avons tant de chance d'avoir trouvé des amis si généreux, car sans eux, ni vous ni moi n'aurions pu espérer assister à un tel événement. Vous seriez condamnée à épouser Gordon Anderson, c'est certain, et mon père me sermonnerait de n'avoir pas encore trouvé d'époux, mais à présent nous avons la chance de vivre un peu plus longtemps, et d'espérer quelque chose de mieux.

—Extrait d'une lettre de Kitty Connolly à miss Bonnie Campbell.

19 août 1814, South Audley Street, Londres.

— C'est si gentil de votre part de m'emmener avec vous, déclara Matilda en enlaçant Harriet dont les yeux s'écarquillèrent en apercevant le nombre de valises et de boites à chapeau rassemblées dans le hall. Oh, ma chère, ajouta Matilda en voyant l'inquiétude dans les yeux d'Harriet. J'ai empaqueté beaucoup trop d'affaires, n'est-ce pas ? Vous n'avez pas de place ?

Harriet rit et secoua la tête.

— Non, bien sûr. Nous avons beaucoup de place, c'est juste que… j'ai pris trois fois moins d'affaires, et à présent j'ai peur de n'en avoir pas emballé assez.

— Eh bien, je suis sûre que vous avez à peine une malle, une fois que l'on enlève les deux que vous avez remplies de livres, déclara Henry en voyant les domestiques faire des va-et-vient. Je n'ai jamais vu une fille qui soit aussi peu intéressée par les vêtements. Vous êtes une bizarrerie, Harriet, c'est indéniable.

La pauvre Harriet devint écarlate et Matilda saisit son bras.

— Ne l'écoutez pas, vous êtes certaine d'avoir tout ce qu'il faut. Vous êtes toujours si organisée. J'ai peur d'être horriblement vaine et de ne pas savoir prendre de décision même si ma vie en dépendait. Faire mes bagages est une torture, donc je me contente de fourrer tout ce que je peux dans mes valises en espérant que tout ira bien.

Harriet sourit sans paraître toutefois pleinement rassurée, mais au même moment Kitty descendit les escaliers en trombe.

— Harriet ! s'exclama-t-elle en se jetant au cou de la jeune femme.

Matilda dissimula son sourire ; Harriet était clairement intimidée par la nature exubérante de Kitty. C'était comme de vivre avec un chiot, se disait-elle après avoir passé les deux dernières semaines et plus en sa compagnie. Kitty s'ennuyait rapidement et cherchait constamment à se distraire. Lorsqu'elle avait une occupation, elle restait tranquille, heureuse, et facilement satisfaite, mais que Dieu vous vienne en aide lorsqu'elle se mettait en tête de chercher à se divertir.

— Venez, venez, dit Henry une fois que tous les bagages furent correctement mis. Tout le monde en voiture !

Elles obéirent et se précipitèrent dehors, où un élégant carrosse les attendait.

— J'ai peur que nous soyons quelque peu serrés, dit Harriet à voix basse. Tante Nell a insisté pour que nous soyons chaperonnés durant le voyage.

— Eh bien, c'est de votre faute, rétorqua Henry d'un ton acide. Vous lui avez dit que je n'étais même pas capable de chaperonner un gâteau, donc… vous vous êtes fait prendre à votre propre piège, miss.

L'indignation de son frère fit rire Harriet, et bientôt, ils furent tous installés dans la voiture.

Ils formaient un groupe enjoué. Henry était naturellement quelqu'un de joyeux, et Harriet — ou Harry, comme il l'appelait — et lui semblaient en très bons termes. Kitty aussi était de bonne humeur, et avait l'air ravissante avec son nouveau chapeau couronné de cerises. Ses boucles noires brillantes encadraient son visage et ses yeux pétillaient. Matilda priait pour qu'elle obtienne bientôt des nouvelles de son amour d'enfance, car elle savait que Kitty était optimiste d'obtenir des résultats, et elle savait avec quelle rapidité s'éteignait l'optimisme lorsque l'on n'obtenait aucune nouvelle.

Mais elle avait peur que cela soit sans espoir. Si Mr Baxter avait voulu écrire à Kitty, avait voulu lui donner des nouvelles, il aurait pu lui écrire cent fois et plus encore au cours de ces dernières années.

Vers le milieu de la matinée, ils firent un bref arrêt pour changer de chevaux, et ils arrivèrent à la demeure de Holbrooke en début d'après-midi. Elle était impressionnante à voir.

— Seigneur ! s'exclama Matilda.

Même après avoir été prévenu de la taille et de la majesté de la bâtisse, ce chef-d'œuvre élisabéthain était très intimidant.

— Intéressant, n'est-ce pas, déclara Harriet en regardant le bâtiment avec un sourire. La construction a été influencée par le style classique, populaire en France et en Flandres au seizième siècle. Surtout par Hans de Vries. Elle pointa le bâtiment du doigt à travers la fenêtre, enthousiasmée par le sujet. La demeure a été endommagée pendant la guerre civile, lorsque les troupes de Cromwell l'ont bombardée, donc le sixième comte a inclus ces fenêtres voutées pour renforcer l'aile. Le dixième comte a embauché Capability Brown pour moderniser les jardins et le parc. Il a aussi construit les étables, qui sont assez somptueuses, et une orangerie, ainsi qu'un pavillon d'été de style gothique.

— Notre maison se situe environ à huit kilomètres par là, déclara Henry en indiquant la direction d'un geste. Mais nous passions tout notre temps ici. Nous jouions dans cet imposant pavillon d'été lorsque nous étions enfants, ajouta-t-il avec un sourire nostalgique.

Harriet, qui s'était animée en parlant du bâtiment, devint silencieuse.

— Nous nous y sommes tellement amusés ! continua son frère en gloussant, sans remarquer le changement de comportement d'Harriet.

Ils furent accueillis par la comtesse douairière de Saint-Clair et le comte lui-même, ainsi que son jeune frère Jérôme Cadogan. Elle avait rencontré Jérôme lors des feux d'artifice, et l'avait tout de suite apprécié. Elle aimait la lueur espiègle dans ses yeux, même si elle savait qu'il empoisonnait la vie de son frère. Ils étaient séduisants tous les deux, mais son nez cassé donnait à Jérôme un petit air canaille, un peu voyou.

Le jeune homme avait la réputation de tomber violemment amoureux de femmes inappropriées, et de se donner en spectacle. Comme la fortune de la famille Saint-Clair était colossale, le comte vivait dans la terreur quotidienne que son jeune frère se marie à une croqueuse de diamants. L'on racontait qu'il avait déjà dû payer une courtisane, et calmer une femme mariée qui menaçait de tout révéler à la presse à scandale.

— Quel plaisir de vous voir ici, miss Hunt, déclara la comtesse de Saint-Clair en l'accueillant chaleureusement. J'ai été ravie d'apprendre votre venue, et miss Connolly, vous êtes la bienvenue ici.

La comtesse était une femme élégante, et il n'était pas difficile de deviner de qui ses fils tiraient leur beauté. Habillée d'une robe vert pâle, agrémentée d'une dentelle délicate, elle avait l'air bien trop jeune pour être la mère de Saint-Clair. Ses cheveux dorés avaient quelque peu pâli, mais cela n'avait en rien diminué sa beauté. Ses yeux bleu vif étaient alertes, et brillaient d'intelligence. Les yeux de Jérôme avaient la même couleur intense, remarqua Matilda, tandis que ceux de Saint-Clair avaient une teinte inhabituelle, presque turquoise.

— J'oublie chaque fois à quel point le comte est séduisant, murmura Kitty à Matilda tandis qu'ils suivaient leurs hôtes dans un hall d'entrée à couper le souffle.

La taille même du bâtiment était faite pour impressionner les invités quant à la richesse et au pouvoir de la famille qui le détenait. Matilda se dit que c'était incroyablement efficace.

— C'est un homme magnifique, dit Matilda en souriant tandis qu'Harriet levait les yeux au ciel. Vous n'êtes pas de cet avis, Harriet ? demanda-t-elle, trop curieuse pour se réfréner.

Le regard d'Harriet alla de Kitty à Matilda, et elle leva le menton avec une lueur têtue dans le regard.

— Il a des bras et des jambes aux bons endroits, toutes ses dents et des cheveux. Ajoutez-y son titre, et je pense que n'importe quelle jeune femme le considérerait comme l'incarnation de la beauté masculine.

Kitty fronça les sourcils.

— Mais je n'envisage pas de l'épouser et d'obtenir son titre, ni tout cela, dit-elle en désignant la demeure tandis qu'ils suivaient la famille sur un double escalier impressionnant. Donc cela n'influence pas *mon* jugement. Mais pour vous, Harriet — objectivement parlant, comme s'il s'agissait d'une œuvre d'art — ne trouvez-vous pas qu'il est d'une grande beauté ?

Harriet s'arrêta et Matilda se mordit la lèvre, consciente que Saint-Clair et les autres avaient beaucoup d'avance sur eux.

— Si je le jugeais en tant qu'œuvre d'art, comme par exemple, une urne grecque, déclara Harriet d'un ton irrité, alors oui, je dirais qu'il est le plus bel exemple de l'art qui ait jamais existé. Proche de la perfection, pour être honnête. Malheureusement, il n'est pas une urne grecque, même si son crâne sonne probablement aussi creux.

Après cette déclaration plutôt brutale, Harriet se retourna et monta les escaliers à toute vitesse.

— Seigneur, déclara Kitty, les yeux écarquillés.

— Oui, acquiesça Matilda en soupirant. Nous ne pouvons qu'espérer qu'elle ne le tue pas avant la fin de la fête.

Luke Baxter regarda Mr Derby assis face à lui dans le carrosse. Arborant, comme à son habitude, un air froid et sévère, il était bel homme, grand et large malgré le poids des années qui pesaient plus lourd sur lui à présent, et une condition cardiaque qui lui avait valu une recommandation du médecin de se ménager. Ses cheveux étaient gris fer, mais ils étaient fournis, et dans ses yeux brillaient la volonté et l'énergie d'un homme vingt ans plus jeune.

Luke avait détesté l'homme la majeure partie de sa vie, mais la haine était une émotion qui monopolisait une énorme quantité d'énergie, et Luke avait un caractère trop doux pour laisser se sentiment l'aigrir. Donc, la haine s'était atténuée, même si une part d'elle subsistait. Elle avait été remplacée par la conscience qu'il avait un devoir à accomplir, et que Mr Derby était une mine de renseignement sur la façon d'y parvenir. Beaucoup de gens comptaient sur Luke, et sur ce que son avenir lui réservait.

Il lui avait fallu mettre de côté le fait que Mr Derby se contrefiche de savoir si Luke avait oui ou non souhaité être dans la situation qu'on lui avait imposée. Il avait enduré trop de disputes, trop de querelles amères, et toutes s'étaient terminées de la même façon — avec sa capitulation.

Quel choix avait-il ?

Le comte de Trevick était un homme malchanceux. En fait, l'on racontait qu'il planait une malédiction sur les hommes de cette famille : ils mouraient jeunes. Le comte et son frère cadet, Mr Derby, s'étaient moqués de ces contes de vieilles femmes : le comte avait atteint les soixante-dix ans, et Mr Derby avait soixante-sept ans. Le reste de la famille, en revanche, avait remarquablement respecté cette règle : chaque fils, petit-fils, neveu et cousin avait succombé aux guerres, aux maladies, aux accidents de la route et — en une occasion notoire — à un amant jaloux.

Mr Derby lui-même était père de six filles. Après avoir découvert que sa première femme était stérile, il n'avait pas perdu de temps et s'était remarié quelques semaines à peine après sa mort. Mais cette nouvelle union avait, à son grand dégoût, engendré six enfants de sexe féminin. En effet, la famille Trevick était envahie de progéniture féminine, mais pas un seul mâle n'avait survécu. Comme son plus jeune frère avait quasiment le même âge, le comte ne pouvait plus ignorer le problème s'il voulait que la lignée perdure.

Sentant leur malheur proche, Trevick avait agi lorsque son avant-dernier héritier restant avait succombé à une fièvre pulmonaire. Il avait saisi sa dernière chance — Luke — ; il l'avait tiré de l'obscurité et l'avait protégé farouchement.

Sa mère avait été aux anges ; elle recevait enfin la reconnaissance et la place dans la société qu'elle avait toujours clamé mériter. En avait-elle quelque chose à faire, que son fils soit malheureux comme les pierres ? Il serait le nouveau comte de Trevick un jour, une position que n'importe quel jeune homme sain d'esprit serait enchanté d'obtenir. Tout le monde semblait se satisfaire de la situation… sauf Luke.

Au début, il s'était rebellé, désespéré de retourner avec Kitty, vers la vie qu'il avait prévu pour eux deux. Il s'était enfui, avait soudoyé les domestiques pour envoyer des lettres, s'était rendu malade de frustration et de colère, mais, à la fin, cela n'avait servi à rien. Qu'est-ce qu'un jeune garçon pouvait faire de plus pour lutter contre les souhaits d'une famille aussi ancienne et puissante que les Trevick ? Les domestiques étaient loyaux à l'excès, le domaine était si vaste que le quitter aurait pris des jours, même s'il ne s'était pas fait prendre. De plus, la fureur et les reproches de sa mère — combinés au dédain froid du comte en personne — avaient été trop durs à supporter pour un jeune garçon.

Malgré tout, il avait su que Kitty l'attendrait. Un jour, il serait un homme, il aurait la chance de s'échapper, et il la saisirait.

Mais Mr Derby avait deviné les intentions du jeune homme, et lui avait lancé un ultimatum. Si Luke ne remplissait pas son devoir, le comte détruirait la famille de Kitty, réduirait à néant leur fortune et les perspectives d'avenir de leur fille unique. Trevick avait beaucoup d'affaires en Irlande, lui avait-il rappelé, surtout dans le commerce du lin, qui était en plein essor. Comme si cette menace ne suffisait pas, Mr Derby en avait fait une autre qu'il lui avait juré de tenir si jamais Luke ne serait-ce que considérait lutter contre son destin…

Il ferait tomber Kitty en disgrâce.

Luke savait que c'était très facile à faire. La réputation d'une femme était chose fragile. Il suffisait de souffler un mot dans l'oreille de la bonne — ou la mauvaise — personne, et ce serait le début de la rumeur. Peu importe si elle était fondée ou non, ou s'il y avait des preuves… une fille comme Kitty ne s'en relèverait pas.

Ce n'était pas du chantage, lui avait dit Mr Derby avec un sourire. Juste un avertissement. Il savait que Luke ne faillirait pas à sa mission, n'oublierait pas ce qu'il devait au titre, n'oublierait pas les conséquences qui s'abattraient sur les femmes de la famille. Il désignait souvent la gentille petite Sybil dans ces moments, comme si les actions de Luke allaient la mettre à la rue. C'était la cousine préférée de Luke, et elle avait eu la malchance de les accompagner dans ce voyage, comme si sa présence pouvait garantir la capitulation de Luke. Il semblait y en avoir des dizaines comme elle dans la famille, ses sœurs, nièces et cousines ; toutes dépendaient du chef de famille.

À partir de ce moment-là, Luke ne s'était plus soucié de rien. Il cessa de lutter contre l'avenir, de faire des projets, il cessa tout. Ses sentiments furent enfouis, étouffés, repoussés dans un petit coin de son être, là où ils ne pouvaient plus le déranger. Luke avait quelques connaissances, personne qu'il ne considérait comme son ami, mais tous ceux qui le connaissaient le voyait comme un homme placide, pondéré, qui accomplissait son devoir sans se plaindre. Il était charmant — bien qu'un peu terne — et séduisant, même s'il lui manquait un petit quelque chose… le genre de chose qui faisait sortir un homme du lot.

Il savait ce que c'était. À l'intérieur, il était mort. Son cœur continuait de battre dans sa poitrine, mais sa vie s'était arrêtée le jour où on lui avait retiré Kitty.

La volonté du comte avait été de le faire éduquer par des tuteurs, et de le protéger des vicissitudes de la vie jusqu'à ses dix-neuf ans. Ensuite, on l'avait envoyé en voyage, et il était parti sans un murmure. Il voulait être loin de la fille qu'il ne pouvait pas avoir sous peine de la détruire et de détruire tous ceux qu'elle aimait, assez loin pour prétendre qu'elle n'avait été rien de plus qu'un rêve d'enfant.

Maintenant, après quatre années passées à l'étranger, il était de retour, prêt à accomplir la dernière étape du plan du comte.

Il devait se marier.

Une épouse convenable avait été sélectionnée, naturellement. Le hasard n'avait pas sa place. Ce serait l'union du siècle. Lady Frances Grantham, fille de duc, rien que cela, une héritière d'une lignée impeccable et une sœur plus âgée qui avait déjà enfanté trois fils. Sa fertilité était pratiquement garantie, et son sang bleu purifierait tout ce qui manquait dans celui de Luke, car il ne faisait partie que d'une branche éloignée de la lignée originelle des Trevick. Il fallait remonter à trois générations pour trouver sa branche.

Le comte était ravi.

Luke avait envie de braquer un pistolet contre sa tempe, ou celle du comte.

Les deux possibilités lui conviendraient.

Lady Frances était belle, accomplie et populaire. Bien sûr, qu'elle était belle et accomplie, elle était la fille d'un duc, et possédait une dot suffisante pour couler toute la flotte anglaise. La popularité lui avait été servie sur un plateau.

Luke ne l'aimait pas.

Pour être honnête, il ne l'avait jusqu'alors vu que trois fois, donc il n'était pas aimable de sa part d'avoir déjà arrêté son jugement. Il savait qu'il devait faire plus d'effort, non pas qu'il eût le choix.

Mais rien n'allait chez elle. Ses yeux étaient bleus, ses cheveux, blonds, et elle était toujours très calme. Elle ne disait ou ne faisait jamais rien qui ne soit pas convenable, ne riait jamais si fort qu'elle lui faisait craindre d'avoir les tympans perforés, ne reniflait jamais, ne se coinçait jamais dans les arbres…

Arrêtez.

L'image fugace d'une paire d'yeux sombres qui pétillaient surgit quelque part dans les profondeurs de son âme et il claqua cette porte. *Malédiction.* Cela faisait des mois qu'il n'avait pas songé à elle, qu'il avait banni ces souvenirs et cette douleur dans le cœur. Il avait cru être guéri.

Sybil croisa son regard et lui envoya un sourire compatissant et compréhensif. Parfois, il souhaitait ne pas les aimer, ses sœurs et elle — il souhaitait les détester, ainsi que le reste de la famille —

mais elle était, au même titre que lui, une victime de la tyrannie de son père et de son oncle. Ils l'étaient tous.

Luke prit une profonde inspiration et contempla le paysage qui défilait par la fenêtre. Il faisait enfin son entrée dans la société anglaise ; c'était quelque chose dont il pouvait se réjouir. Luke était devenu expert dans l'art de compter les choses positives. Bien qu'il n'eût pas encore rencontré le comte de Saint-Clair ni aucun des invités présents, ayant été tenu à l'écart de la société anglaise, il avait lu sa presse à scandale. Le comte semblait être un personnage intéressant, au moins. Un homme qui avait profité de la vie, au lieu d'avoir été couvé comme un œuf.

Partir à l'étranger avait offert à Luke plus de liberté qu'il n'en avait eu depuis que l'homme face à lui l'avait arraché à sa vie idyllique en Irlande, ce qui n'était pas rien. Que ce salopard les ait exilés là-bas en premier lieu, condamnant son père et le reste de sa famille à l'obscurité était ironique, mais cela avait *réellement* été idyllique.

N'y pensez pas.

Il chassa le souvenir. Il ne se permettrait pas de voir dans son esprit de ce joli verger printanier, l'odeur chargée de promesses de renouveau, le goût du vert, toutes choses éclatantes, bourgeonnantes, pleines de vie et d'espoir et…

Pour l'amour du ciel !

— Que se passe-t-il ?

Luke sursauta lorsque Mr Derby s'adressa à lui d'un ton suspicieux.

— R-Rien, monsieur, dit-il, consterné d'avoir parlé à voix haute.

Seigneur, il n'avait pas fait de bourde comme celle-ci depuis des années.

— Hmph.

Mr Derby croisa les bras et détourna le regard. Sybil le fixa d'un air inquiet, avant de reporter son attention sur le paysage.

Luke expira lentement en s'ordonnant de se ressaisir. Finis, les souvenirs, finis les regrets, les « et si ? », les rêveries. Kitty était partie, et son amour pour elle n'était rien de plus que de la sentimentalité larmoyante. Il avait banni ce genre de pensées des années auparavant, lorsqu'il avait compris qu'elles ne lui apporteraient que misère et folie.

Il était résigné. Il l'avait été depuis des années. Il était lié par son devoir, et il l'accomplirait. D'abord, se marier à Lady Frances, puis engendrer un premier héritier, un second, et ensuite…

Ensuite il fuirait.

Bientôt disponible sur Amazon et en libre accès avec l'abonnement Kindle.

Plus d'Emma ?

Si vous avez aimé ce livre, n'hésitez pas à soutenir son auteure indépendante en écrivant un commentaire. *Merci !*

Pour rester informé des promotions, et des cadeaux (que je fais régulièrement), suivez-moi sur :
https://www.bookbub.com/authors/emma-v-leech

Pour en savoir plus, avoir des informations et des aperçus de mes prochains livres, rendez-vous sur mon site internet et inscrivez-vous à la newsletter.

http://www.emmavleech.com/

Venez rejoindre les fans sur ma page Facebook pour des nouvelles, des infos et des discussions passionnantes…

Emmas Book Club

Ou suivez-moi ici…

http://viewauthor.at/EmmaVLeechAmazon

Emma's Twitter page

Quelques mots sur moi !

J'ai commencé cette aventure incroyable en 2010 avec "The Key to Erebus", mais il m'a fallu deux ans pour rassembler le courage nécessaire pour le publier. Pour ceux qui l'ont déjà fait, vous savez que publier votre premier livre est une expérience affreusement effrayante ! J'ai toujours des papillons dans le ventre le matin de la sortie d'un nouveau titre, mais la terreur s'est finalement atténuée. Maintenant, je vis juste dans la crainte du jour où mes filles seront assez grandes pour lire mes livres.

L'horreur ! (pour elles comme pour moi je pense)

2017 est l'année de mes débuts dans le domaine de la romance historique et le monde de la Régence, et waouh, quelle année ! J'ai été ravie de constater l'engouement qu'ont eu ces livres, et j'ai hâte d'y ajouter de nouveaux titres. Que les lecteurs de romance paranormale se rassurent, il y a encore beaucoup de choses prévues de ce côté-là également. L'écriture est devenue une addiction pour moi, et dès que je termine un livre, je commence le suivant avec beaucoup d'enthousiasme, donc vous pouvez vous attendre à beaucoup de nouveaux romans !

Comme on peut le voir dans bon nombre de mes œuvres, je suis très influencée par la campagne française dans laquelle je vis. Je suis installée dans le sud-ouest de ce pays depuis 1998. Je suis née et j'ai grandi en Angleterre. Mes trois superbes filles sont bilingues et mon mari Pat, moi-même ainsi que nos quatre chats sommes très heureux et conscients de la chance que nous avons de vivre dans un endroit si charmant.

CONTINUEZ LA LECTURE POUR DÉCOUVRIR MES AUTRES LIVRES DISPONIBLES EN FRANÇAIS !

Œuvres d'Emma V. Leech disponibles en français

<u>Histoire indépendante</u>

L'Amant Sous La Plume

<u>Les séries</u>

Les Audacieuses

Défier un Duc

Voler un Baiser

Enfreindre les Règles

Suivre son Cœur (prochainement)

Les Polars de la Régence Anglaise

Mourir Pour un Duc

Envie de lire une histoire d'amour surprenante qui se déroule pendant la Régence ?

Mourir pour un Duc

Les Polars de la Régence Anglaise, Tome 1

Impérieux, guindé et moralement rigide, Bénédict Rutland – le beau et ténébreux comte de Rothay – a hérité de son titre trop jeune. Responsable d'une famille nombreuse que la frivolité de ses parents avait conduite à la ruine, il a passé sa jeunesse à rétablir la fortune familiale.

C'est aujourd'hui un homme dans la fleur de l'âge et aux finances solides, fiancé à une femme sévère, raisonnable et imperturbable qui jamais ne perturbera l'équilibre de sa vie, ou ne troublera ses émotions…

Mais c'est alors qu'arrive miss Skeffington-Fox.

Élevée uniquement par son libertin de beau-père, la demoiselle pimpante scandalise Bénédict en tous points.

Mais quand les membres de la famille devant hériter du duché commencent à mourir un à un à une vitesse alarmante, tous les doigts pointent vers Bénédict, et miss Skeffington-Fox pourrait bien être la seule en mesure de le sauver.

Comme si être accusé de meurtre n'était pas suffisant, miss Skeffington-Fox va complètement faire basculer le petit monde soigneusement ordonné de Lord Rothay. Bénédict doit à présent laver son nom, et résister à la tentation d'une demoiselle scandaleuse.

Remerciements

Je remercie, bien sûr, ma formidable éditrice Kezia Cole, qui me fait toujours réfléchir et ne laisse rien passer !

Pour *Enfreindre les Règles*, je remercie particulièrement Rebecca Vijay et ses amis, Candace Andrew, Flora Xavier et Chandrabhanoo qui ont tous participé aux discussions et aux brainstormings sur tous les aspects de la culture indienne. Leur aide et leurs conseils ont permis à Lucia/Aashini d'être le personnage courageux et complet que vous avez appris à connaître. Rebecca en particulier, sera sans doute soulagée de ne plus trouver sa boite mail sans cesse inondée de questions sur tout, du maquillage à la météo, en passant par des questions sur l'odeur de l'indigo.

Un remerciement spécial à Elise Marion pour m'avoir lue, et m'avoir rassurée sur la qualité de mon travail. Elle écrit elle aussi des romances historiques, je vous recommande d'aller découvrir ses œuvres.

À Victoria Cooper pour ton dur labeur, tes œuvres magnifiques, et, par-dessus tout, ta patience infinie !!! Merci beaucoup. Tu es incroyable !

À ma BFF, mon assistante personnelle, qui m'encourage et m'apporte du chocolat, Varsi Appel : pour ton soutien moral, pour m'avoir aidé à avoir confiance en moi, et pour avoir lu mes œuvres plus de fois que moi-même. Je t'aime fort !

Un grand merci à tous les membres du groupe « Emma's Book Club » ! Vous êtes les meilleurs !

Cela me fait toujours très plaisir de vous parler, donc n'hésitez pas à me contacter par mail ou par message :)

emmavleech@orange.fr

À mon mari Pat, et à ma famille… Pour s'être toujours
montrés fiers de moi.

9 782492 133572